Rue de la Liberté　Dachau 1943-1945

ダッハウ強制収容所自由通り

Edmond Michelet
エドモン・ミシュレ
宇京頼三 訳

未來社

ダッハウ強制収容所自由通り　目次

凡例

・本文中の［　］は原注、〔　〕は訳注である。番号を付した訳注は巻末にまとめた。

・本文中のドイツ語の原語は、ドイツ語を使わずには強制収容所の生活は語れないという原著者の言に従い、すべてではないがそのままにしてある。なお、ドイツ語正書法ではß（エスツェット）と表記すべきところを、本書では便宜上ＳＳと表記してある。

ダッハウ強制収容所自由通り

装幀——伊勢功治

ド・ゴールの謝辞

一九五五年六月八日

拝啓

『ダッハウ強制収容所自由通り』〔以下、『自由通り』と略記〕とは、恐ろしいテーマのなんと崇高なる書であることか！　貶められた人間性から得られたなんと高邁なる教訓！　異教徒の最悪の侵害から勝ち取られたなんというキリスト教徒の証言！

小生は感動させられ、勇気づけられました。貴君に感謝申し上げる。申し添えておけば、この本は完璧な出来栄えと言えるでしょう。

小生がもっとも心打たれたのは、なにものも、恐るべき思い出さえも、貴君が己れ自身を律する妨げにはなっていないことです。

ではまた、ミシュレ君。

敬具

シャルル・ド・ゴール

アデナウアーのドイツ語版序文

囚人として強制収容所を体験した、高位にして高名なるフランス人政治家の手になるこの本は、ドイツ人がドイツ人に対して、また他民族のヨーロッパ国民に対して犯した、決して現世代の人びとの意識から消え去ることのない恐るべき出来事に満ちた過去へと、我々を引き戻すものである。

しかしながら、次のような疑念が湧いてくる。『SS国家』〔オイゲン・コーゴン著〕や『強制収容所世界』〔ダヴィッド・ルーセ著〕など多くの書物が世界じゅうにもたらした恐怖、いまなおもたらし続けている恐怖を、一〇年半も経ってまたもや呼び覚ます必要があるのだろうか？〔SSとはナチ親衛隊のこと。なお、この略字SSには、旧ソ連では「ソ連邦」と「極秘」の二通りの意味があるというから、「不気味」である〕

我々のなかのある者たちは、みずからが、この恐怖の思い出がドイツという名に結びつくという事実に向き合うことができないので、世の人びとにも強制収容所の恐るべき事実を忘れてくれるよう勧めたいかもしれない。

そうしたことを考えてもなお、エドモン・ミシュレ氏の本は強制収容所に関する既存の書物を豊かにするだろう。この恐怖世界の犠牲者は、個人的体験を通して歩んできた牢獄と収容所の道を描き、そしてヨーロッパじゅうから来たあらゆる職業、あらゆる社会階層の不運な仲間たちの内的生活や、既知の、または未知の収容所囚人の生活を理解させてくれるのである。具体的に言うと、フランス・レジスタンスの重要人物たちや、ヒトラー体制に蜂起した人びととの、そうした出会いがミシュレ氏の記述に高い人間的価値を与えるのである。『自由通り』は、読者を大きく動転させるような地獄の世界を歩ませるが、彼らは、深い苦悩の痕跡を留めた人びとともに、人間の可能性の示すあらゆる高さとあらゆる深さを見出すことになる。

しかしまた、人びとは作者に対する深甚なる尊敬の念をもってこれを読み終えるであろう。「友好のヨーロッパ地理からドイツを排除することなど考えない」とみずから語る作者は、人間による人間の尊厳侵犯の極限にあって、フランスとドイツがいつかは折り合える日が来ることを語れる人物なのである。

コンラート・アデナウアー

エティエンヌ・ボルヌ宛て書簡

〔Etienne Borne（一九〇七—一九九三）。ノルマリアンでアランの弟子。作家・ジャーナリスト。レイモン・アロンやサルトルと同窓〕

「ダヴィッド・ルーセ〔一九一二—一九九七〕が描いた強制収容所の世界には、ごくわずかのキリスト教徒しか見出せない」と、きみは〔ルーセの〕『我らの死の日々』を分析しながら指摘した。そしてこう付け加えている。「この者たちは、ナチズムに対して有効な闘いをしながら、人間の慈悲の道徳を実践することに成功したのだろうか？　それに答えるには、体制と体制を対立させるのではなく、経験と経験を対立させねばならないだろう……」。そしてきみはきみの言うところの、「私の強制収容所世界」を描くよう勧めている。

私は、元囚人たちが経験した非人間的な現実世界の全体図を、他の多くの人びとが見事に仕上げたあとでまた改めて描くつもりはない。それにダヴィッド・ルーセの記述は、これしか挙げないとしても、結局のところ、きわめて真実なものなので、そのいくつかの細部に手を加えるという目的だけで、それを繰り返すことなど想いもおよばない。

しかし、きみの厳しい友情が願うところは、そうではない。きみが期待するのはひとつの証言なのだ。それにまた、正しくキリスト教徒であらんとすべく証言をすることにはつねに自尊傲慢なところがあるが、私は、よき日も悪しき日も親愛なる友であったきみの勧めに応えることにした。我々は互いに、たぶん思っているよりもずっと前から、多くの自尊傲慢なことをしてきたが、それがひとつ多いか少ないかだ……。

まず第一に「社会的協働運動 Equipes sociales〔第一次大戦後の社会的カトリシズムの立場からの、一種の民衆教育運動（一九一九―一九三九）。以下エキップ〕」からして、そのひとつではなかったか？　この運動を介して、我々は知り合ったのだ。きみは兵役を終えたところだったが、再びみずからの精進鍛練のため、ブリーヴ〔フランス南西部リムーザン地方の町〕のエキップ支部に哲学を語りに来たので、我々はみな社会階層の区別なく、きみの話を熱心に聞いた。我々がエキップ、その創始者のロベール・ガリック（一八九六―一九六七）に負うところのものすべてを、きみは、私がそれを繰り返す気にもなれないほど実に見事に述べ立てた。

六月一八日の呼びかけ〔ロンドンからの、ド・ゴールの対独抗戦アピール〕に我らの答えを帰するべきは、以前の我々のあらゆる他の運動よりもエキップに、またその精神に対してである。こういう指摘はたぶんガリックを面食らわせるだろう。だがそれは、まごうかたなき真実である。最悪の屈辱を受けたときのフランス人の精神状態について、ひとがなんと言おうとも、結局我々にはすぐさま、我らの友人の労働者諸君の友情を保ち、彼らに対して恥ずかしくないようにしたければ、我々の行動から権謀術数を追放すべきであることが明らかになった。ブリーヴの鉄道員を通して、我々はすぐさま、わが国の真の民衆、ジュール・ミシュレ、プルードン、ペギーの民衆はたしかに敗北は被ったが、決して

これを受け入れないことを理解した。私がダッハウで見たように、事態を見ることができたのはエキッ
プの精神によってである。彼らの人間関係の見方は私と同じだった。
しかし、私が本書の巻頭にきみの名を記そうとこだわったのは、きみが本書を書くよう求めたから
だけでなく、あの不幸な日々に我々が出会ったことの思い出のためである。覚えているかい？
一九四〇年一月、きみは、動員されていたG・Q・G〔総司令部〕の気が滅入るような雰囲気から受
けた不安を語りに来た。そのときから、勝利を第一の義務とするきわめて多くの人びとの誤った信条
でもって始められたこの戦争は、破局に終わる危険性のあることが明らかになったのだ。

状況が偶然一致したのか、敗北前後の数週間、我々や他の友人たちと取り交わした手紙類が手元に
残っている。それをいつか公表しようと思う。こうした手紙は、レジスタンスの歴史を書こうとする
人びとに貴重な情報資料を提供するのみならず、気難しい臍曲がりどもの許し難い非難を糺すことに
なるだろう。この連中は、ペギーが言ったように、戦争時、降伏しない者は降伏する者よりもつねに
正しいことを忘れて、自己満足で、彼らよりも記憶正しい人びとすべてに、なにか卑しい計算をした
とか、なにかさもしい政治的下心があったと、無差別に非難を浴びせるのだ。

六月一八日の呼びかけに従ったとき、我々の選択に計算の影など微塵もなかった。我々にとって、
ジャック・マリタン〔一八八二―一九七三。フランスのカトリック革新運動の指導者〕があの『敗北を通して』
（一九四二）で述べたように――これを地下で配布することは、少なからず我々が誇りとする任務であっ
たが――、きわめて単純かつ具体的で基本的なことが問題であって、そこに妥協する余地などなかっ
た。それだけのことである。自由に息をし続けられるかどうかが、問題だったのだ。つまり、毎朝、
憲兵の視線を感じずに起きられること。労働収容所に強制動員されることなく、自分で選んだ仕事に

行けること。政府を批判でき、国家の命令でも一斉には嘘をつかない新聞――あまり信用していないが――を読めること、である。まず〔検査のため動物のように〕獣医のところへ行く必要とか、いわゆる不純な血の祖父がいるかどうかなど気にせず結婚できることが問題だった。子供を自分の考え通りに育て、思っていることをなんでも彼らに言えること、さらに言えば、子が親を警察に密告することなど心配せずにものが言えること、である。要するに、家畜の群れではなく、人間の生活をみずから営むこと、つまり父祖から受け継いだ忍耐力、叡知、自由の遺産を守ることなのだ……。

我々は、ドイツ人に対する父祖伝来の憎しみによって、鼓舞されているのではない。我々の地下活動は、ゲシュタポに追及され、休戦条約が「名誉にかけて」引渡しを予定していた者たちが海の彼方へ避難できるように、偽の戸籍抄本を作成してやることからはじまったのではないか?

あの苦難の時代に関して――その後、きみはいちはやく実に手際よく『希望の時代（一九一九―一九二九）』〔ジョゼフ・ケッセルのルポルタージュ〕を見出したのだが――、私はもち続けていたいイメージのなかで、とくに生き生きしたものをひとつ覚えている。きみは、生まれ故郷ラングドック地方のベジエ〔南仏エロー県〕に引き籠もって、生徒たちに非順応主義的哲学の教えを施そうと努めていた。一九四一年のヴァカンスが訪れたとき、汽車のダイヤが予定した時間割と合わなかったのか、きみは、エロー県からコレーズ県〔直線距離で二〇〇キロ余り〕までの長い道程を自転車で走破しようとした。これもまた、その種のものとしては、不遜なことだが……。

土砂降りの雨の中、きみとマルシヤックのあの古い住まいで再会したが、そこの壁がもしも話せたら、あの暗い時代に見たり聞いたりした多くのことを語ってくれるだろう。鞄から、きみはひと束の新聞を取り出した。「リベルテ」の地下出版の初刷りだった。

コロネル・レミーからブルース・マーシャルまで、コロネル・パッシー〔いずれもレジスタンで偽名〕を忘れることなく、レジスタンス組織網の厳しい日々や英雄的な生はすでに描かれている。ピーエル・ド・ベヌヴィル（一九一四—二〇〇一）は、その『朝の犠牲』（一九四六）で、我々のようなレジスタンが堂々と真正の叙事詩と誇っていいようなものを描写した。ジャック・スステル（一九一二—一九九〇）、彼は「自由フランス〔ド・ゴールのレジスタンスから生まれた運動組織〕」の歴史、あの見事な証言を残したが〔回想録『万難を排して』、一九四七—五〇〕、これについては、ある日ド・ゴール将軍が私に、自分が、いかにして万難を排し、ついには一九四四年八月二六日の輝かしい夕べ、集まった人びとの先頭に立って、シャンゼリゼの坂道を下るにいたったかを知るためには、これを読まねばならない、と言った。

しかし、レジスタンスの人びとのしがない、報われること少ない日常行動、つねに陰で動き、多くは理解されない行動。あらゆる階級、あらゆる宗派、昨日までの政治的敵対者がひとまず和解して驚くほど入り乱れて出会い、肘を接してする行動。それらの深い理由の探究、これもまた探らねばならないだろう。そうしなければ、我らが子孫には理解できない多くのことがある。たとえそれがかつてないほど、何度か戦友同士でただ声を震わせてこまごまと語り合ったとき生まれた、熱き友情の話にすぎなくとも。そのころ我々は、ともに誇り高く期待を込めて待ち望んださまざまなことを考えていたのだ……。

だがなにを？　ベルナノスが言ったように、彼を拠り所とするレジスタンは、フランス人であることにいかなる誇りもなく、多くの苦しみと労働、多大な辛苦があることをよく知っている。親愛なるエティエンヌよ、以下に綴ることが、どんな精神において我々がかつての闘争を企てたのかを、読者により良く理解させることになれば、おそらくいくつかの偏見がなくなるだろう。そうなれば、今日の闘争、ときには異なったグラウンドで我々が兄弟のように——ここできみが新たなその確証を見てくれるような友愛をこめて——取り組んでいるこの大仕事を企てる者がもっと多くなるだろう。

E・M（エドモン・ミシュレ）

ダッハウ強制収容所概略図

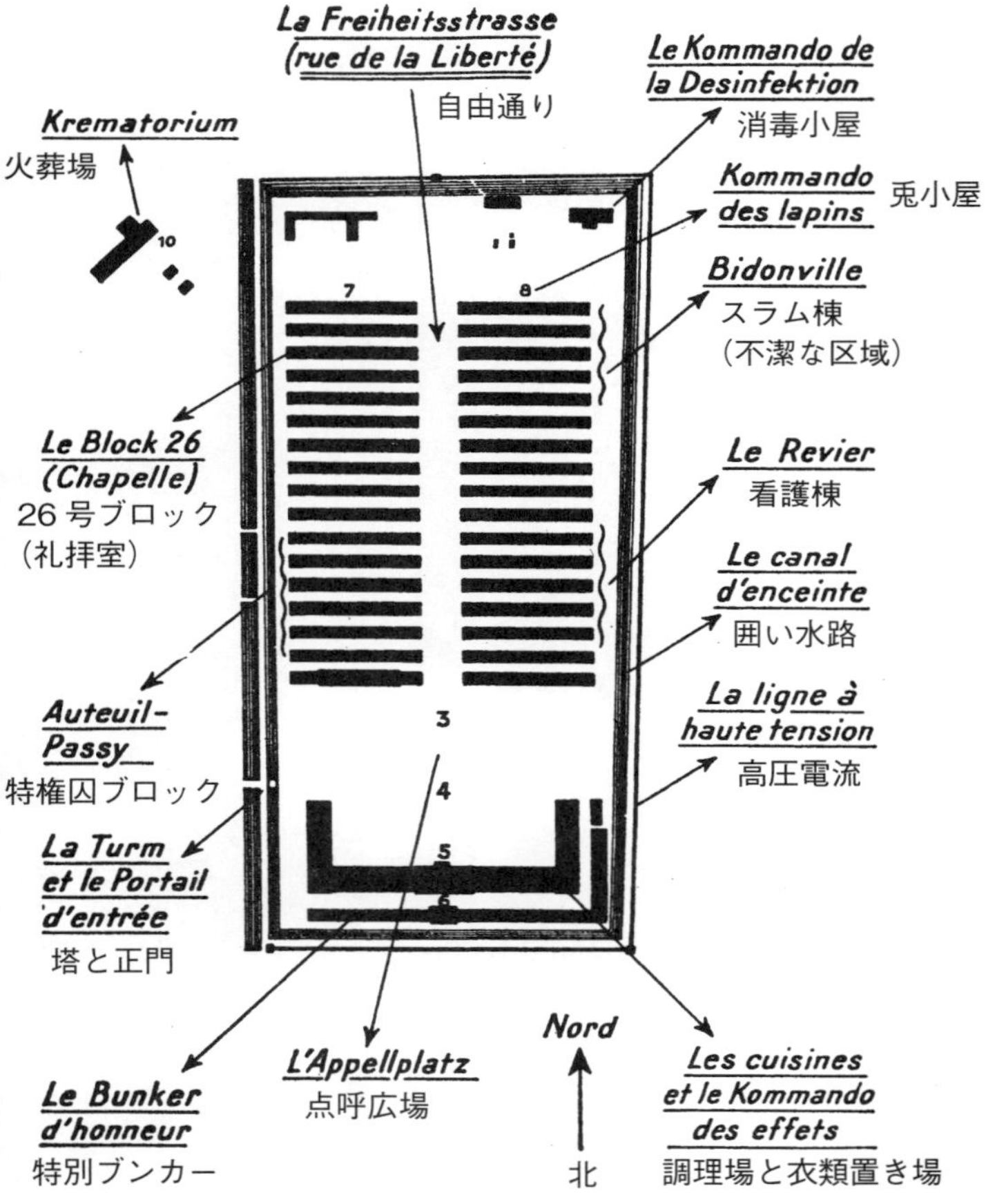

※この略図は収容所本体の囚人棟群で、外部に SS の兵営・
居住棟などさまざまな付属施設がある。

はしがき（作者注）

ダヴィッド・ルーセの言うことは正しい。つまり、最小限でもドイツ語を使わずに強制収容所の生活を描くことは不可能であり、そうしたドイツ語だけが、我々の体験した雰囲気を再構成する手助けとなる。さらにはっきり言えば、字義通りの翻訳では、ＫＺ〔Konzentrationslager（強制収容所）の略〕でそのドイツ語をはじめて聞いたり、その害を被ったりした者にとって、それが永久に意味することをきわめて不完全にしか表わさないのである(1)。

以下の本文では、いくつかのドイツ語の複数形は意図的にフランス語化されている。かくして、我々はダッハウ「物語」に取りかかるのである。

本文中の主要ドイツ語例――

Abort（便所）

Achtung（注意、気をつけ）

Antreten（整列する――l'antreten ＝集合→点呼）

Aufstehen!（立て！）

Block（囚人棟群の建物または小屋）
Blockältester（ブロック囚人頭）
Blockführer（ブロックのSS指導者）
Blockschreiber（ブロック囚人代表書記係、ブロック囚人頭補佐）
Brot（パン）
Brotzeit（軽い食事〔休憩時間〕）
Bunker（収容所独房）
Dolmetscher（通訳）
Effektenkammer（衣類・所持品置き場）
Freiheitsstrasse（自由通り〔収容所の中央通りに嘲笑的に付けられた名前〕）
Gummi（ゴム製警棒・鞭）
Häftling（囚人）
Kapo（班長＝労働隊作業班指揮の囚人長）
Kommando（囚人労働隊または労働作業地）
Küche（調理場）
Los! Los!（急げ！　急げ！）
Meldung（報告）
Mensch（人間、男）
Mütze（n）（帽子）

Nachschlag（おかわり、残りもの＝追加食）
Organisieren（収容所で非常によく使われる言葉。実際はＳＳから盗み、かすめること〔調達〕）
Pfarrer（牧師または司祭）
Pfleger（看護係）
Politische Abteilung（収容所内の政治部。囚人のデータがあるのはその事務室である）
Prominenz（「名士」と見なされていた囚人〔特権囚〕）
Revier（看護棟＝囚人病棟）
Ruhe!（黙れ！）
Sofort!（すぐに！）
Stube（n）（部屋。一ブロックに四つあった ein/zwei/drei/vier）
Stubendienst（室内勤務。転じて部屋管理当番）
Transport（囚人移送・護送）
Waschraum（便所）
Zugang（新入り囚人＝新規入所者）

本文中のイニシャル記号は概して、それが代替となる固有名詞のそれには必ずしも対応しない。

1　早朝

やれやれ！　軍曹〔Feldwebel は国防軍の階級。別組織のＳＳ一等軍曹ならば Oberscharführer〕が私を連れてきたばかりの、あのありふれたテルミニュスホテルのドアが背後で閉まったとたん、我ながら思わず口からこう洩れて驚いた。だが、追われた人間の身も心も消耗する生活が続いていたから、そう洩らさざるを得なかった。どんなに奇妙に見えようと、私の最初の反応はまさにこの安堵の声だったのだ。

弱さか？　たぶん、そうかもしれない。だが、別なこともあった。これまで決して、私は、普通は自由が奪われたとされる、まさにこの瞬間以外に、そのように自由に振る舞えるという気分、ひと言で言えば、解放感を味わったことはなかった。

ベッドの端に恥じ入ってじっと座り、私はこの逆説の分析に手間取ることはなかった。目の前の窓を見て、いろいろと考えていると、不用意にも懐かしいシルエット、もっとも懐かしいシルエットがしっかりした足取りで浮かび上がってきた。そしてすぐ、『夜間飛行』（一九三一）に出てくるファビアンの連れ合いのことを思った〔ファビアンとは夜間定期郵便機の若いパイロットで、パタゴニアからの夜間飛行中、サイクロンに巻き込まれてアンデス上空（？）で行方不明。その連れ合いとは、「夕べの食卓のランプの輝き」を象徴する新妻シモーヌ。Ｅ・ミシュレはみずからをファビアンに喩え、妻の姿を思い浮かべたのだろう。なお、一九二〇年代のフランスは、南大西洋横断コースを開発成功するなど、商業飛行ではドイツやアメリカに先行しており、著者サン＝テグジュペリもその一翼を担っていた〕。

そこで、私の考えは別の方向に向かった。アンリ・フレネー〔一九〇五―一九八八。レジスタンス組織「コンバ〔闘争〕」の創立者〕の命令、絶対的命令であったが、それに従わなかったことをみずからにとがめた。先月の警報後、彼は私をモンペリエに送って、地下に潜らざるを得なくなったトリスタン〔地下活動におけるレジスタン、P＝H・テトジャンの変名〕と交替させようとした。しかし、七人の子を抱えていて、どうして消息不明などになれただろう？

また当局の注意をひかない最良の方法は、日々行き来しつづけ、職業上の仕事にはげみ、他人に対して簡単にカムフラージュとなる、あの国民救援活動にいそしむことではなかったのか？

それに、いまとなって不平を言ってなんになろう？「主よ、おん身のみ手に委ねたまいしごとく……」率直に言って、この言葉がおのずと口端にのぼった。まったく自然に。その不適切さ――または不遜さに気づくこともなく。

「出ろ！Raus!」

ドアがまた荒々しく開かれた。ことを「理解する」間もなく、恐ろしい平手打ちで考えごとを打ち砕かれた。おまけに、たてつづけにしゃがれ声と腹鳴が伴い、やっとその背後にあるのは、私個人に向けられた罵りであることがわかった。

先ほどの軍曹殿が激昂していた。私の無遠慮さに激怒したのだ。つまり、彼が入ってきたとき、起立するのを忘れていたのである。

彼は新たな捕虜を連れてきていた。英国国教会の大司教のような髭のない顔の、背の高い男。レジオン・ドヌール受章者、五〇がらみ。

「あのドイツ野郎たちBochesは、驢馬のようにがなりたててしかものが言えないんだ」と、新入りは、怒りっぽい看守の靴音が廊下を遠ざかるのを聞きながら、静かに言った。

そう認めるべきか？　これまでこのボッシュという言葉を聞くと、私はいつも苛立ちを感じていた。家では、いつもそれを使わないようにしていた。だが今朝は、多くのことに取り紛れて、そうした言葉遣いのもてあそびにほとんど気がまわらなかった。

うんざりしたように、新入りは腕に抱えていた、くたびれた大きな革鞄をベッドの上に投げ出した。そして、大きく手を広げて、私の方にやってきた。

「ジョルジュ・シャディラ、裁判所付の弁護士です」

声は低く、抑揚は大仰だった。私も自己紹介した。さまざまな思いを込めた短い沈黙がこの簡単なやりとりに続いた。いま来たばかりの相棒が沈黙を破った。

「なんたる恥辱！」と彼は深い確信を込めた語調でもったいぶって言った。

すぐには、この奇妙な考えの理由もそれが発せられた調子も理解できなかった。それは最初は面食らわせるようなものに思われた。シャディラはなおいっそう強く語頭音を吸い込みながら、それを繰り返した。

「な、なんたる恥辱！」

やっと、状況の喜劇的な面がわかった。

ジョルジュ・シャディラはフリーメーソンの高官で、聖職者の髭のない顔の背後に古い髭、〔一八四八年の〕二月革命の共和派の髭を隠していたのだ。もっとはっきり言えば、憲法制定議会員の髭だ。彼は賛嘆させるほど正確な記憶でこう言い連ねた。

「人間は自由かつ平等な権利の下で生まれ、生きる……なんびとも、法によって決定され、法の定めた方式に従った場合以外に告発され、逮捕も拘留もされてはならない……」

アナクロニズム。この一九四三年の冬のどんより曇った朝、このような状況で、遠い祖先のクレド〔信条〕を喚起することには、なにか感動的だが珍妙、抗いがたいものがあった。だが私には、シャディラにそれを言う勇気はなかった。

当然ながら、彼は、ブリーヴで先月、わが「コンバ」の活動に大打撃を与えた逮捕劇をよく知っていた。彼自身、我々と付き合いがないわけではなかった。だがいまのところ、彼は、ゲシュタポが自分への嫌疑をほとんど疑うこともなく拘引状を携えて、なぜ今朝現われたのか、その正確な理由を考えていた。自分がフランスのグラン・ロージュ〔フリーメーソンの中央機関〕に属しているために過ぎないと考え、それが彼の心をくすぐらせ、ゲシュタポにも注目されたのだ、と一種の喜びを感じていたのだ。〔その後、このとき活動したのは正確にはゲシュタポではなく、別名の組織であることを知った。ただ我々レジスタンにとっては、ゲシュタポという名はこの種の機関・制度を示すものとして永久に残ることになる〕

我々が意気投合したのは言うまでもないが、当時の言葉で言えば、我々各自の精神家族は互いにきわめてかけ離れていたのにそうなった。そのとき、我々を苛立たせたのは、二人ともが巻き込まれた大事件が、自分たちのいないあいだに終わってしまうのではないか、ということだった。

我々は静かに、すぐ親しげな調子になって、それぞれの打ち明け話を続けていたが、そのとき、ドアが狂ったような乱暴さで開閉され、一種の火の玉が荒々しく投げ込まれて中断した。

それは血まみれの、一種の人間小包で、激しい暴行を受けたのか、長いうめき声をあげて部屋の向こう端に崩れ落ちた。

シャディラはこのときとばかりに、また呪詛の言葉を繰り返した。

「なんたる恥辱！」と、最初と同じ確信をもって、五、六度続けて叫んだ。

ゲシュタポの朝の人間狩りの、この新たな獲物が生気を取り戻すと、彼がわが町の、プラドという名の職人であることがわかった。

「ひどいことをしやがって、畜生！」と彼は冷静に言った。

事態はかなり明白になった。

そのとき、思い出したが、先月逮捕された、「コンバ」の遊撃グループのわが長のドロンが以前、プラドについて、我々に合流するかもしれないと話していた。実際、もう数カ月前に、彼は「アリアンス〔同盟〕」組織網に加わって、我々を待たずに動いていた。それに、安全対策上、アリアンスとコンバは互いに知らないものと見なされていたのだった。

一九四一年と一九四二年には、最初に現われた募集係次第で、爾後多くは好き勝手な名前で呼ばれていたが、もっと多くは風刺的か滑稽、中傷的か歪曲された名前で呼ばれていた者たち、すなわちレジスタンが行きあたりばったりに募集されていたのである。

その調子でいくと――またそうした名前が元に戻らないと――やがては、「そこに」属していたというだけの名前、彼らのあいだで、小声で郷愁と愛情を込めてしか呼ばれない、哀れなる名前のままだが。

「あのドイツ野郎の汚いところは、貴君と私のようなブルジョワである者には手を触れようとしないことにはっきり現われている」とシャディラはつねに自分の考えにしたがって言った（先ほどの私への平手打ちは、比較的に軽いものと見なしてだが)。「だが、彼らはこういう気の毒な労働者諸君には野獣のごとく襲いかかるのです」。

「言っておきますが、俺は抵抗しましたよ」とプラドがはっきり言った。「奴らが探しに来たとき、俺は台所で身づくろいしていた。だが、それを終える暇さえ与えてくれなかった(実際、彼は半裸だった)。奴らがなにかあやしいと考えて、襲いかかってきたのは、ミルクにガスを点けようとしていたときでしたよ」。

彼は共犯者めいたウインクをした。我々はわかったようなふりをした。

「結局、奴らは戸棚の中になにも見つけられなかった、それが重要なことでした。だが朝食も摂らずに奴らについて行かざるを得なかった。いつものカフェオレが飲めず残念でしたがね」

これが我々三人のケースだった。やがて互いにすぐに後悔の念を感じることになるが、それはカフェオレのようなものにではなく、およそ凡庸ならざることに対してであった。

2　陽気な騎兵隊

「敗者の地が我々に星の勲章をプレゼントしてくれる」

（エルンスト・ユンガー）

我々哀れな三人をブリーヴからリモージュ〔南西仏リムーザン州の町〕に運ぶ、幌をかけた小型トラックが一瞬動かなくなった。次いで、右に回ってやっと止まった。眼前の建物は、古きよきフランスの兵営のまっとうな営倉そのものの外観を呈していた。実際、我々は、一時しのぎに「物」の中に押し込められ、そこでクルトリーヌの影法師が迎えてくれることになる〔ジョルジュ・クルトリーヌ（一八五八―一九二九）。作家、劇作家。一幕物のヴォードヴィル・笑劇ふうの劇作に秀で、『陽気な騎兵隊』（一八八六）、『パリの影法師〔影絵〕』（一八九三）などがある〕。

灰緑色服の温厚そうな伝令兵に招じ入れられた営倉には、四人の先客がいた。初めは、彼らの応対は冷ややかなものに思えた。我々三人ともがひどく曖昧な風情をしていたからに違いない。怯えたような沈黙を破った先客のひとりは、あとで、我々をゲシュタポの手先だと思った、と率直に言ってくれた。

誤解が解けると、我々は大いに語り合う仲になった。その場の雰囲気は打ち明け話にぴったりだった。四方の白い石灰壁は、いまでも先史時代を思わせるような名残りを根強くかもし出していた。壁には、「階級ばんざい！」「ポリ公くたばれ！」や、他の、マイナーだがときにはホメロスふうな争い——かつてクロックボルとラ・ギヨメットの全兵隊を〔粗暴な〕曹長フリックと〔温厚寛大な〕大尉ユルリュレに対立させた争い〔いずれも『陽気な騎兵隊』の登場人物〕——から生まれた心の叫びが記されていた。これらのフレスコ画が突然、わが国の軍隊がまだ存在していた偉大なる時代の証人のように思えてきた。だが、このような連想は、現在のわが国の見下げ果てた状況を改めて苦々しく想起させるだけだった。首都では、数週間前からフランス軍の最後の部隊が消えていた。戦争勝利の希望、これを一握りのフランス人だけが砂漠で、ムルズーク、クーフラ、ビル＝ハキム〔いずれも北アフリカの戦場〕と称する、小さな揺れる炎を燃やして維持し続けていたのである。

この一九四三年の初め、リモージュの第六機甲連隊の営倉の新入りたちは、「国内レジスタンス」の闘士となる者の姿のかなり忠実な縮図の観を呈していた。この「国内レジスタンス」なる言葉を、彼らはあとになって知ることになるが、これはロンドンの自由フランスの事務局にとっては、だんだんと多くなる熱烈な抗戦派の集う軍隊を意味し、その人びとの心はルクレールやケーニグ将軍の兵士の心に呼応して波打っていた。つまり、国内のド・ゴール派である〔これはのちの政治的意味あいではなく、対独抗戦のド・ゴール派の謂で、当時、非共産党系のレジスタンの通称でもあった（ジョゼフ・ロヴァン『ドイツ人であったことを覚えているフランス人の回想録』。以下、『回想録』）〕。

ブリーヴからの三人の到来者の、戦前の関心事が同一だったとは言い難いが、彼らのほかに、同じ朝、クルーズで逮捕された他のフランス人四人もおり、各人がやはり際立った対照をなしていた。

まず最年長者がいて、そのため彼には、板寝床に優先的に場を取る権利があった。灰色混じりのこめかみの、ブルガヌッフ〔中南仏クルーズ県〕の医者ボネ先生で、彼には、あらゆる点で、フランスの地方の小都市の、昔の多くの開業医の姿を思わせるものがあった。つまり、教養があり、精神的で皮肉屋、パリのインターン時代に得た医学生の冗談趣味をもち続けていたのである。このわが仲間は、カルティエ・ラタン時代、フランソワ・モーリアックと出会い、付き合っていた。彼はそれがなんでもないようなふりをしていたが、それはうわべのことにすぎなかった。実際は、この青年時代の友人関係をとても誇りにしているのだった。

この時代、『カイエ・ノワール〔黒い手帖〕』〔モーリアックの秘密出版物〕はまだ出回っていなかったが、私はその編集が進行中であることを知っていた。ドクター・ボネにそのことをそれとなく話してみたが、彼は理解できないようなふりをした。実を言えば、我々はみな口止め料をもらって黙りを決め込んでいるようなものだった。どんなことであれ、なにか情報を得ているようなふりはしたくなかった。我々は蛇のように用心深くなっていたのだ。ちょっと遅かったが。

大先生シャディラの左には、陽気な四〇代のテシエが陣取っていた。この男は、かなり沈滞した町ゲレ〔クルーズ県庁所在地〕から来たと言ったが、私の記憶が正しければ、彼は石炭とジャガイモを売っていた。

次に同じく、この典型的な兵舎の相部屋の集団寝床の席順にしたがうと、オービュッソン〔クルーズ県の小町。十四世紀からの綴れ織りで有名〕の弁護士デラがくる。この仁は狩猟服姿だったが、誰もが知っているように、占領期間中、狩猟は禁止されていたので、驚きだった。彼は、ボタンホールにフランス部隊の軍人徽章をなにげなさそうに着けていたが、これは私を面食らわせるもので、当時の別称で言うと、この小さな鏝〔アイロン〕はヴィシー順応主義のシンボルそのもの、つまりは、原則として我々がここにいるべき大義の正反対を表わすものだったのである。

実際、この時代、状況は見た目ほど単純ではなかった。福音書で、家父長のブドウ畑で働くための労働者集団がいくつか登場するのと同じく、最初のレジスタンス実行者の活動にみずからも努力と犠牲的行為を捧げようとする一団が相次いで生まれたことは認めざるを得ない。いずれにせよ、この一九四三年初め、彼らを最後のときに来た労働者〔遅れてきた信者にも神は平等な恵みを与える、というマタイ伝の寓話から〕同然に語ることは不当なことであった。

最後に、この七人組の仕上げとして、ディスブレがもっとも不安な存在のように思われた。彼にはその立派な理由があった。「アリアンス」の積極的な活動家であり、その出所にいかなる疑念も残さない経歴の持ち主と見られていたからである。他の三人の共犯者同様、マルシュ〔中南部フランスの旧州名〕人である彼は、サン・セバスティアン郡で、バター、卵、チーズの卸業を営んでいた。誰もが認めるだろうが、彼は、戦時中、その職業に専念すれば、もっと早くもっと確実に金持ちになったであろう。ただありがたいことに、世界を動かすのは必ずしも利益だけではない。

お互いの自己紹介が終わるとすぐ、国防軍 Wehrmacht の老兵たる、温厚な看守が朝食を持ってきてくれた。

朝の騒動で、我々はみな腹がぺこぺこだった。我々はたっぷり食べたが、食事はとてもよいものに思えた。まことに上品な仕種で、シャディラとデラは若干ドイツ語の心得があったので、我らが看守＝給仕長にそのことを指摘した。

彼はフランス人の誰もが知っているようなあのドイツ人、つまり、進んで話に身を乗りだすが、カントやショーペンハウアー、ニーチェにはほとんど無関係で、第三帝国に対しては、外見上ごく限られた忠誠心しか示さないドイツ人のひとりだった。別な戦争にも行ったが、そんなことしないほうがよかった、と言った。要するに、一八七一年、ロワールの軍隊にいた私の祖父が確信をもって、プロイセン人とは注意深く区別せねばならないと言っていた、あの善良なドイツ人のひとりだったのだ〔同じドイツ人でも、北のプロイセン人と南ドイツのバイエルン人は使う方言もその性格も異なり、ドイツ統一を実現したビスマルクも大いに悩まされた〕。会話が終わろうとしたとき、せんさく好きで心動かされたシャディラが、相手への礼儀をこめて、その名前を尋ねようと思いついた。すると控え目に目を伏せながら、相手はぽつりと答えた。

「カルプフライシュ Kalbfleisch」

シャディラとデラがすぐにフランス語に訳した。

「子牛の肉《ヴィアンド・ド・ヴォー》」

大きな錠前がヴィアンド・ド・ヴォーの背後ですぐに閉まると、あれこれと注釈がはじまった。まさにクルトリーヌの世界だった。楽観的な雰囲気がみなぎり、みなまったくの安堵感を覚えた。戦争が終局に近いことは明白ではないか？　なぜなら、ヒトラーが追い込まれて、我々のようなテロリストを監視するために、このような余り者、虚弱な百人組隊長、その闘争心がわが徒刑囚看守の象徴的な名前カルプフライシュ＝ヴィアンド・ド・ヴォー〔子牛の肉〕に要約されているような者まで使っているのだから。

午後は平穏に過ぎた。さまざまな懸念や不安を忘れてしまおうと、我々は言葉に酔いしれた。デラはオービュッソンの綴れ織の起源について講釈し、シャディラは、フランスのグラン・トリアンとグラン・ロージュ〔いずれもフリーメイソンの組織〕の明確にすべき基本的区別について一席ぶった。彼自身、まだ知らないひとのために、自分は後者の方に属し、高位に就いていると言った。

思い出すが、なにかの折に、彼が我々の入れられている部屋とその居住者を見て推し量り、こう指摘したことがある。

「我々は修道院を経営するのに十分な数いるね」

だがこの呼びかけには誰も無反応だった。

少しあとになって、誰かがミサ典書とか瞑想するためのなにかの本を携行してこなかったことを声高に嘆いた。

「そんな心配は無用。ここに貴君に必要なものがあります」とフリーメーソンの高官が大きな鞄をかき回しながら、低い声で答えた。

彼は相手に『キリストのまねび』〔信仰修養書、作者不詳〕を手渡した。

「どうか、エグロン〔Aiglon（鷲の子）ナポレオン二世のあだ名。Aigle（鷲）ナポレオン一世の子〕のように、私から決して離れないこの伴侶についてこう言えることを確かめていただきたい。**よく読んだ頁で、本はひとりでに開くものだ**」と大先生は言った。

黄昏時、フリッツ小型軽機関銃を抱えた他の二、三人に護衛されたヴィアンド・ド・ヴォーの監視下、我々は兵営の中庭を少し散歩することが許された。庭は広く、荒涼としていた。ひとけのない兵舎、廃用された陰鬱な寺院のような建物が呈する光景に、我々の心は締めつけられた。

ゲーテの言葉を得意そうには使えない者たちが、それでも我らが看守の善意をたよりに、彼と話そうとした。我々のひとりが、問いかけるようにして、空に輝いたばかりの金星を指さすと、ヴィアンド・ド・ヴォーはやさしく「シュテルンStern」と答えた。

そしてもっとよくわからせようと、兵舎の庭の砂に指でその字を書いて見せた。

「フランス語では星という意味だよ」とシャディラが訳した。

この戸外の散歩、信じられないような早春の温かさ、不遜にももうほころび始めたマロニエの蕾に、我々は気が滅入った。一列になって、希望も喜びもない思いをめぐらしながら、また営倉に戻った。そこはもう午後のときほど感じよくはなかった。

夜になった。手探りで、我々は寝床に横になり、眠ろうとしたがなかなか寝つけなかった。右手にある換気窓から、外のざわめきが聞こえてきた。〔『レ・ミゼラブル』の〕ユゴーなら、換気窓にはため息がある、と言ったであろうが。

そのとき不意に、純粋な子供の声——通りにいる誰か知恵遅れのボーイスカウトか——が耳元に届いてきた。

「ぼくはスペーインの王様だ
ぼくは黒いー目の娘たちが好きだ」

ああ、惨めだ！　この歌詞はまさに、昨晩私の末の、まだわずか四歳の息子がまじめそうに歌っていたものだ。わが家の食卓の周りで、大笑いしていたのに。

恐るべき歌の力。音楽は悲嘆にくれるときに奔流のごとくイメージ、あの幸せな日々のイメージを思い起こさせる。ひとつひとつが愛する者の顔となって浮かんでくる。いまや自己の尊厳を失わないように心すべきときが来たのだ……じっと我慢して、目を閉じるとしよう。その方がまだましだろう。

まどろむよりも前に、別な歌が聞こえてきた。今度は中庭の隔離独房からだったが、そこにはかつて禁固刑を科せられた、軍法会議行きの軍人が閉じ込められていた。それゆえ、まだ少なくとも印象とか気持ちのやりとりできる我々よりも不遇な孤立した仲間がいたのである。間違いない。いまやはっきり区別できる。歌の調子が強くなった。獄中一杯に拡がり、周りを圧している。そして眠ろうとする者を揺り動かした。

「めでたし海の星
　祝されし神の御母……」

「あの声は知っている。レール司祭だろう」と誰かが暗がりで言った。

3　フランス人司祭

「トロシュ〔将軍。普仏戦争時の国防政府の長〕は信心家気どりと一緒だが、そのひとりではない」
（シャルル・ペギー『金銭』）

前夜、部屋中が目を覚ましていたとき、クルーズ県の者たちが、一緒に「仕事していた」人物のなまりに気づいた。たしかに、「海の星〔聖母マリア〕」への賛歌を通して届いてきたのは、レール司祭の声だった。みなの口がほぐれ、しゃべりだした。仲間たちがその指導者の逮捕の状況を知ったとき、隠されていた決定的な事実が偶然わかった。間違いない。彼らも「加わっていた」のだ。彼らが巻き込まれた事件は非常にまずい展開のように思われた。実際、事件は、数カ月後、レール司祭がドイツのある監獄の溝で、朝、一斉射撃を受け、他の四人は二一カ月の強制収容所送りとなって終わることになる。

シャルル・レール司祭は、テュル〔コレーズ県庁所在地〕で先週土曜日、彼の助手である、ある一家の父親が彼の代わりになることに、冷静にだが、強く反対したあと、かなり劇的な状況で逮捕された。他の多くのフランス人同様、彼を真っ先に連行したのは情報局と通じた組織網だった。

きわめて当たり前の安全感覚から、この時代、地下組織網 réseaux のレジスタンはレジスタンス運動 mouvement の活動家たちとは一緒には動かなかった〔概してレジスタンスには三つの形態があり、組織的運動体としての mouvements、地下組織網としての réseaux、南仏の灌木地帯を拠点とするゲリラ的組織の maquis があったという〕。しかし私はずっとまえからシャルル・レールを知っており、何度も会っていたので、彼の地下活動を見抜くのに長くはかからなかった。そのうえ、彼の最初の師であり、その親友でもあったアルヴィトル司祭、このブリーヴの庶民的小教区の主任司祭は私の友人でもあり、「コンバ」で一緒に働いていたのだ。アルヴィトル司祭は元シヨン派〔十九世紀末―二十世紀初めの社会的カトリシズム運動〕で、反対派から軽蔑的に「赤のキリスト教徒」と呼ばれていた、あの世代に属しており、彼らはごく自然に、早い時期からレジスタンスと称されていたものの前衛に集まっていた。私がロンドンからのアピールなるものの存在を知る前に、彼は、六月一八日の翌日やってきて、こう宣言した。

「私はド・ゴール派だ」

私がはじめてその言葉が発せられるのを聞いたのは、この民主的な主任司祭からである。シャルル・レール司祭も「ド・ゴール派」だった。我々はお互いの裏活動を知るのに長くはかからなかった。彼の逮捕前の日曜日、私は彼に懸念を伝えに行った。「コンバ」から届いた情報に基づいて、その朝、私はゲシュタポの車が我々の情報発進局を探しているのに気づいていた。それに、そうした発進局のひとつが、レール司祭の指揮下、大聖堂の鐘楼の中で作動していることも知っていた。

親愛なるレール司祭は、我々の多くの者同様、あまり慎重ではなく、そのうえちっとも地下活動には慣れていなかった。あとで聞いたことだが、あるフランス人が分派と称したド・ゴールに従わなかった拒否の弁解をしようとして述べたという、もっともまともらしい理由のひとつは、次のような考えにあった。

「フランス人はアイルランド人でもポーランド人でもない。自分たちに提案された闘争形態に必要な、隠れて黙ってする、慎重な行動は我らの同胞には不可能だろう。我々にはそのための訓練が極端にかけている」

このアリバイには一半の真実があった。我々の最良の者たちの大量の殉死がそれを証明することになる。それどころか、そのことは、レール司祭のような人びとの称賛すべき行動をなんら減ずるものではない。実際、彼は、一九四三年、自分は動員された者と見なし続けていた。三年前、ロテール河畔〔アルザス北部独仏国境〕やアルゴンヌの森〔旧シャンパーニュ州北部〕で〔第一次大戦中〕歩兵中尉の軍服で行なったものと同じ戦いを、いまや司祭の法衣をまとって続けていたのである。この精神生活のすばらしい輝きを放つ司祭は、「世襲の」敵というよりも、彼にはキリスト教の否定そのものに見える文明の一形態と戦っていたのだ。

彼らにとって不幸なのは、まさにそこで、ベルナノスの言う「現実主義者」、この屈辱と悲惨の時代、我々を嘲笑した者たち誰もが決して理解しなかったことである。つまり、国粋的とか復讐的精神とはかけ離れた、あの名誉の感覚。三〇年前、ヴィルロワの甜菜畑で赤いケピ帽姿で倒れた歩兵中尉の教え、「ベルフォールにおける〔ダンフェール＝〕ロシュロー〔一八七〇年、ベルフォールを三カ月間死守した将軍〕とジェノヴァにおけるマセナ〔ナポレオン麾下で勇名を馳せた元帥〕……」〔シャルル・ペギーが祖国防衛への不退転の決意を述べたもの〕に対するあの忠誠。つねにペギーに戻らねばならないのだ。

戦士シャルル・レールには、普通の人びとが言うように、「満ち足りたもの」があるわけではなかった。それだけのことである。彼には闘争、名誉、勝利こそが「満ち足りたもの」だった。したがって、彼は「〔戦いを〕もう一度やる」ことにしたのだ。実際、彼は徹底抗戦主義者、一種の絶対者の巡礼――シャルトル同様ビル＝ハキム、コンポステラ同様クーフラ〔前者は巡礼地、後者は大戦中のサハラ砂漠の戦場〕と、どこにでも「最後まで」行こうとするあらゆる絶対者のあらゆる巡礼と同じあの巡礼たちのひとりだったのである。

我々のリモージュでの滞在は短期間だったが、背が高く肩幅の広いゲシュタポの将校との対話でずいぶん不愉快な印象が残った。彼はきわめて好奇心旺盛で、我々みながとても賛成できないような多くのことを、我々ひとりひとりになんとしても認めさせようとした。

会話は、多くの場合、騒然としたもので、リモージュのシャン・ド・ジュイエ広場近くにある、富裕な実業家の私邸で行なわれた。そこへ連行されるとき、我々は強い不快感を覚えさせられた。逃亡を防ぐためと称して、我々に手錠をかけたのである。

個人的には、ボディーガード〔SSのこと〕から逃げ出すという考えはまだ浮かんでこなかった。妻と七人の子を人質に残して、どうして逃亡などできようか？　この危険を冒すには、家庭という小世界が安全になるのを待つほうがよかった――あとでその機会があったならばだが。しかし現在の状況では、それは己れの罪状を認めることになったであろう。ところで、私は当然ながら自分の無実を主張した。私には、彼らが探し、そうと決めつけようとしていた「デュヴァル」とはなんら共通点がなかった。先月逮捕された友人たちの誰ひとりも私を「売っては」いないだろうと心穏やかに確信していたので、私は人違いである――実際私はミシュレだった――と激しく抗議した。

レール司祭とは、兵舎からゲシュタポの本部への行き帰りに会うことになったが、残念ながら、これが彼のための弁護とはならなかった。彼は、逮捕のときに所持していた多くの記録資料全部を消してしまうことは不可能であると教えてくれた。そのことは、尋問が終わって出るときにわかった。しかし彼の上機嫌はいつものままで、その明るい微笑は、近視の眼鏡を壊すほど激しく殴打されて、ほっそりした顔に深い傷痕が残ったにもかかわらず、少しも損なわれていなかった。

夕刻、すっかり暗くなったとき、ヴィアンド・ド・ヴォーが荷物をまとめるよう知らせに来た。出発のときが来たのだ。行き先不明だが、それはいつものことだった。我々を待ち受ける厳しい試練のひとつとなるのは、この明日のことがつねにわからないという不安、疑心暗鬼で、それをあとになって知らねばならなかったのである。

荷物は少ないので、準備はすぐできた。我々はじりじりして不安になりながらも、じっと待っていた。全員一緒に出発するのか？　レール司祭をひとり独房に残して行くのか？　とくに、我々をどこへ連れて行こうとしているのか？　おそろしく突飛で悲観的な推測が広がった。我々は周りの暗闇と同じような暗い考えを反芻していた。

そのとき、近くの修道院の鐘が鳴り始めた。フリーメーソンの大先生の荘重な声が、いつもの平然としたきまじめさで、こう指摘した。

「夕べのお告げのときだ。歌を知っている者はすぐみなに暗誦して聞かせられるだろう」

それに応じて、フランソワ・モーリアックの同窓で、彼のように賛美歌と聖歌で教育を受けたドクター・ボネが答えた。

「主のお使いのお告げありければ……」

「マリアは聖霊によりて懐胎したまえり」と居合わせた聖職者たちが続けた。

シャディラの配慮のおかげで、我々が最初の監獄を出たのはこうした僧院の雰囲気のなかにおいてであった。

パリの夜行特急に、我々をなぞの目的地に運んで行く車輌が繋がれていた。最後になって、レール司祭がやっと独房から出て、我々の小グループに加わった。リモージュ駅で、ペリグー〔リモージュより南のドルドーニュ県庁所在地〕から来た別の囚人グループが、やはり我々同様茫然とした様子で、〔仲間が増えたと〕満足そうに迎えてくれた。

銃床で乱暴にせき立てられて押し込まれた車室で、私はレール司祭の横に座れて嬉しかった。我々の向いには少尉のような様子の、背が高く陽気で、品のよい若い仲間がいた。ドロンが教えてくれていた名前から、彼がドルドーニュ県の我々の遊撃グループのリーダー、食料品屋のヴィヨであることがわかった。

この若者は、三年前、レール司祭の組織グループで班長として働いていた。司祭同様、彼にも戦争に「満足するもの」はなかった。彼らは、敗北以後ばらばらに分散してからは会っておらず、お互いのその後の足取りを知らなかった。しかし彼らは、またこうしていま向かい合っているのも、やはり当然であると考えていた。彼らにとってもまた、一九四〇年六月、フランスは戦闘に負けただけだった。だから戦争は続いていたのである。

向いの座席の左手に、ずんぐりとして寡黙な暗い表情の、どうやら〔アルジェリアの〕カビリア人らしき男が、ひどくうんざりした様子で、周囲で起こっていることなどまるでわからないかのようなふりをしていた。ヴィヨの仲間ジャック・ペリエだった。少しずつだが、彼が会話に加わってきた。彼はひとりっ子で、いつも年老いた両親のことを考えていた。それまでの暮らしは、彼には安逸なように思われた。ペリグー近辺の楽しい所をいろいろと知っていたのだ。ベニマスのバターソースがとてもとろりとしていた、〔リムーザンの〕ヴェゼール川沿いのはたご屋。トリュッフ入りオムレツがほどよくどろりとしていて、味わう前にあずま屋を香りで満たしてくれるサルラ〔ペリゴール地方の町〕の酒場。若いエピキュリアンのブルジョワ、ペリエはヴィヨへの友情から闘争に加わっていたのだ。だがヴィヨに対する賛嘆の念がとても大きかったせいか、ペリエがその後みずからも経験することになる、このとてつもない冒険に引き込まれたことを恨んでいるようには見えなかった。

ヴィヨ、ペリエ……〔収容所の〕火葬場の煙となって消えた他の多くの者たちのなかの二つの顔。それを想い起こすと、詩人〔不詳〕の嘆きの声が重なる。

「ひとりならずの者がもはや二度とは、愛する者たちのかたわら

夕べの炉辺で、かぐわしいスープを味わうことはない……」

ヴィエルゾン〔中仏シェール県の町〕に着く前、手前のトンネルで、列車が止まり、光が消えた。長い待機。苛立った大声が突然、沈黙と暗闇の中で吠えた。

「わからないのか、おい？　ばか者ども！」（荒っぽい呼びかけはますます強くなった）

これに対し、車輛の端から別の声が、見知らぬ仲間が逃亡の手はずを調えたのだとわかって、不機嫌に答えた。

「畜生め！　二人ずつ繋がれているのだ。逃げることなど無理だ……」

機関銃の一斉掃射。すべて元に戻った。護送は続いた。やがて鉄道輸送の闘いとなるものの短い序曲。

この一九四二―四三年の冬、我々の誰ひとりとしてそのときは、敵に勝つためにまだ果てしなく二

年以上もかかるとは思いもしなかった。

希望と失望が交錯するにもかかわらず、ひとりも最終的な勝利を疑っていなかった。レール司祭は他の者ほどではないが、夜明けにロワール河を渡ると(私はまだ彼の話を聞いていた)、少し陰にこもって詰まったようで低いが、いい声でしばらく長談義を止めるように言った。そして、聖務日課書から取り出したばかりの一文、聖パウロの書簡を大きな声で訳そうとした。

「あなた方は屈従させられ、軽蔑され、顔を叩かれることに苦しむ……(一瞬、彼の哀れな傷ついた顔を見たが)。私はもっと多くの労働、もっと多くの牢獄、際限なき殴打に苦しんだ……」

次の節では、おそらく自分自身の場合を考えたのだろうが、ゆっくりと区切って言った。彼は自分が密告されたことを知っていたのだろうか?

「私は何度も偽りの兄弟のせいで危険な目にあった……」。次いで、低い声で、自分ともっとも近しい者だけに語りかけるように、引用を終えた。

「あなた方には私の感謝の祈りで足りる。力は弱さのうちに成るものだ……」

ジュヴィジとパリのあいだで、隣の線路を並行して走っていた郊外電車の運転士が、窓越しに我々が保安警察Schupoに護衛されている姿に気づいた。我々が計ってみようとした運転スピードで、彼は進行をときには速め、ときにはゆるめて、電車の乗客たちにこの光景を見せようとした。我々はやっとオステルリッツ駅に着いたが、相変わらず一対だけの手錠で二人ずつ繋がれていた。レール司祭と私は同じ手錠だった。そのように繋がれていた我々の両手の一方は、もう無感覚になっていた。

「ようやく辿り着いたこのフレーヌ監獄に来てひと月が経ち……」
フレーヌ監獄の内部（AFP）

「真っ裸でまだびしょ濡れのまま……」ダッハウ収容所の到着時
（エドモン・ミシュレの同囚フェルディナン・デュプュイのデッサン。ミシュレの序文付き『フランクフルトからダッハウまで』からの抜粋）

4　収容所付きドイツ人司祭

オステルリッツ駅を出て、ようやく辿り着いたこのフレーヌ監獄〔パリ南東のヴァル・ド・マルヌ県の小さな町にある、いわば中継収容所〕に来てひと月が経ち、最初のグループは分散させられた。私には独房への権利があったが、そこには先住者の巧妙な細工で、窓のすりガラスの一枚が持ち上がるようになっていた。このメリットを使って、私は最初のころ、広い中庭の虚空に向かって、仲間たちの名前を呼んでみた。だが私の呼びかけは深い静寂にこだまするだけだった。ひとりでいることの苦悩と悲惨。伝道の書参照〔旧約聖書。伝道の書で何度も繰り返される「空の空、いっさいが空である」や「みな空であって風を捕らえるようである」のような一節でも思い出したのだろうか〕。

私が廊下の最後の曲がり角で、あの善良なシャディラの少し背の曲がった長身の体軀、プラドの小柄でずんぐりした体つき、ペリエの丸い背、その他の者みなの姿が消えるのを見てから、もうひと月になる……登録手続き中、看取が苛々していた間、レール司祭が我々をひとりずつ腕で抱擁したのは、なにを予感してのことだろう？

この終わりの見えない月日のあいだ、三度繰り返して、明け方、心凍る思いで、錠前の中で鍵が回るのを聞いた。軍曹 Feldwebel が怒鳴った。

「出ろ、出ろ、裁判だ！ Los, los, Tribunal!」

はじめて〔パリの〕フォシュ通りの八四番地に弁明に行かねばならなかった。行き帰りはあの「〔針金製の〕サラダの水切りかご」という、まさにぴったりの渾名の護送車で行なわれた。通常、尋問に付せられた囚人が運ばれるのは、こうした檻だった。格子窓を通して、心躍るような春の光景がえもいわれぬ陽光の中に現われた。無名戦士が眠っている凱旋門の前を通ると、誰もが自然に帽子を取り、女たちは十字を切っていた。当然ながら、そのため何度かまた余分に突き飛ばされることになった。だが我々はやはり満足していた。誇りある態度を示せたのだから。

不愉快な対話をやりとりしたフォシュ通りの部屋の半ば開いた窓から、新緑と我々にはつれない花々が見えた。決して、決して、このパリの空の淡青色《ライトブルー》と淡灰色《パールグレー》が、その年ほど優しさに満ち溢れて見えたことはなかった。

予審判事役の将校が書類を調べている机の後の鏡には、三週間も髭を剃らず、髪は伸び放題、ネクタイなしの一種の浮浪者の顔が映っていた。我々自身の顔だった。

別の将校が、その日の気分次第で、静かに仕事をしようとしたり、暴力で我々を脅そうとしたりした。ときには、無関心なふりをして、鼻歌を口ずさみながら、目の前の書類をめくっていた。私個人に関して言えば、死ぬまでこの『ヒンズー教歌』〔わけのわからぬ歌という皮肉か。不詳〕を思い出すことになる。

すべての対話がこうした鼻歌混じりの弱音の響きで行なわれたわけではなかった。それどころではなかった。ときには、それをはるかに越えていた。この尋問室になった旧応接間の一角にあるテーブルの上を盗み見ると、奇妙なものが置かれていた。そのおかしな外観は漠然とだが、不安にさせずにはおかないものだった。好奇心はそのままにしておく方がよかった。

別なときには、最初に連行されたのはソッセ街だった。陰気な建物。その朝は、長く、非常に長く、そう、率直に言って、狭くて不気味な小部屋でとても、とても長く待たねばならなかった。血痕のついた壁、気も滅入るような落書き。やがてひとが来て、またフォシュ通りに連れて行かれ、そこでおそらくあの「コンバ」事件の尋問が続けられることになるが、当然ながら、前から私は絶対に、まったく、完全に無関係であると明言していた。

無蓋の車での行き帰りならば、やわらかな色とりどりの春の風景に満ちた町は心奪われるものだったのだろう……残念ながら、手首にくい込むこの手錠を感じざるを得ず、またあの保安警察 Schupo の指先が止め金のすぐそばにあるのを目にしないわけにはいかなかった。

フレーヌへの帰りははるかに気の滅入るものだった。その日、囚人護送車の狭い蜂の巣状の席に過剰に押し込まれて、窒息しそうだった。不快な日々を過ごして間もない若い仲間が、すぐにわかったが、彼もまた「コンバ」に属していると教えてくれた。ロリヨという名前で、数日前ポー〔スペイン国境フランス南西端の都市〕で逮捕されていた。元カトリック青年同盟のトゥルーズ人、イヴ・ペリッセとの出会いは、この惨めな雰囲気に一服の清涼剤をもたらした。

三度目の尋問はおかしな行為〔拷問〕で始まった。三時間、地下室の小部屋で、壁に向かって立ったままでいなければならなかった。そこに入ると、中央に事務員がいて、タイプライターでなにかよくわからぬことを作成しているように見えた。ときどき、低いが、十分聞き取れる声で、彼はなにか固有名詞を言っているようだった。何度か繰り返して、彼がこう呼ぶのを聞いた。

「デュヴァル、デュヴァル！」

もちろん、このそう変わってもいない偽名は、私が「コンバ」の第五管区を指揮しているときの名前だった。そのとき、同じような禁忌の〔後ろを振り返ってはならない〕状況で後ろを顧みたために塩の柱に変えられた、聖書の時代の人物〔アブラハムの甥ロトの妻。創世記第一九章〕に起こった不幸が私の記憶に甦った。私は一ミリたりとも動かなかった。必要ならば、政治〔公安〕警察を「だまそうとする」場合、聖史を無視しないことの効用。

このオリジナルな拷問はその日の儀式の終わりではなかった。上の階に戻ると、もう一度、ロシア音楽の愛好者が私をサントル地方〔仏中央部〕の「コンバ」の責任者呼ばわりするのを聞いた。否認し続けると、彼はもうなにも答えなかった。モン・ヴァレリアン〔パリの西にあって、第二次大戦中、フランス人四五〇〇名がドイツ軍に銃殺された丘〕の墓穴が待っているというわけだ。それに、先月逮捕された仲間が結局は私を密告していたのだ。ではなぜ私はこだわるのか？　心鎮めて、密告者と対面させるよう要求した。そうすれば、誰が本当のことを言ったのかわかるだろう……。

「そんなことしてもなんにもならんだろう。おまえの仲間は誰も意見を変えないだろうから」と彼は答えた。

私の不用心な提案に対するこの返事で、多少は安心した。そしてすぐにこう考えた。《彼は本当のことを言わせるためにわざと嘘を言っているのだ。たぶんあのアルザス人少年Sに密告されたのだろう……ドロンが紹介してくれたが……（彼に任務を委ねたのは間違いだったのだ）。他の者はなにも言っていない、それは確かだ。Sにとって……私を知らないのだから、対面してなんの危険があるだろう？》

私の推測がそこまで来たとき、結局、予審将校はとどめの一撃を加えようとした。彼がゆっくりした正確な言葉で、ほとんど調子を変えずに、こう言ったのがいまでも聞こえる。「よろしい。では、おまえの妻と息子を投獄したままにしておこう。おまえの上の娘二人もだ。必要ならば、彼ら全員ずっとそこにいることになる。もっとも、当然の報いだがな、彼らも」

私を納得させるため、彼は〔ドイツ〕警察の報告書を翻訳して見せたが、それは、先月十一月、ドイツ軍が〔非占領地区との〕境界線を通過した日、ブリーヴの町が彼らに示した意外な対応に私の家族が加わっていたことを告発していた。

こうした気もふさがるような見通しのなか、私はフレーヌに戻った。SSがはったりをかけているのだと考えようとしたが、実際にはそれほど確信はなかった。

数日間、とくに夜、私は暗い思いに沈み、反芻していた。独房の孤独がいっそう耐え難いものに思われた。

私がシュトック司祭と知り合いになったのは、こうした状況下であった。ある晴れた朝、彼が入ってきた。土曜日だった。まず最初、彼の控え目な態度に驚いた。通常、看守が独房に入って来るようなことがあると、怒鳴り散らすものだが、彼は静かに入ってくると、我々の方へ身をかがめるようにしてきて、まるでそうした仕種で我々囚人の生を共にしていることを示したいかのようだった。

フレーヌに入ったとき、収容所付き司祭を頼んでいたが、まさかドイツ人が来るとは考えてもいなかった。だから最初は、この薄い唇の金髪の聖職者が目の前に現われたとき、ひどく失望した。彼は、神学の勉強を終えたばかりのあの伝統的な「博士さま Herr Doktor」の姿によく似ていた（似すぎていたが）。彼は非常に正確な、それも残念ながら、フォシュ通りの私の尋問者と同様に実に正確なフランス語を話した。

私の失望は目に見えてはっきりしていたのだろう。シュトック司祭がまず弁解しだしたのだから。私は気持ちが挫けないように努め、教会の教義には期待していなかった側面のひとつに賭けてみようとした。そこで思い切って、彼に、真実の隠蔽も場合によっては、たとえば法廷で身を守らねばならないときには、合法であることを認めてくれるよう求めた。

「もちろん。それは初歩的なことですから……」と彼は答えた。

我々は低い声で話していた。ドアの隙間に軍曹Feldwebelが見えていたから。そのとき、シュトック司祭もまた、その社会では一種の「赤いキリスト教徒」の司祭であることがわかった。彼は、別の戦争直後、マルク・サンニエ〔一八七三―一九五〇。ション派の創設者〕がビエルヴィルで組織したあの平和集会に参加していた。また、ジョゼフ・フォリエや、サン・フランソワの仲間たちや、「ジュンヌ・レピュブリック〔若き共和国。レジスタングループのひとつ〕」の共通の友人たちについても話してくれた。このドイツ人司祭は、比類なき親切心、機転、慈悲心をもって職務を遂行していた。立ち去るとき、彼は私の手に聖書を滑り込ませたが、それは、忠実な友で、やはり忠実な共犯者でもあるメディユ師〔神父〕が私にと彼に手渡していたもので、彼は翌週また来ると約束した。次いで帰るようなふりをしていたが、後戻りすると、いっそう声を低くしてこう囁いた。

「一緒に最後のアヴェマリアを唱えましょう」

軍曹Feldwebelに背を向け、ざらざらした小さな棚板を祭壇代わりにして、その前に跪いた。彼は同じ単調な口調で続けた。

「めでたし、聖寵充ち満ちたるマリア……奥さんが昨日私のところに来ました。とても元気です。子供さんたちも。主は御身とともにまします……心配しないようにとのことでした。家は万事順調だそうです。主は御身を選び、祝福し……」

このようにして、シュトック司祭は、占領期間中ずっと主の教え、すなわち、「私は獄中にあり、あなたは私を訪ねてきた」を実践していた――その後、解放後さえも、彼はフランスに留まって同胞のドイツ人戦争捕虜に同じように奉仕していた。

ある者たちは、厳密に禁止されたこと streng Verboten に対する彼の言葉少なさや恐懼の念、同胞たちの恐懼の念を必ずしも理解していたのではない。だが、彼の使命の驚くべき困難さを考慮せねばならない。

フランツ・シュトック司祭、ドイツ人なのでそう呼ぶが、それゆえにこそ、彼にはあの謙虚さでその使命を果たしたことにいっそうの功績があった。しかもその謙虚さは、しばしば我々の生命を救うために、みずからの生命を危険に晒して尽くしてくれた数々の活動にいっそう大きな価値を与えるものだった。彼のようなドイツ人にとって、惜しみなく与える世俗の救いと聖職の務めをそのように折り合わせるのには、冷静な大胆さが必要だったことが理解されるだろうか？　彼はこの二重の務めを立派に果たしていたが、それは驚くべき困難障害のさなかにあっても、彼がずっと司祭のままだったことからもわかる。

死が訪れても、彼がフランスの大地、刑死した者の遺骸が運ばれたティエ〔パリ南東ヴァル・ド・マルヌ県の町〕の墓地に眠りたいと望んだという、この最後の願いを、私は、この温和で謙虚な司祭が「カリタス〔キリスト者の愛＝慈悲〕」という言葉を見事に体現していた姿にまったく相応しいと思った。

このシュトック司祭との出会いから五カ月は、彼のおかげで家族に関しては安心した、孤独な日々が過ぎた。毎週土曜日、この孤独はいつも待ち焦がれている彼の訪問によって中断した。ときおり、彼はあまり長くはいられないとあやまったが、それほど彼に救いを求める悲嘆者は多かったのである。しかし彼はしばしば、いろいろと按配して、真のキリスト教徒にとって必要な唯一のもの〔『聖書』〕の補いとして、最新刊の本や仲間の伝言をもってきてくれた。彼から、私はドイツに出発する前のレール司祭の別れの挨拶を受け取ったが、後者を待っていたのは処刑柱だったのである。

シュトック司祭に、あまり恵まれておらず、外部から小包を「送ってもらえない」同囚者に少しはなにか食料の足しになるものを持ってきてほしいと頼むと（我々のなかの何人かは差別されることもなく、小包を受け取ることを許可されるようになっていた）、彼は通常、それは厳禁事項streng Verbotenだからこれが最後であり、結局は自分に困ったことが起こることになると弁解しながら、使命を果たしていた。だが次のときも同じようにしていた。

その後ある日から、なぜかわからないが、小包が――同時に、当然その中にあった貴重な走り書きも――来なくなった。我々と外部の情報の交換はできなくなり、沈黙がいっそう重苦しくなった。この沈黙はただ、看守が廊下の向こう側にいると思われたとき、閉まりの悪い窓の継ぎ目を通して聞こえてくる、中庭の途方もない虚空にこだまする短い苦痛の叫びや簡潔な点呼(2)、束の間の歌によって、破られるだけだった。

独房の先住者のおかげで、私は隣のイギリス人情報将校クリストファー・バーニーと連絡ができ、またペンテコステの月曜日、着いたばかりのベアルン地方〔スペイン国境に近いフランス最西南端〕の仲間が口ずさむ懐かしい「ポーの美しい空」〔ポー地方の賛歌〕を聞くことができた。

シュトック司祭はフレーヌの信徒たちに、ロダン司祭が、大帝国Grand Reichのあらゆる士官捕虜収容所Oflagsと下士官・兵卒収容所Stalagsに分散した膨大な戦争捕虜群用に作成したものにぴったり合わせた、非常に簡単な小さな祈りの手引きを配っていた。これは、多くの者にとって、他に読むものがないかぎりずっと、いやその後さえも計り知れない価値の貴重な伴侶となった。我らが監房に夜が忍びこむ前に、みなが読んでいた夕の祈りの歌の簡素で感動的な翻訳を、私はいまでも覚えている。

「なにも野獣を恐れることはない……神はのたもうた。彼は忠実なのだから、彼を救おう……苦難にあっても、私は彼のそばにいよう」

このようにして、この汲めども尽きぬ小冊子に、状況に相応しい多くの文章を見出したのである。これにはとくに、〔レオンス・ド・〕グランメゾン師〔一八六八―一九二七。イエズス会士〕の聖母マリアへの素晴らしい祈りが含まれていたが、あとで驚いたことには、これがほとんど知られていなかったのだ。

「……我らに、哀しみなど味わわず、いかなる善行も忘れずに、いかなる悪にも恨みを抱かない純な心を得させたまえ」

この驚くべき小冊子の唯一不都合な点は、最後のページだった。我々に最悪の悲観論を吹き込むような不安をおもんぱかって、あまりに心遣いをしすぎていた。〔宗教暦で変わる〕移動祝祭日の暦が一九四五年まで延びていたのである。

ところで、もう一九四三年の前半にまできており、我々の誰ひとりも、解放が――遅くとも――近づいている夏のあいだには到来することを疑ってはいなかったのだ。

5　不可知論者

六カ月の隔離後、三階を監視していた軍曹 Feldwebel に——出ろ！　出ろ！　los! los! と——連行されていった一階の共同房で、私は「コンバ」の古い仲間ジャック・ルヌヴァン、我々古参には通称「ジョゼフ」に再会した。

彼は恐ろしく痩せていた。七カ月間の拘留で我々の誰よりも苦しんだのは明らかで、顔や全身に、フォシュ通りで被った特別待遇の痕跡を残していた。だが彼は、我々モンペリエの遊撃グループの仲間パスカルやジュリアン、そのうえポーの彼の若い連絡員ジャックとレイモン・シュにも再会して、とても楽しそうだった……。

親愛なるルヌヴァン！　彼は、ピエール・ブロソレットやジャン＝ギー・ベルナールとともに、地下闘争が終わったあと、その不在がもっとも悼まれるべき人びとのひとりだった。そのとき以来、私は、この三人がもし生きて我々とともにあれば、なにを言い、なにをしたかと何度心に問うたことであろうか？

ルヌヴァンは、斜視だが一種の好人物の巨漢、言うなれば、騎士道などもうほとんど理解されなくなった時代に迷い出た、遠き時代の騎士だった。彼は、アクシオン・フランセーズがローマ教皇に禁圧された〔一九二六―三九〕あとも長らくそこに属していたが、戦争前夜、ことの正否はともかく、そのメンバーの何人かが例の仏独委員会〔フランス人の平和主義的感情に働きかけて台頭するナチへの警戒心を弱めることを目的とした胡乱な組織。一九三五年設立―三九年消滅〕にきわめて密接に関係していることが、わかったときになってやっとそこを離れた。彼は、カムロ・デュ・ロワ〔極右王党派〕として暴れまわっていたアクシオン・フランセーズ同盟における乱闘時代への郷愁を留めていた。私は、これほどなにごとにも恨みを抱かず、ひとに悪意をもたない男には出会ったことがない。

彼がいつも驚いていたことのひとつは、ごく初期のレジスタンスの隊列で、大衆民主党員、かつて彼があれほど嫌悪していたのと同じあの「ホモ」にしかほとんど出会わなかったことである。以後、彼らに対してぶっきらぼうな一種の優しさを示していたが、昨日までの最悪の敵に「コンバ」や「フラン・ティルール〔義勇兵〕」「解放」で再会しても、もちろんまったく同様にしていたであろう。そのようにして、彼はピエール＝エティエンヌ・フランダン自身にも接したであろうが、この仁とは、ミュンヘン会談直後、凱旋門で大口論していたのである。

長い不安な日々を過ごしたあと、再会したこのフレーヌの部屋で、我々は、ともにお互いそれぞれの状況を分析した。すぐに、私には、ルヌヴァンが誰をも危険に晒さずに決着をつけようとして、たったひとりで圧倒的な全責任を負ったことがわかった――これは死の危険がないわけではなかったが、不幸にも後日それは証明されることになる。だがルヌヴァンは嘘をつけず、ゲシュタポにさえもそうだった。まったく本物の騎士だったのだ。

騎士でもない私としては、誰でも知っている例の「白状するべからず」という掟に従って切り抜けようとした、と彼に説明した。もっと正確に言えば、私は、彼のように自発的な自白を強いる装置〔嘘発見機のようなものか〕にかけられることはなかったと言い添えねばならないが、それは、我々が尋問された時期にはまだほとんど設置されていなかったのである。

数時間後、どことも知れぬ目的地へ我々のグループを運んでいく護送車の中で、不安な気持ちでいっぱいになり、我々は低い声でさえ話し続けることができず、また隣に汚れた爪の羊〔警察のイヌ〕のような風采の冗舌な男がいたので、用心深くなっていた。シェルシュ・ミディ監獄〔ラスパイーユ大通り五四番地、シェルシュ・ミディ街の角にあった軍用監獄〕前で長らく停止して、どうやら我々と同じ運命にある六人ばかりのベルギー人を乗せたあと、黄昏どきに我々はパリ東駅に着いた（それにしても、この一九四三年八月三〇日の酷暑の日、護送車の鎧戸越しに見たラスパイーユ大通りはなんと荒涼としていたことか！）。

幸運なる偶然、いや神の細やかな思し召しによって、我々、ルヌヴァンとその二人の若いポーの仲間、それに私は護送列車の同じ車室に入れられた。この忘れがたき友人ともうしばらくは一緒におれるという直感が働いたのか、私には彼の傍らで過ごした最後の数時間が貴重なものとなった。

あの忌まわしい——護衛たちがそれとなくほのめかしていた——終点に我々を運んでいく夜のあいだずっと、私は彼の歌うような声のひびきを聞き、彼の曇った眼鏡、上下の白い歯並びのあいだからこぼれる好ましい微笑を見ていたが、いまでもそれが思い浮かぶ。我々の横には、ベルギー人将校ヤンセンス軍医とウィリアム大佐がいたが、彼らはいまも、地獄の収容所の何人かの生残りとともに、我々の収容所生活の始まりとなった奇妙な挿話の証人である。

ルヌヴァンの二人の若い仲間はまだほとんど子供だった。年かさが一八歳、年下が一七歳。二人ともポーのリセの生徒で、レイモンは哲学クラス、ジャックは一年生だった。不運な時代のため、〔パリ中心部二区の伝統的な織物衣料産業の盛んな〕サンティエ街のユダヤ人たる彼らの両親はベアルンの中心都市〔ポー〕に追いやられていたが、そこでは大衆民主党の老獅子フォンリュプト神父が当時「コンバ」のため新兵を募り、煽り立てていた。

いまとなっては、誰がこの二人の少年を我々の運動に巻き込んだのかわからない。アンリ・フレネーはユダヤ人が積極的に我々の組織に加わることは、彼らにとってとくに恐るべき危険を伴うと警告していた。しかしここで、ユダヤ人の実際の勇気を否定する人種主義者たちに対して証言しておかねばならないが、おそらく当時私が知り合った彼らの同宗者〔二人のセール派〔リトアニアのヴィルニウス生れのユダヤ人女性セシル・セールのレジスタンスグループ〕のフェリエールとジョゼフ、ベルナール一家、ラビのダヴィッド・フォイエルヴェルケル、彼の若い連絡員ローズ・グリュックとトベール、その他多数〕同様、この二人の若者はフレネーの慎重な忠告などまったく問題にしなかった。そのため、彼らは敵の電信電話網を破壊しようとして、ゲシュタポに逮捕されることになったのである。

ルヌヴァンは、彼らの長だったので当然のごとく、ぶっきらぼうだが愛情のこもった口調で彼らの軽率無謀さを咎めたあと一転して、才気煥発な話しぶりで、終えたばかりの七カ月の独房生活の秘められた経験と、毎日ロザリオの祈りを唱えて得た心の慰めを詳しく語り始めた。こういう彼のやり方はまったく意外なものに思われた。この種の告白を公けにすることの無遠慮さに少し当惑しながらも、私には、そのとき二人のユダヤ人兄弟の兄が哲学クラスの生徒特有のあの冷徹な不遜さでこう明言した、おかしな口調がいまでも聞こえてくる気がする。

「ぼくは不可知論者〔物の本質、実在の最後の根拠は認識し得ずとして、経験を超越する問題を拒否する立場〕です」

ルヌヴァンは驚いて息がとまりそうだった。彼は最初若い瀆聖者を青二才扱いしていたのだと思う。

それから、彼は真剣な表情で相手に、かつて有名な不可知論者で、彼の旧師でもある人物を知っているが、いまはこの不可知論者に対する幻滅から永久に不可知論を嫌悪するようになった、と長々と説明しようとした。明らかに、それは本来の問題とは無関係だった。しかしルヌヴァンは神学者でも哲学者でもなかった。彼の論拠はたしかにこの二つの部門の専門家知識人にはきわめて脆弱なもののように見えたであろう。それでも彼は論敵にそれを主張するだけの熱情と確信に満ちていたが、相手は頑固に動じず、その立場に固執した。それも長々と続き、疲れと倦怠があずかって、眠気が我らの移動セナークルを襲うまで続いたのである。

夜明けには、ザールブリュッケンにいた。その日の暦にある聖人は証聖者〔使徒とか殉教者等の称号のない聖人〕レイモン・ノナ〔一二〇四―一二四〇。カタロニア生まれ、のちに枢機卿〕なる者で、恥ずかしながらそのときまで私は知らなかったと言わざるを得ないが、まさに〔フレーヌを出発するときに取り戻しておいたドン・ルフェーヴル〔一八八〇―一九六六。ベネディクト会修道士〕のミサ典書で知ったばかりの〕捕虜、囚人、徒刑囚などの正式の守護者だった。ローマ教会の典礼が、つねに状況に応じて、我ら哀れなるキリスト教徒の多くの者に、被らねばならなかった試練をどれだけ堪え忍ばせてくれたか言い過ぎることはなかろう。

下車してから厳重に警護されて徒歩で連行された、ザールブリュッケン近郊にあるノイエ・ブレーメン収容所で我々を待っていた試練は、実際凡庸などと言えるものではなかったのだ(3)。

まずその場の枠組みを想像してみてもらいたい。何度も練られたプランにしたがって建てられたとおぼしき、一種の四辺形の不気味なバラック。その周りには池があり、我々は着くとすぐ、厳しい命令口調でその縁に整列させられた。そこで手はじめに、ＳＳがその場しのぎの短い演説をしたが、それは我々を待ち受ける新しい生活をより明確に自覚させるためであった。彼は次のように話し終え、通訳がそれを逐語訳した。

「さあこれから、アドルフ・ヒトラーの偉大なるドイツにおいて、戦争の張本人たる汚い豚野郎のユダヤ人がどう扱われるかを見ろ」

それから、彼は護送されてきたユダヤ人に列から出るよう命じた。

そこには、我々「コンバ」の二人の若い仲間のほかに、四、五人の不運な者がいたが、彼らは、一六時間ぶっ続けに——正確には、朝六時から夜一〇時まで——兎跳びと称する屈辱的で辛い懲罰運動をやらされることになる。それは、周知のごとく、脚を曲げてしゃがみ、手を首の後ろに組んで前に跳ぶものである。

焼けつくような太陽が、この地獄の収容所の伝説的な死刑執行人の残忍なモロトフに剃りあげられたばかりの頭蓋に落ちていた。哀れな仲間のひとりが耐えきれずに崩れ落ちて動かなくなると、ＳＳがまずゴムの鞭Gummi〔以下、グミ〕で殴りつけて立たせた。次いで、狙いを定めて足蹴を喰らわせ、彼に生気を取り戻させるべく池の中に突き落としたが、その周りでは例の悪ふざけ〔兎跳び〕が繰り広げられていた。その後、この囚人が正規の兎跳びの列に戻されると、通訳が、暑さと疲労で幻覚めいて見えるこの光景を、不動の気をつけの姿勢で見守っている我々ほかならぬアーリア人〔非ユダヤ人の謂〕に、さもやさしげな声で、こう話しかけた。

「奴らに同情したいなら、いつでも一緒に兎跳びしていいよ」

騎士ジャック・ルヌヴァンが歯を食いしばって、こう囁いた。

「屈辱だな、彼らと一緒にやるのが私の義務だ」

「そんなことしてなんになる？　この調子でいくと、今晩またひとつ死体が増えるだけだろう」と私は答えた。

実際、夜になると、即席の担架でユダヤ人の仲間の動かぬ身体をバラックに運び入れ、藁のない板敷きに寝かせねばならなかった。我々はみな、少なくとも二人の最年少者はもう息を吹き返すことはない、と確信していた。それほどこの試練は彼ら子供の哀れなる体力の限度を超えていると思われた。数時間前、彼らは兎跳びレースを終えていたが、ＳＳは満足して、意識を失った彼らを池の縁に放置していたのだ。

我々はみな怒りで顔を引きつらせ、疲労困憊していた。それでもジャガイモ Kartoffels に飛びつくと、皮を剥く元気もなく、そのまま飲み込んだ。それから、今度は我々が寝床代わりの剥き出しの板の上に崩れ落ちた。

そのとき、ルヌヴァンがまったく突飛なことを思いついた。この部屋の陰鬱な雰囲気を吹き払うためなのか、彼は一種のサロン遊びを提案した。そしていまから、自分好みの詩句全部を順番に暗誦してみよう、と言ったのである。

「ばかにしているのか」と隣にいたヤンセンスが文句を言ったが、彼は他の者以上に無教養というわけではなかった。

しかしルヌヴァンは言い張った。我々を動かすため、彼自身、『エルナニ』〔ヴィクトル・ユゴーの韻文劇〕の最初の詩句を語り始め、完璧に暗誦して見せた（そのとき私は、彼がその博学ぶりをひけらかすため、この悪ふざけを仕組んだのではないかとさえ思った）。

それでも彼は最後まで朗唱せず、他の者に順番を譲った。私の記憶が正しければ、ウィリアムがごく自然にヴェルハーレンの作品を詠じた。次いで、ミュッセやペギー、神さまにお許し願って、ポール・ジェラルディ（一八八五—一九八三。恋愛詩集『きみとぼく』（一九一三）のことか）にまで順番が回った。夜が深まり、我々がまどろみ始めたころ、暗闇でなんとも名状しがたい声が上がるのが聞こえた。

「ぼくにも詠いたい詩がある！」

我々はもう眠れなくなった。びっくり仰天した。我々みながもう死んだと思っていた、前夜のわが不可知論者のユダヤ人少年の声だったのだ。彼はこう付け加えた。

「ポール・クローデルの『真昼の聖母』だ」

そして、ゆっくりと区切って、各行の韻を踏みながら続けた。

「正午だ。教会が開いている。入らねばならない。
イエス・キリストの母よ、私は祈りに来たのではない。
私には捧げるものも求めるものもなにもない。
ただ来ただけだ。聖母よ、あなたを見るため。
あなたを見て、幸せに涙し、知ること
私はあなたの子であり、あなたがそこにいることを」

思い上がることはよくない。いつか天国に行けるかどうか、私にはわからない。ただ感じたのは、私にこの至高の恩寵が与えられるならば、ノートルダム・ド・ラ・メルシ修道会の聖レイモン・ノナの祭日の夜、クローデルを詠じながら眠った、ノイエ・ブレーメン収容所の青い目をした、わが不可知論者のユダヤ人少年には、天国で確実に会えるだろうということだった。

6　入所式

当時、ノイエ・ブレーメン選別収容所はやっと稼働し始めたところだった。我々の護送組はここの魔力を味わわなければならない二番手だった、と思う。ナチ体制と相容れないフランス人にとってもうひとつの有名な中継収容所である、コンピエーニュ〔パリ北東〕を経てきた多くの仲間の証言を信ずるならば、ここの我々は、〔コンピエーニュにある〕ロワイヤルリユ収容所よりもはるかに運が悪かった。いきなりこの〔収容所〕制度の実験的収容所に入って、我々はともかくもひとつの点に関してすぐさま納得する機会を得た。つまり、現存体制に対する我々の不退転のノン（反対）の正当性である。

ゲシュタポの決定を司る規範、法則、規則などは、我々には最後までまったく謎のままとなる。なぜ一方の組はコンピエーニュを経てきたのか？　なぜ他の組はザールブリュッケンからか？　誰にも決してわからないだろう。同じく、収容所への配属は、当初は推定された罪状の程度に従っていくつかの範疇に分類されていたが、いまやまったく恣意的になっていた。

「N・N（Nacht und Nebel〔夜と霧〕）」という不気味な呼称をあてがわれた仲間は、ナチの戦争機械がまだ無傷なままであるという印象を与えているときでさえ、判別不能な理由によってあちこちに分散されていた。(4) のちになって、とくに一九四四年夏からは、事態がはっきりしてきた。つまり、機械が故障していることが明白になった。その結果、言語を絶した混乱が起こり、我々の悲惨事をいっそう増したが、それでも少なくとも、その終焉を推測させつつ、ある程度まではもう一時間、もう一日、もう一週間だ、と艱難辛苦に耐えさせてくれた。そのようにして、パリ解放から収容所の解放まで、さらに悲劇の八カ月が、消耗させる雰囲気、たとえて言えば、疲れ切ってもうどうにもならず、休むたびにそこが最後の地点であることを切望する巡礼の気持ちのようにして過ぎていった。全体としては、最後の大移動までに到達できた幸運とでも称すべきものに恵まれていた者だけが、最後に来た者よりも苦難に慣れており、〔ナチ〕崩壊前の悲劇的試練に耐えることができたのである。

しかしながら、一九四三年のこの夏のさなかにあって、まだそこから〔戦争終結まで〕は遠かった。我々はそれを疑ってはいなかった。幸いにも勝利への希望があったが、それがなければ、おそらく我々は勇気を失っていただろう。たしかに、シチリア攻略の知らせには勇気づけられ、我々はさきの戦争の前例にすがっていた。「イタリアの降伏は、一九一八年のオーストリアのものと同じ結果をもたらすだろう」と楽観派は予想していた。我々はただひたすら彼らの言うことを信じていた。みながほとんど一致して、鉄のごとく固く、上陸はつらい季節の前に行なわれるだろうと考えていた。この見通しが我々の士気を支えてくれた。なおまだそれを非常に多く必要としていたのだから。

我々は〔他のナチ収容所と比べて〕パリからそう遠くないところに来て、ノイエ・ブレーメンのできたての収容所の試練を被ることになるが、そこでは先着の若い一〇〇人ばかりの痩せこけたロシア人に出会った。ジャック・ルヌヴァン、「コンバ」の友人たち、ペリエ、ヴィヨ、ポーとモンペリエの友人たち、シェルシュ・ミディで一緒になったベルギー人グループなどとともに、我々の護送には六人ばかりのユダヤ人、同じくらいのコミュニスト、それに最初からその奇妙な態度に我々が不審感を覚えた三、四人もいた。話していると、彼らの関心事は我々のものとは別だった。明らかに、彼らは我々と一緒にいるのが具合悪いようであった。

彼らのひとりのいかがわしい顔に見覚えがないわけではなく、パリ出発の際に東駅で我々に合流したグループのなかにいるのに気づいてぎょっとした。背任罪で罷免された元官吏で、いわば正真正銘の強盗犯である彼は、戦前の少し前、わが小さな町の醜聞をさらっていたが、そのために、我々〔レジスタン〕は、彼がドイツ人によって全非占領地域のドイツ軍属レジオン・トリコロール〔ドイツ軍服で戦うフランス人傭兵隊。ヴィシー政府の策謀だが、設立一年余りで一九四二年解体〕の統轄を委託されたのを見ておもしろがった。そのころ、私が彼の活動をルヌヴァンに通報すると、ルヌヴァンは即刻、ケルメス（すなわち、「ジョゼフ〔ルヌヴァンのレジスタン名〕」の用語で適量のプラスチック爆弾の設置〔ケルメスの原意は村祭り、野外祭〕）をこのレジオンの本部に仕掛けるように取り決めた。これは大成功だったのだ。このゆすり屋の名は、フォシュ通りで、大帝国の公共の敵の活動を定期的に通報する者の一人として挙げられたが、私はちっとも驚かなかった。それよりも驚きだったのは、いまノイエ・ブレーメンで、この偽証者野郎、まさにまったく見たくもない奴の顔に出くわしたことだった。

この若者の顔つきはかなり変わっていたが、虫も殺さぬような顔をして、我々に打ち明け話をせざるを得ないかのようにしていた。あるいはむしろ、わざと解りにくい話をして曖昧にせざるを得ないと思ったようだが、しまいには事情はまったく単純平明で、要するにゲシュタポに同胞を密告する仕事をしていたことがわかるのだった。その後、おそらく後悔の念にとらわれて、彼はレジスタンスのために働こうとしたのだろう。恐怖のあまり二股をかけたのである。

かくして、我々を待ち受けていた試練のまったく思わざる局面のひとつに出くわした。つまり、できるかぎり離れていたい者たちと一緒にいることである。私がすぐに感じ取ったのは、おそらくそれには我々の士気を落とすための計画的な意図があるだろうということだったが、その反動で、前代未聞の苦痛拷問を考えだした連中の期待に反する結果になったのである。

何度か行動をともにする敵対者の前で、相手が我々を意のままにしているかぎり、私はすぐさま、屈辱的必然、最小限の連帯、彼に対する共同防衛を黙って受け入れないことは、彼が張った罠に落ちることになると思った。いつか起こりうる我々のあいだの決着はあとで起こるだろう……以後の二一カ月の経験からこの推論がそれほど間違ってはいなかったことが、しばしば明らかになった。弁明の機会はあとになって利用できたので、私はそれを証言しなければならない。帰還して、その機会があるたびに、私はそれを裁判官に話に行ったが、わが地獄の仲間たちの多くは、哀れにも証言に失敗した。法廷に行くと、私は、いくつかの文明国では、死刑執行人が、絞首刑の際、綱が切れて、一瞬、受刑者が死を免れそうになると彼を許すという、あの慣習のことを考えた。

私の語る強制収容所囚人は、死神が望まなかったこの絞首刑者に似ている。死は非常に長い間、彼らのすぐ近くにあって、恐怖に陥れるので、彼ら忌避抵抗する絞首刑者は死刑執行人の寛大さを要求してもよいほどなのだ。この考えは、仲間に対する献身的態度を増すことによって罪滅ぼしをしようとする者を対象とする。それは、何が原因理由であろうとも、サディズムとか利害から意図的に死刑執行人の悪魔的召使いになった者には適用されない。

この種の奴隷、地獄の円形闘技場で唯一真の奴隷は、収容所制度の初期にもっぱら普通法の受刑者〔刑事犯〕のなかから採られていた。それは、多くの場合、外見だけ人間で、我々を彼らに委ねた優等人種の代表たち同様、人間性の光のかけらさえもない霊長類だったのである。

ノイエ・ブレーメンでは、最初にみると、その外見がすぐさまエジ〔フランス南西ドルドーニュ県、旧石器時代上期の遺跡群がある小村で、国立先史美術館がある〕の断崖に見られるポール・ダルデ〔一八八八―一九六三。フランスの彫刻家〕の原始人の彫像を思わせる男がのさばっていた。同じそり額、同じ眼窩に落ちくぼんだ小さな目、同じ曲がった背、同じ並外れて大きい腕、同じ大きな手。この手は、我々が到着した日には比較的穏やかな仕事をし、我々の頭にバリカンをかけたが、のちには、穏やかどころではない働きをした。

この手が我々の顔に打ち下ろされた日、いまでは恥じらいもなく告白するが、その暴力にとめどなく涙を溢れ出させられ、当時はひどい屈辱感を覚えたものだった。それはSSの事務所で起こったが、彼は他の任務にまして、例の残忍な眼をした男の前で、我々の荷物全部を広げさせるのが仕事だった。私は数冊の本、とくにさまざまな思い出が込められているミサ典書を免れさせようとした。だがその切れ端は便所 Abort で見出すことになった。他の検査略奪があとに続いた。

モロトフに戻ると（これはこのネアンデルタール人につけた名前だが、ロシアの同名人物にはなんの関係もなく、おそらくただ単純に彼の戸籍上の名前だったから[5]）、私は〔激しく殴打されて〕まだ奇妙なショック状態から醒めていなかったが、受入れ手続きを取り仕切っていたSSがかすかに微笑して、完璧なフランス語で言った。

「教えてやるが、おまえを殴ったのはおまえたちのポーランド仲間のひとりだ」

彼は〝ポーランド〟を強調した。そして私が気を取り戻す前に、付け加えた。

「これでダンツィッヒのために死ぬなどということがどういうことかわかるだろう」

私は茫然としたままだった。この入所式が行なわれた事務所を出ると、私の前にそこにいたルヌヴァンに出くわした。彼も同じ入所の洗礼を受けたのだ。

「奴らは考えていたよりもしぶといな」と彼は、口をつぐんだまま顎を突き出し、いつもの癖で顔をぴくぴく動かしながら、茶化して言ったが、その癖は彼の顔に陽気だが皮肉そうな表情を与えていた。彼はしばらく黙っていた。モロトフの手の大きな痕跡がまだ彼の顔に残っていた。それから、彼は断定的にこう締めくくった。

「やはり奴らの負けだな」

あとで、ポーランドの囚人仲間による暴力行為を指摘するたびに(その機会には事欠かなかったが)、私はいつも例のモロトフを思い出していた。この心の動きはたぶん、収容所囚人が軽蔑的に「ポーランド野郎」と呼んでいた者たちのケースを、ノイエ・ブレーメンのわが指導教官のＳＳの都会ふうセンスのおかげで得た寛大さと比べた場合に生じるものだった。

調教は長くは続かなかった——だが厳しかった。到着当日、我々はそこに一時的にいるだけで、この短い滞在を利用して、のちにやってくる暴風雨に慣れねばならないと思い知らされた。

実際、モロトフは警察犬役を完璧に果たしており——忠実なワン公よりもゴリラに酷似していたが——夜明け前にグミを振り打ち下ろして我々をブロックから追い出しにやってきた。モロトフだけでなく、ＳＳがたっぷりと使ったこのアクセサリーの凄まじさを発見させられたのはまさにそのときだが、番犬は、水がほとんど出なくて、きわめて困難になった洗面を終えさせるとすぐ、我々をＳＳの手に渡すのだった。

我々はまだ、私物、つまり、逮捕されてからずっと持っていて獄中にまで持ち込んでいた物を所持していた。頭が丸刈りでなく、また護送隊の姿がなければ、早朝から鉱山に行くために行列行進していたザールブリュッケンの通りでは、我々は、前夜ありふれた警察の一斉検挙で逮捕された犯罪人と思われただろう。仲間のひとり、広告の専門家が、建物の壁にナチ体制のプロパガンダ以外のポスターはないと指摘した。それは、こうした些細なことが積み重なって、この体制はもう数週間しかもたないという我々の確信を強めてくれるもののひとつだった。もう極限なのだ。別の元気づけになる証拠。廃墟と化した駅の光景。我々がクリスマスには家にいることを疑っているような者は敗北主義者扱いされていたのである。

鉱山では、残土処理の苦役を科せられた。我々が最悪の状況に陥るという恐れからすれば、この仕事は人力を越えたものとは思えなかった。もう我々の各班をそれぞれ監視するほど十分なSSはおらず、我々を受けもっていたSSが背を向けていると、いたずらにあくせくと働くことはなかった。それどころか、際限なくお喋りしていた。我々を待ち受けている最終目的地がわからないので、あれこれと推測した。我々がお互いに遠くばらばらに分散させられるとは思わなかった。友情が生まれつつあった。かくして、このザールブリュッケンの鉱山で、私は毎日ベルギー人の仲間ジャン・ドプシに会っていたが、その思い出は私の記憶に永久に刻まれることになった。

ドプシは私と同じか、ほとんど同じ年齢だった。戦前、彼はアンベルス近郊の製紙工場を経営していた。彼の受けた教育はリベラルで、ブリュッセル〔自由〕大学卒業だが、これは周知のごとく非宗教的教育を施すところで、ルーヴァン〔ベルギー・フランドル地方の都市〕のまったく宗教的で〔中世スコラ哲学ふうの〕トマス派的なものとは正反対のものを目指していた。これほどの精神的輝きを放つ明白な合理主義者には出会ったことがなかった。彼はナチズム拒否の理由を私には不十分と思われる論拠で説明していたが、ただこの高尚なる精神の持ち主との対話は多くの事柄の慰めとなった。とくに、ポール・ヴァレリーに対する彼の称賛の念を覚えているが、彼は長文の数節をそらで暗誦し、それに開けっぴろげの熱狂で注釈を加えていた。親愛なるドプシよ！　その灰と化した遺骸が他の多くのそれに加わることになった者たちのひとりよ！　それでも、彼のような犠牲者には、一握りの黒こげの埃となって空中に消えてゆく以外には結末がなかったと考えるのは、あまりに愚か——あまりに非合理的——であることに変わりはなかろう。

夕方、収容所に戻ると、また不動の気をつけの姿勢で、三、四時間に縮まっていたことを除いて、最初の日と同じ光景に立ち会わねばならなかった。犠牲者は多くは若いロシア人で、その苦しみうめく姿は我々みな、とくに（ドプシや私のように）この不運な者たちと同年齢の子をもつ者たちを怒りで震わせさせた。この虐待行為を指揮していたSSがもう十分だと判断すると、笛のひと吹きで、我々はブロックに戻され、そこへ突進せねばならなかった。そこでは疲れを知らぬモロトフに迎えられるが、彼はふんだんに殴打Schlagを見舞うと、今度はその小さな鋭い目で、まだそれほどひどい目にあっていない者をすばやく見つけ出すのだった。とくに負傷した脚を引きずっていた、前大戦の傷痍軍人のベルギー人が狙われたが、彼は通常、動きが鈍く遅いために、ひとの二倍三倍の殴打を見舞われていた。私はいつも、彼のような障害者、我々の仲間フランドル＝テュルクがどんな神の奇跡の意志で、ここで受けた虐待行為から生きて脱せられるだろうかと懸念していた。

我々がこの試験的〔収容所〕制度の洗礼を被って一週間経った朝、また新たなことが起こりつつあることがわかった。点呼のあと、ばらばらの人数の三つの班に分けられ、そのひとつはすぐに鉱山へ送られた。彼らがそこにしばらくは留まることは明らかだった。我々と仲間としての別れの挨拶を交わす余裕もなく、彼らは立ち去った。他の班は大半のベルギー人と、ルヌヴァンを筆頭に「コンバ」

の友人たちだった。最後、第三班は二「個 Stück」だけだった——これはナチがマッチ箱の中の本数とか、ある特定グループの劣等人種の数を指すのに無差別に使っていた言葉だが。ジャック・ペリエと私がこの二個〔シュテュック〕だったのである。

我々は、フランス政治やマルセル・デア〔コラボの社会党代議士〕の論説〔『ダンツィッヒのために死ぬか?』〕などをよく知っているSSに呼び出された。彼はこう言った。

「きみたちの調書にはなにも重大なことはなかった。二人ともフランスに帰ってよろしい。駅へ行くあいだに逃げようとしても無駄なことだな。まもなくきみたちは解放されるだろうからな」

この宣告に、私は困惑させられた。最初は、相手の猫なで声に中途半端な信頼しかもてなかったので、半信半疑だった。次いで、ルヌヴァンやよき仲間たちを置いてゆくことになると思うと、うしろめたい恥辱と失望感でいっぱいだった。そして結局は、三〇カ月以上前から行なってきた公然としてかつ秘密の活動を、今後フランス本国でどんな実際的手段によって続けることができるのか考えた。しかし私は、ルヌヴァンが前から「コンバ」のいかなる友人も私を「売って」いないと確証してくれていたので、自分の調書に問題がないことを疑ってはいなかった。それに、私には、私と運命をともにしていると思われるジャック・ペリエが、実際まったくの下役と呼んでいい者であることをヴィヨから聞いていたという安心できる上出来の理由があったのである。

私の困惑は短かった。駅で、ペリエと私は、少し前に他の仲間が先行していた護送列車の同じ監房車室に乗せられた。こうして一緒にいられることで私のさまざまな不安は消えた。汽車が数十キロ走ると、やたらと好奇心にかられて、我々はかすかな光線が差し込んでくる、上方の格子窓から外を覗こうとした。太陽の位置で、我々の向かっているのは西ではなく、東の方であることがわかった。

午後になって、ルートヴィヒスハーフェン駅〔ドイツ南西部〕に着いた。一九四三年九月七日のこの昼間、駅で目にする光景は、置かれている立場によって見方が異なっていた。ただたんに恐ろしいか、逆にしっかりと勇気づけられるか、である。我々が最初から採らねばならないと考えたのは、後者の方である。「だから、昨夜、頭上でエンジン音を轟かせて飛行連隊が向かったのはこの標的だったのだ」と考えたのである。作戦はあらゆる描写を越えるほど念入りだったようだ。たんに駅では二つの黒こげになった壁面が焼け残り、まだしつこい炎がちょろちょろと燃えているだけでなく、数キロメートル四方にわたって、多数の貨車や機械類がくすぶり続けていた。到着広場に達するには、二重垣の保安警察 Schupo のあいだを縫って、ねじれたレールと枕木、散乱した食料品の真ん中を長々と歩かねばならなかったが、この手錠がなく、苛立った保安警察がいなければ、この食品類でたっぷり飢えを満たせたであろうに……。

他の交通手段がないので、我々は古い無蓋の観光バスで町中を通っていった。町のすべてが入念な成功を収めた爆撃を物語っていた。我々に何度かこぶしが振り上げられても、誰もそれに注意を払わなかったが、それほど眼前に広がる恐怖と憐れみの光景はひどく、結局は、他のすべての考えを消し去ったのである。母親が瓦礫の山から幼児の死体を手押し車で運びだし、街角では、老人が連れ合いだったとおぼしき黒こげの遺体の前に倒れ込んで、手放しで大声に泣き叫ぶ姿を見ると、ただ沈黙するだけだった。だから、我々はマンハイムの監獄に入っても無言のままで、そこへは英軍機の爆弾を辛うじて免れたラインの橋を渡って来たが、河岸には動かぬままの無残な多数の川船が横たわっていた。

翌朝、前夜のグループはこの模範的監獄のホールで一緒になり、満員になった。夜中に、英軍機の第二波の空襲で目覚めさせられなければ、我々は仮の宿の心地よさの最良の思い出を残したであろう。爆弾の炸裂する大音響下、施錠された監房の孤独のなかで、無力感、恐怖、パニックに襲われていなければ……。

出発のとき、小柄で赤ら顔の新しい仲間が加わった。愛想のよいお喋りなザール地方の共産党代議士で、〔ドイツ人ながら〕まともなフランス語で、我々を待ち受ける運命に関して貴重な情報を与えてくれた。彼によると、ドイツには数種類の収容所が存在し、彼自身はダッハウへの強制収容に処せられたところだという。彼はほっとしているようだった。その収容所に関する最新情報は、彼にとって納得のゆくもののように思えたからである。

「一種のサナトリウム」と彼は言った。

だが我々にとっては、このダッハウという名はほっとするようなものではなかった。もうどの雑誌か思い出せないが、戦前に出たあるルポルタージュがそこを謎めいた不気味な所として紹介していたのだ。しかし状況がこうまでなれば、よき知らせをもたらした者を信ずるしかなかった。サナトリウムなら、サナトリウムにしておこう。

護送車では、窒息死しなかったのが奇跡だったほど押し込められていたが、同じ日の夕方、ハイデルベルクの古い監獄に着いた。翌朝、一緒に一夜過ごした土牢で、我々は、まったく自制を失った、不注意な看守の絶望の雄叫びによって目覚めさせられた。

「イタリアが降伏した！ Italien hat kapituliert!」

今度こそ、もう疑いの余地はなかった。クリスマスには家でくつろげるだろう。ひょっとしたら、万聖節〔一一月一日〕のころかもしれない。

夕刻、しかるべき護送隊の下、徒歩で町中を通って、近隣の町から来た避難民で大混雑の駅に連行された（町の真向かいの丘はこの勝利の日の黄昏どき、黄金色の光に染まって美しかった！）。護送列車が待機していた。夜、我々はシュトゥットガルトにいた。まだ生々しい血痕のついた壁の監房で休憩、次いで市営監獄の、埃まみれの広いホールに移動。不快な夜。口、耳、鼻に南京虫。むかつくような臭い。翌晩はウルムに移され、二晩過ごした。我々が集められた階の監房の窓から、古い大聖堂の見事な尖塔が見えた。まるでクック旅行社の周遊旅行のツーリストのような気分だった。囚人がまた増えた。とりわけ、ひとりのフランス人が異様な恰好で合流してきた。着た切り雀の寝間着姿。彼は盲腸の手術を受けて病院を出てきたばかりだった。汚れた包帯は取り替える必要があった。我々はどうしてそんなおかしな身なりでここに連行されたのか、と尋ねた。彼はなんの苦もなく、志願労働者としてドイツに来たこと、誰かとなにやら知れぬものを闇取引したこと、手術から回復するとすぐ、ぼろ着を取り戻す暇もなく、ダッハウに送られ、科せられた三カ月の強制労働に服してきたことをみずから認めた。

ウルムからアウクスブルクに移された。駅で長々と待機。真向かいのホームでは、ドイツの連隊が笛と太鼓の鳴り物入りで乗車していた。我々がばらばらに別れさせられたのはそのときだった。無二の親友ルヌヴァンの高いシルエットが、「コンバ」の仲間と、ラヴリー大佐を先頭にベルギー人グループとともに遠ざかる。我々は兄弟のように抱き合った。

夜のとばりが下りて長らく経ち、インゴルシュタットのおかしな小監獄で、リモージュからの最初のグループでは、ジャック・ペリエと私だけが残り、ザールの代議士、寝間着姿のフランス人と、前からいた不良らしい恰好のチンピラ数人と一緒だった。

翌朝、インゴルシュタットの監房で、壁の落書きにびっくり仰天した。目を見開いて見たが、間違いない、まさに「ペタン万歳」とあった。「皮肉に違いない」と私はすぐに思った。続いて起こったことは、この解釈を裏づけるものとはならなかった。

インゴルシュタットの監獄はオペレッタの書割りに似ていた。そこには二日間留め置かれ、材木切りを科せられた。新しいフランスの仲間たちは別の星から来たようだった。ウルムの寝間着男同様、志願労働者の彼らは、我々のようにクリスマスにはフランスに帰りたいと急いてはいないように見えた。まるで逆だった。大半が、宣伝隊 Propagandastaffel の誘惑的なポスターが示した高給に惹きつけられた田舎の若者たちだった。ユダヤ女と姦淫の罪を犯したか、またはもっと単純に、こせこせし過ぎる監督の顔に思わず一発喰らわせたために、彼らもまた、強制収容所囚人の高位者に昇格させられる寸前だったのである。

九月一五日、日暮れに、ノイエ・ブレーメンからずっと乗ってきた護送列車が小さな駅で動かなくなったが、暗くてその名前が読み取れなかった。六人ばかりのSSが同伴して、小型トラックが待っていた。いつもの儀式で車に詰め込まれた。げんこつと罵声。ほどなく、我々は錬鉄の格子柵の前で止まった。イギリスのコミック画の徒刑囚のような縞服の男（縞が反対向きだった）が我々を受け取りに来た。彼は黄色の腕章をはめていた。ザールの代議士に気づくとすぐ、彼を古くからの知り合いのように迎えた。互いに背中を強くたたき合いながらの抱擁……そうして我々がサナトリウムに着いたことがわかった。

朝、インゴルシュタットの監房で、なんとかうまく、押収される災難から守ったシュトック神父のかけがえのない小さな本から、その日の祭りはノートルダム・デ・セット・ドウルール〔原意：七つの哀しみの聖母。慈悲の聖母、涙の聖母などいくつかの呼称がある」であることを教えられた。

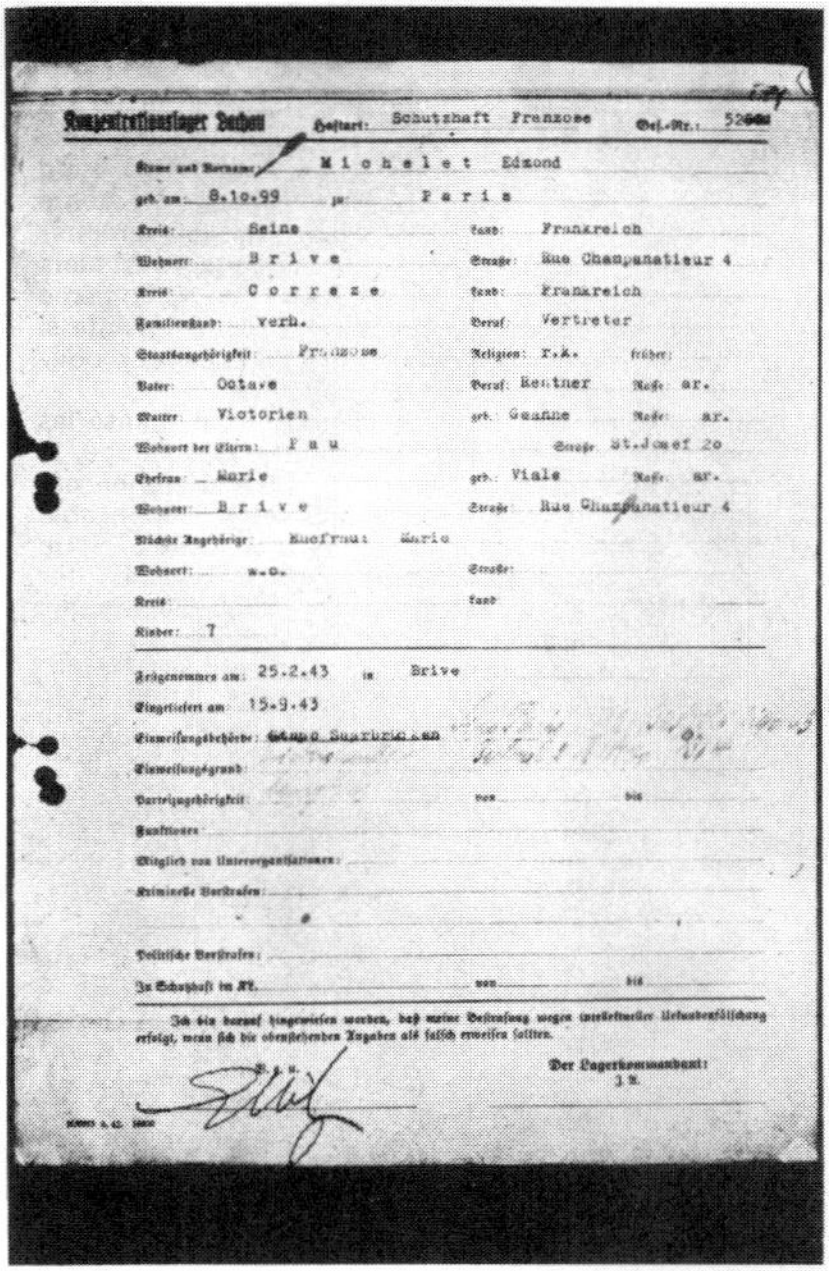

Konzentrationslager Dachau　Haftart: Schutzhaft Franzose　Gef.-Nr.: 52...

Name und Vorname: Michelet Edmond

geb. am: 8.10.99　zu: Paris

Kreis: Seine　Land: Frankreich

Wohnort: Brive　Straße: Rue Champanatieur 4

Kreis: Correze　Land: Frankreich

Familienstand: verh.　Beruf: Vertreter

Staatsangehörigkeit: Franzose　Religion: r.k.　früher:

Vater: Octave　Beruf: Rentner　Rasse: ar.

Mutter: Victorien　geb. Gaanne　Rasse: ar.

Wohnort der Eltern: Pau　Straße: St.Josef 20

Ehefrau: Marie　geb.: Viale　Rasse: ar.

Wohnort: Brive　Straße: Rue Champanatieur 4

Nächste Angehörige: Ehefrau: Marie

Wohnort: w.o.　Straße:

Kreis:　Land:

Kinder: 7

Festgenommen am: 25.2.43　in: Brive

Eingeliefert am: 15.9.43

Einweisungsbehörde: Stapo Saarbrücken

Einweisungsgrund:

Parteizugehörigkeit:　von　bis

Funktionen:

Mitglied von Unterorganisationen:

Kriminelle Vorstrafen:

Politische Vorstrafen:

In Schutzhaft im KL.　von　bis

Ich bin darauf hingewiesen worden, daß meine Bestrafung wegen intellektueller Urkundenfälschung erfolgt, wenn sich die obenstehenden Angaben als falsch erweisen sollten.

Der Lagerkommandant:

「ほかのぱりっとした縞服の男たちが拘留手続きのため我々の周りでせわしく動きまわっていた……」
ドイツの収容所目録に分類されたエドモン・ミシュレの入獄カード

「即座に火葬場 Krematorium の建物の前の不気味な囲いの中に送られ、うなじに銃弾一発浴びて撃ち殺されるか、絞首刑に処せられて火葬窯に放り込まれるのだ」
ダッハウの小火葬場の焼却炉（ユダヤ記録文書センター）

7　ダッハウ強制収容所

黄色の腕章の縞服男は我々の小グループを一種の広間に連行したが、そこは、薄暗がりの中で、最初は廃用されたどこかの大きな青空市場のように思われた。ほかの、ぱりっとした縞服の男たちが我々の周りで拘留手続きのためせわしく動きまわっていた。脱衣、バリカン、クレジル〔消毒剤名〕の塗布、シャワー室への移動。第一印象は徹底して〔身も心も〕丸裸にされることだった。

あらかじめ、我々の前の身分に繋がるものはすべて取り出して、取調べ役の縞服男の手に渡さねばならず、彼らが丹念にその目録を作成した。かろうじて監視の目から、なにか貴重な思い出を素早く包み込んだハンカチだけを免れさせた。金銭で購えない宝物、まだ〝自分のもの〟としてもつ権利のある遠い過去の証し。そうして私は貴重な写真と手放せない「囚人の手引き」を救ったのである。

真っ裸でまだびしょ濡れのまま、我々はとてつもなく長い通路を通って別の広間に追い立てられ、そこで古着屋が逆上して放り出したような、とんでもないぼろが足下に投じられ、大急ぎで着ろと——いつものうんざりする例の Los! Los!〔急げ！　急げ！〕で——命令された。今度は、丸裸にされた剥奪感に、まったく予期せざる奇行に対する訳のわからない諦めの念が続いた。デュブ〔一九〇五—一九七六。イラストレーター〕が描いたユビュ王〔アルフレッド・ジャリの同名戯曲の主人公。グロテスクで滑稽、不条理なものの象徴〕。たとえ一〇〇年生きられたとして、この収容所世界に入ったことの唯一のイメージしか私の記憶に残らないとすれば、とりわけこのドイツへの志願労働者の、小さなフランス人〔顎の形からフェルナンデル〔喜劇俳優名〕と呼ばれていた〕のシルエットであろうか。彼は踵の下まで落ちかかる絹の裏地のだぶだぶのフロックコート姿だった。足にはロシアの靴下。頭には、大きく扇形に開いた耳までかぶさるイタリア狙撃兵の帽子。

不快な思いで、がらがら音を立てる鎖を引きずり、エナメルの飯盒と囚人規定の木のスプーンを手にし、腕にはざらざらした毛布を抱えて、我々は意気消沈して、当時15番だった検疫隔離ブロックに入った。そこの長はポリグロットのアルメニア人で、ひどく殴り、怒鳴りちらし、フランス人をみな梅毒患者扱いした。我々の小グループは、ブロックにある四部屋 Stuben のうちの二つに分けられた。

我々、ザールの代議士、フェルナンデル、ペリエと私があてがわれた二つ目の部屋は、ひどく背の低い赤ら顔の太い声の囚人の監督下におかれ、彼はパンツ姿で迎え、バケツの底から冷えた大麦の粥の残りをすくってくれた。我々は夕方の点呼後に着いたので、食糧配給は翌日からしかもらえなかった。服を脱いで、部屋頭に指示された戸棚に四旬節中日の仮装服のような服を掛けて、悪臭を放つ部屋に入ると、みな横になっていたが、聞き取れないほどの驚くべき騒然としたざわめきに迎えられた。バベルの塔の猛烈にざわめくお喋り、前代未聞のシャリバリ〔大騒ぎ〕。部屋頭の強い諫めと介入が必要なかったわけではないが、結局は、罵られても相手の言葉がわからない連中のあいだに割り込み、固い藁布団にもぐり込んだ（私としては、翌朝、便所 Abort でモラヴィア人の仲間と怒りっぽく若いロシア人のあいだに寝たことがわかったが、後者はキリル文字を知らない者には判読不能な刺青をしていた）。

「静かにしろ！ Ruhe!」
小柄な部屋頭の大音声がこの耳を聾するばか騒ぎに沈黙を課した。この奇妙な集団に淡い光を投じていた、たったひとつのランプが消えた。沈思黙考の時間がきた、瞑想だ。よく考えてみると、物的な苦悩や丸裸の虚脱感よりもはるかにこのとき支配的な感覚は、名状しがたい孤独感、まったくの異和感だった。なぜかわからないが、そのとき私は、ダッハウ収容所は何カ月も前から音信不通のレジスタンス仲間に不可避的に再会する収容所であり、ナチズムのあらゆる敵と出会い、知り合うことが喜びと名誉となる場所であると思った。そこでまず、おかしなことに忘れていたが、思いもしなかったことに気づいた。私はまったく言葉を知らない外国にいたのだ。

善良なジャック・ペリエを除いて、これまで出会った同胞だけでも、私の懸念や希望とはおよそかけ離れた存在だった。彼らが異なった社会、別な組織の者であったにしろ、具合悪いのはそのことではなかった。ただありがたいことに、エキップはひとと交わることの良さを教えてくれ、実際、そのおかげで私は、あのいわゆる不良連中と信頼、次いで友情関係をわけなくもつという計り知れない恩恵にあずかったのである。それでも、この最初の信頼という目標に達するには一定の期間が必要だった——面倒なこともあったが。だから、軽微だが予期せざる不測の事態を受け入れることは、ずっと前から決然として待ち受けていた大きな試練を甘受することよりも難しいものなのだ。

一九四三年の、この夏の終り、ダッハウ収容所は過渡期を迎えていた。ザールの代議士が予告したサナトリウムどころではなく、もはや前の時代の恐るべき収容所のシテ島でもなければ、また元に戻ったわけでもなかった——最後まで恒久的に、たとえばノインエガメ、アウシュヴィッツ、ベルゲン＝ベルゼン、マウトハウゼンと同様であったと思われる。このサン・ジョヴァンニ・イン・ラテラーノ

〔ラテラーノ大聖堂＝ローマの教皇大聖堂。ラテラーノは地区名でいまのヴァチカンのようなもの〕、この全強制収容所の母なる教会たるダッハウは、我々の到着する数カ月前、決闘の舞台だったのだ。どのような状況の結果かわからないが、オーストリアの君主制派が、最初から指揮していたドイツのコミュニストに代わって操舵室に座っていた。そのすべてが大量の血を流すことなしに実現されたのではない。一九四三—四四年の冬の数週間、先住の囚人が何度、仲間のだれかれを指さして、彼は「掃討」作戦に積極的に参加したおかげでいまのポストに就いていると思う、と囁いたことか。

いずれにせよ、ダッハウは、しばらくのあいだ、まだ予審中の受刑者とか、まだ推定の域を出ない被疑者と見なされた者を差し向ける場所だったようだ。だから、一九四四年六月のノルマンディ上陸までは、家族からの小包が何人かの囚人には届いたし、彼らは原則として月に二通の手紙をやりとりする自由もあったのである。結局、一九四四年半ばまでは、二週間か一カ月の強制労働に処せられた軽罪人が検疫隔離ブロックにやってきたが、彼らは他の徒刑囚と接触しないよう、そこからの外出を禁じられていた。

こうした細部は無視できないものだが、それを除いて、この状況は強制収容所世界のものだった。多くの著作がフランス人にその真の歴史と所在地の地理を描き教えた。ダヴィッド・ルーセ、ロベール・アンテルム〔一九一七—一九九〇〕、ルイ・マルタン＝ショフィエ〔一八九四—一九八〇〕が提示した光景で、真実を表わしていないと言いうるようなものはない。この三人の証言者しか挙げないが、彼らは文体は異なっても、同じ告発をしているのである。私自身が彼らの語る場面に類似したものの経験者または証人であったにしろ、仲間が個人的に見たり経験したりした同じような出来事を聞いたからにしろ（それも、なにものも彼らに事実をゆがめさせることのないときにだが）、私には、いま必要だと思われるので言うが、この作者たちは、各人がその能力にしたがって、〝悲しい真実を悲しく〟伝えただけであると言う権利と義務があると思う。

ダッハウの先住囚人のなかにいた、26号ブロックのロレーヌの司祭たち、28号ブロックのポーランド人、二人のフランスの仲間、マルセル・Gとニコラ・Sなどから、私は少しずつこの収容所の前の歴史を聞き知ったが、ここで私は一九四三年九月一五日から一九四五年五月二七日まで、二一カ月近く滞在することになるのである。

ダッハウは他の収容所同様、外部にコマンド Kommando〔労働隊またはその収容所。本書では単なる労役、またはその場所という意味でも用いられている〕をもっていた。ダッハウに関して言えば、一〇〇以上のコマンドがバイエルン全体とヴュルテンベルクにまで分散していた。強制収容所世界の基本的与件のひとつ、いわば前提となるのは、決して見逃せないことだが、配属が恒常的に不安定で、囚人の運命がつねに不確かであることだ。朝起きた場所で夜寝られるかどうか、毎日わからなかった。ベルリンからの命令次第で、即座に火葬場 Krematorium の建物の前の不気味な囲いの中に送られ、うなじに銃弾一発浴びて撃ち殺されるか、絞首刑に処せられて火葬窯に放り込まれるのだ。収容所における地下活動の告発は、絶滅キャンプと称されるあの外部のコマンドのひとつに配属されるのでなければ、火葬場へ直行だったのである。この推測的説明は七五％の確率で正確に当たっていた。

収容所の内部でさえ、コマンド〔ここではたんに労働隊のこと〕は、ダッハウでも他でもきわめて不平等だった。貴族的コマンドが存在したのである。すなわち、労働部 Arbeitseinsatz〔囚人労働隊配置事務部〕、政治部 Politische Abteilung である。当然ながら、調理場は言うまでもなく、ジョッキー・クラブのように最古参の囚人から会員指名を受けた、歴年の囚人貴族身分の特権囚 Prominenz しか近づけなかった。
固有の法則をもち、それ自体で完結したこの閉鎖世界を支配する組織については、すべて言い尽くされたが、多くの点では資本主義世界に、その他の点では共産主義社会にまったく類似したものだった。

後者について知っていると思うことからすると、収容所の組織構造はその陰鬱な官僚的側面、鉄の規律、想像力の完璧な欠如によって結びついていた。この全体主義的制度との緊密な類縁性は、共産主義者の仲間の最良の者たちがあまりに多く、我々に課された息苦しい制度に、唖然とするほど、いとも容易に同化する姿のうちにまったくおぞましいものとして立ち現われた。古い資本主義、いまでは誰もがジャングルの掟として断罪するものについて言えば、それはうんざりするほどであった。最弱者が容赦なく潰されていったのだ。社会階級が、班長 Kapos、班長助手 Hilfskapos、職工長 Vorarbeiter〔カポに次ぐ作業責任者＝現場監督〕、貴族コマンド、準貴族コマンド、下級コマンドなどのヒエラルキーで再構成されていた。そして新貴族たちの尊大さはおそらくは、正真正銘の最古参たちのものをはるかに超えているようだった。実際、我々は二つの制度のそれぞれの非人間的な欠陥・悪習を併せもっていた。私がこう指摘するのは、バランスを考えてのことではない。生きる情熱を奪われたわが囚人仲間のうち、誰がかつてその情熱に燃えなかったことがあろうか？

前記貴族コマンドの下に、権力者のコマンドが存在し、ほとんど同様に位が高かった。たとえば、ゲッペルスを主要株主とする薬品会社のために薬草の育成栽培に努める「植付け方」とか、あるいは陶器工場、メッサーシュミットやＢＭＷの付属工場などである。

社会階梯の下位には、浮浪者、不運な者や正体不明の者（あるいは逆に目立ちすぎる者）のヤクザ集団、不幸な土木作業の囚人Häftlinge、起床時刻の一時間前に出て行って、夜の整列点呼Antretenの一時間後に帰ってくる者など、筆舌に尽くしがたい哀れなる群れがいるが、その悲惨はとてつもなく大きかった。思わず、前世紀末の写実主義作家の描写を想起した。ここでは、ゾラや他の作家たちが書き表わしたものをはるかに越えていた。決して私の記憶から、この苦悩の情景のイメージは消えないだろう。決してこの仲間たちが日暮れに帰ってくる姿を忘れないだろう。彼らは、友情の連帯の印として互いに腕を組んで、まるで隣の者に残る生の息吹をもっとよく感じたいかのようだった。犬が足を引きずる囚人に吠えかかり、やせ細ったふくらはぎに噛みつくと、別の犬畜生のSSが、それにつられて雨あられと拳で殴りつけ、震える肩めがけて狂ったようにグミを振り下ろすのだった。

最後に、さらにもっと下には、ジプシー、不具者など、医学実験場、あの忌まわしい看護棟Revierの5号ブロック行きを予定された者がいるが、この看護棟の前は、どんなに面の皮厚く無感動になっていても、我々は本能的に、収容所が伝説的な時代の内部配置のまま、そこに重苦しい沈黙の恐怖の雰囲気をとどめているかぎり、とにかく息を殺し、声を落として通っていった（著者エドモン・ミシュレは、故意かどうかはともかく、この医学実験に詳しくは触れていないが、マラリアやフレグモーネ（蜂巣炎）に関する生体薬物実験、高空気圧や低温実験など恐怖の生体実験が行なわれ、被験者の多くは死亡したという（オイゲン・コーゴン『SS国家』参照））。

いまでも私は囚人見習いの最初の日々、新米囚人の訓練期のことを細部まではっきりと覚えており、わかりやすく説明できると思う。この困難な時期のもっとも親しかった仲間、いつも一緒にいたジャック・ペリエがそのころを思い出させてくれるためにもういないとしても、私には毎日綴っておいて、奇跡的に保存できたメモが残っている（それをきちっと判断するには、収容所生活の体験が必要だが）。

私にはまた、15号ブロックの若いフランス人仲間、ドイツで労働者だった者たちが刑期を勤め上げて工場に戻るとすぐ、けなげにも私の妻宛に送ってくれた手紙も残っている。

我々新米囚人の指南役は、到着の晩に迎えてくれた2号室 Stube zwei の小柄な長、ドイツ人のヴィリー・バーダーで、彼は収容所中で信望、それもそのような場所では稀なことだが、文句なき尊敬の念を集めていた驚くべき人物だった。ナチの手法が収容所の内部管理を囚人自身に委ねることにあるのは、周知のことだ。その精髄は、当初から、たんに普通法の罪人と政治犯を意図的に混ぜるだけでなく、政治犯を、それもしばしば宿敵どうしをひとつの窯で練り合わせることにあった。そこから、元共産主義活動家のヴィリーにとって、このような伏魔殿で滑稽なほどの小体軀——一メートル四〇もなかった——で認められるには、人間的な特性が必要だったことがわかる。

彼は登録番号として9をもっていたが、これはそれだけで、一種の、恐ろしくて全部は思い出せないような恐怖、ただ沈黙せる畏敬の念をもたらす番号だった。一〇年以上も前から、彼はこの徒刑場で暮らしていた。つまり、ヒトラーの最初のころの犠牲者である古い社会民主主義者、バイエルンの君主主義者、レーム一派の裏切り者、当然ながら彼の仲間の共産主義者や、多くのユダヤ人などの血と汗がたっぷり染み込んだ沼地にその基盤を据えていたのだ。想像を絶するような世界の生残りである彼は、ナザレのごとく突如我々の前に現われ、その小さな夢見るような目に筆舌に尽くしがたい恐怖の光景を永久にとどめていた。

ドイツ語はほとんどわからなかったので、私は収容所のこの公用語しか話さない古くからの囚人の仲間どうしの話には入ってゆけなかった。もう少しヴィリーと話してみたかったが、彼のフランス語は私のドイツ語とほぼ同水準なので、困難だった。したがって、しばしば多くの本質的なことに関して互いの意見を述べ合うときには、通訳に頼らざるを得なかった。だが暗黙裡に、ここで我々はほとんどいつも意見が一致していた。ヴィリーは、その被った辛い体験すべてを越えて、燃えるような人間愛をもち続けていたから。

一九四五年一月、収容所を襲ったチフスが彼の精力に打ち勝った。ずっと前から幸運な解放のときを待っていた他の多くの古参同様、彼が倒れたのはそのわずか数日前、彼の収容所で迎えた一二度目の冬の終わりだった。最後の数週間の混乱のなかで、お互いに相手を見失ってしまった。看護棟 Revier で見出したとき、彼は汚れた藁布団の上で高熱で震えていたが、彼自身はいつもとても清潔だった。死の脅威に怯えていた最後の数カ月に生き残ったすべての者同様、その古い仲間である彼は、死神が自分をこれほど長く待たせても、結局は最後の曲がり角で襲いかかるためでしかないという、迷信的な恐怖に取り憑かれていた。私がなにか甘い物が欲しくないかと聞くと（フランス人は赤十字から小包を受け取ったばかりだった）、彼はこう答えた。

「できれば、ショコラを一杯くれたまえ。一二年前から飲みたかった……」

看護係 Pfleger のアルテュールのところにそれを取りに行ったが、私はこのささやかな使いに、我々フランス人にとても親切だった、このドイツ人仲間への恩に対するあらゆる感謝の念を込めたのであった。しかし彼のところに戻ると、もうすでに私がわからなくなっていた。

ダッハウ到着後、二〇カ月以上も外部コマンドへのいっさいの「移送」から私を守って世話をし、収容所で生き続けることを可能ならしめた仲間たちと出会うことができたが、そうした状況の発端にはヴィリーがいた。私がまだ生きていることを人間として感謝するならば、それはまず第一にヴィリーに対してである。

検疫隔離ブロックの囚人には、唯一の出口となる狭い廊下を離れることは禁じられていたにもかかわらず、実際には、入所後最初のころのある日、ヴィリー班に雑役が命じられたことがあった。運河と、夜には、高圧電流が流れる囲いの鉄柵とのあいだにある空き地の掃除に行く作業だった。我々の何人かは、到着の晩、暗くて見えなかった場所の地形を知りたかったし、またできれば、若い仲間たちより外部の出来事に多少とも関心のあるフランス人と会いたいと思っていた。

ヴィリーはこの幸運な脱出組に私を指名した。最初の日、彼が、ペリエと私がフランスから直接来たこと、また政治部 Politische Abteilung の仲間から我々の逮捕理由、すなわち「ド・ゴール派」の通告を受けたことに確証を得るとすぐ、我々は相通じていた。したがって、我々をドイツへの志願労働者と同列に置くことはなかった。漠然とだが、彼が雑役頭のカポ〔班長〕に対し私を推薦してくれたのだと思った。このカポは我々同様囚人 Häftling で背が高く、ひとのよさそうな感じのいい様子の丸顔に眼鏡をかけていた。ペリエと、ビスマルクふうのフロックコート姿のフェルナンデル、若いロシア人たちが一緒だったが、このロシア人たちは、我々がなにげない鷹揚な態度で、前日持ち金と交換に受け取ったマルクを分け与えると、もう我々から離れなくなっていた（当時、両替と称する、この種の事務的習慣がある程度まだ存続していた）。

大きな点呼広場を横切って、はじめて中央棟の建物を見ると、その屋根の上には、太いゴシック文字で、全体主義制度がその秘訣とし、その支持者にふんだんに浴びせる、あのいたるところで見られる文章のいくつかが浮き出ていたが、そこを通りすぎるとすぐ、カポは我々を作業場所に配置した。ロシア人を遠くへやると、彼は我々のところへ戻ってきて、打ち明け話のような口調で、自分はロレーヌの司祭であると言い始めた。次いで「我々自身のために」と、彼はいくつかの忠告をした。彼にはひとつの公式があった。すなわち「囚人の最悪の敵は囚人である」と。それから、フランスという名をこれ以上恥辱まみれにしたくなければ、身を正しくすべきであるという勧告が続いた。ここに集まったあらゆるヨーロッパ民族のなかでわが国の名誉を汚す（彼の言だが）同胞に対しては、彼は厳しい態度を示していた。

彼は軽いロレーヌ訛りで話していた。ペリエは生来疑い深く、どうやら彼を得体の知れないおとり囚人、スパイと見ているようだった。我々は草を引き抜きながら、鉄柵の下にうずくまっていた。行く先々にある髑髏とX十字型の脛骨の掲示板を見て、我々は漠然と、待ち受けている運命がわからないまま、近くを巡回しているSSがいまにもハンドルを操作して、高圧電流を我々の肩に送り込んでくるのではないかと不安に思っていた。

ダッハウでの私の運命を定めることになるあの珍妙な光景は、いまでも覚えている。あのドイツ語訛りの背高のっぽのカポがペリエと私を、先に来ていたフランス人すべてと一時的に十把一絡げにしたことは間違いなかった。彼がロレーヌの司祭であるというので、私がそこの司教を知っており、具体的なことを細かく説明し、逮捕数日前その司教に会ったときの状況をどんなに明確にしても無駄で、私の立場を悪化させるだけだった。私をペテン師と見なしていたのだ。

私は自分の誠実さを証明できないことがとてもくやしかった。以前の活動や信仰心をわからせようとすればするほど、カポはますます私を信じようとしないようだった。それどころか、ますます奥歯に物の挟まったような態度を示した。この疑い深いロレーヌ人はフランス・レジスタンスのことはまったく知らないような感じがした——そのリーダーの名前ド・ゴールを除いて。『テモワニャージュ・クレティアン〔キリスト教徒の証言〕』〔一九四一年創刊のレジスタンスの地下出版のCahiers（原意は手帖。雑誌名にもなる〕。現在も形を変えて存続〕のことなど聞いたことがなかったのだ。

雑役を終えると、15号ブロックに戻った。部屋Stubeでは、新米たちが立ったまま、やたらに長く続いている点呼の順番を待っていた。我慢できなくても濡れた地面に横になることさえできなかった。

誰かがヴィリーのところに私を訪ねてきた。別の司祭で、アルザス人だったが、彼はなにくわぬ顔で、午後私がした説明、証言にしかるべき認可・保証を与えに来たのだった。そして、恥ずべき乞食に対するかのように、私の手に黒パンとマーガリンの糧秣を滑り込ませた。ペリエと私は全部を貪り食い、さっさと退散した。

翌朝、点呼後もなお整列していたが、SSが踵を返すとすぐ、太った品の悪そうな、怒鳴り声の男が列に加わってきた。彼は大声でヴィリーに、メッスの司教を知っているという新入りを紹介してくれと言った。かくして私は、二四時間も経たないのに、前の者たちよりも強いドイツ語訛りの三番目の司祭と知り合いになった。前の二人は名乗らなかったが、彼は形式ばらずに身分を明かした。ゴールドシュミットといい、レシュ・サラルブ〔モーゼル県〕の司祭だった。同時に、あの疑い深いカポの名前を教えてくれたが、レオン・ファビングといい、フォスィユ・アン・モーゼルの司祭だった〔司祭が多数登場するのは、ダッハウが一九四二年ごろから司祭など宗教関係者を集中的に収容するようになっていたから〕。

適性検査の第一部は終わろうとしていた。しかしまだそうではないだろうと思った。

インゴルシュタットでの発見、あの獄中の壁のヴィシー諷刺の落書きや、ダッハウの最初のころを思い出すと、当時よりも、何がペリエと私をもっとも苦しめたのかがよくわかる。つまり、誰にも共通の苦難に加わったあの異和感、あの方向感覚の欠如である。

我々が配属された2号室Stube zweiは、工場での怠業とか普通法の軽犯罪で罰せられたドイツへの若い志願労働者、すなわちチェコ人、ヴラソフ軍[6]のウクライナ人、ポーランド人、ベルギー人――言うまでもなく、どんな些細な心の通じ合いもいかに難しいかを痛感させられたわがフランス人たち――から成っていた。ペリエと私はお喋りで、我々の逮捕理由までさらけだしたが、当然ながら我々が犯している危険も、彼らがここに来た訳を言うのを躊躇していることにも気づかなかった。彼らの以前の生活についてどんな些細なことも聞き出せなかった。かろうじて彼らの訛りでその出身地方がわかったが、それでもベル・ド・メ〔マルセイユの労働者街〕の不良、〔フランドル地方に近い〕ルベのギャングの卵、〔リヨン郊外の〕ヴィユールバンヌの悪ガキなどであることがわかると慰めになった――〔パリの歓楽街近くの〕エピネットとかベルヴィル街のヒモは別として。

おそらく我々は、意図せずして、宣伝部Propagandastaffelの呼びかけに応じて置かれた彼らの状況がどんなものかをそれとなく説明し、フランスに帰国した際の軍法会議のことを示唆して、彼らの気を悪くしたのだろう。少なくとも言えるのは、それで対話がスムーズにはならなかったことだ。そのうえ、道理に反していたようで、まもなくそれを思い知らされることになった。むしろ困難な状況を悪化させ、我々の側にいくらか不穏な事態をもたらしたのである。

この若者たちにとって、また他の者たちにとってさえも、状況は思ったよりもはるかに込み入ったものだった。ある日、休憩時間を利用して、こっそりとあの貴重な『囚人の手引き』をぱらぱらとめくっていると、そうした若者のひとりレイモン・Ｂが私の肩をのぞき込んで、遠慮がちにそれを貸してもらえないかと言った（ヴィリーは、この小冊子が私の手にあることがＳＳにわかると、自分は困ることになるとほのめかしていたが〕。この若者が示した関心に驚いて、彼にどうしてこれを読みたいのかと聞いた。

彼の説明には面くらわせられた。彼はアンセニ〔フランス西部の小さな町〕の田舎の出で貧しく、母親と二人で暮らしていけるだけの物がなかった。結局、母親が自己破産に陥らないよう借金を払うために、彼はこの有利なドイツとの志願雇用契約を受け入れたのだという。

「それに、司祭さまがぼくの義務だと言われたから……」と彼は弁解するように言った。

これになんと答えられただろうか？

もうひとりのモーリス・Nは四〇がらみで、〔パリの〕テルヌ街のカフェのボーイだった。一九四〇年の敗北のあとに帰宅すると、彼の妻はいなくなっていた。彼女は子供たちをヴィルフランシュ・ド・ルエルグ〔南仏アヴェロン県〕の従兄弟たちに預けて立ち去っていたのだ。彼の方は、妻から受けた手ひどい仕打ちに打ちのめされていた。考えを変え、子供たちへの仕送り分を稼ぐために〔ボーイの仕事ではおっつかなかった〕、彼はミュンヘンの工場の運転手契約を引き受けた。それから気分がふさぎ、鬱になって、フランスに戻ろうとした。だが、国境で逮捕され、収容所送りに処せられたのだった。

カミーユ・ドゥドリヴェールはJ・O・C〔キリスト教勤労青年の略。一九二五年創設の一種の民衆教育運動だが、大戦中はレジスタンスに参加〕の一員で、彼もまた志願労働者としてドイツに来た。工場で、職工長と諍いをおこしたのである。

私は彼がその清算をさせられる場面にいた。冷たい雨の中、上半身裸で果てしなく待ち、彼がふてぶてしい態度で挑発したばかりに、SSに狂ったようなにめった打ちにされたのだ〔「彼はばかだよ」とヴィリーは言っていた〕。夕方、結局、彼は看護棟 Revier に連れて行かれたが、カポは受け入れなかった。そこで2号室Stube zweiに寝に戻ってきたので、我々は藁布団で隣り合わせになった。夜になって、彼は喀血した。いまでも、肩に彼のなまあたたかい血が流れたのを感じる。

要するに、こうした無分別者はみな我々と同じ敵の犠牲者なのだ。最初、敵を信用していても、それは、やはり彼らがいかに間違っていたかをいちはやく悟る妨げにはならなかった。いまやその過ちの代償を払わされているが、それを長く支払わねばならなくなったのである。

ともあれ、そのようにして彼らと我々のあいだに一種の連帯が生まれた。ペリエはそれを難なく受け入れた。ダッハウでは、最初は不愉快なぶつかり合いや無理解なことが何度か起こったにもかかわらず、次第に友情が育まれていった。それに、それまでフランス人に向けられていた敵意や軽蔑に対して、この異質な者どうしの共存が必要だった。そのおかげで、まず手はじめに、お互いに気配りするようになったのである。

一九四三年九月、ダッハウで、我々が想像をはるかに超えて軽蔑されていたのは事実である。国籍のヒエラルキーにおいて、たんに我々が考え得るかぎりのポルデーヴ人〔架空の国ポルデヴィの国民〕のずっとあとから来ただけでなく、彼ら「緑」組自身、ドイツ人普通法犯が古参囚人からは、フランス人よりは厚遇されていた――我々フランス人は、例外なく全員、赤い三角巾のけしからぬ保持者、つまり「政治犯」と見なされていたのだ。

この許し難い状況にはいくつかの理由があった。チェコ人は、もっとも無知な者でさえ、ミュンヘンのことで我々を非難した。ポーランド人は一九三九年九月の敗北崩壊を我々だけのせいにした。ドイツ人自身は――ここにいるのだから反体制派だが、どんなに体制の敵であっても――我々に対して勝者の優位をもち続けていた。誰もフランス・レジスタンスのことなど聞いたことがなかったのだ。我々の屈辱感は大きかった。

この不当な扱いはその理由すべてが等しく正当なものだというわけではないが、それ以外に、別種の理由から我々に向けられた軽蔑があった。わが同胞にはまず、身体を洗わず、まったく不潔であるという評判があった。次いで、たんに我々が犠牲となった不正義な状況だけでなく(これはやむをえず認めたであろうが)、我々が目撃した同じような状況を静かに受け入れないとして非難を浴びた。収容所の古参から見ると、そのような態度はまったく非常識なことで、もしひとを思いやる感情など微塵もないこの世界で、憐れみというものが意味をもったとしても、彼らにはもっとも侮蔑的な憐れみしか感じさせないであろう。

我々の到着の数週間後、イタリア人がスケープゴート役を交代してくれることになった。そのあいだ、収容所に分散し、孤立した仲間がいることがわかったが、彼らは、26号ブロックの司祭から、ド・ゴール派、つまりレジスタンスのフランス人がダッハウに来ていることを聞きつけた。

ヴィリーのおかげで、彼らが我々の検疫隔離ブロックにやって来た。そのひとりニコラは猟騎兵軍曹で、一九三八年以前に部隊から脱走し、宣戦布告後ドイツで逮捕されていた。したがって、もう四年もここにいるのだ! 当時、ダッハウで唯一のフランス人だった彼が、一九四〇年六月の最悪の屈辱の日、点呼広場 Appellplatz の拡声器がドイツ人のパリ入城を放送するのを聞いたということは、我々からすると信じがたい威信を彼に与えた。

もうひとりは「サヴォワのマルセル」と呼ばれていたが、サヴォワ人にしてはおかしなドイツ語訛りがあり、なにか特別部門に所属しているようだった。二人ともが、第二局(一九四〇年七月、ド・ゴール将軍創設の地下活動中央情報局〕の正真正銘の機関員フェリックス・モレールと共謀して、首尾よくSSの調理場に入りこんでいた。帰国後、この機関員の上司セロ大佐自身の口から聞いたが、彼は収容所にいた期間中ずっと、本局と接触し続ける成果を上げていたという。これにはいまだ唖然としている。

マルセルとニコラは、SSのところで「調達された」考えられないような糧秣の宝物を持ってきてくれた。もちろん、飢えた者どうしで分配することになった。検疫隔離ブロックでは、労働しないものと見なされていたので、朝の間食 Brotzeit はもらう権利がなかった。文字通り腹がへって死にそうだった。まるで、「眠りは食事の代わり」という諺を掲げて、路傍でまどろむ、でっぷり太った乞食がすごい料理のテーブルを前に見る夢を描いたあの子供時代の絵本の皮肉な揶揄の図さながらだ！

何度も経験したので、いまでは、飢え――あのみぞおちがきりきりと痛む苦しみ――とはまったく眠りを妨げるものであることを知っているが。

この二人の気前のよい仲間に、若い〔仏西南部の〕ランド県人のピエール・ピュジョルが加わった。彼はその勤務先の火薬爆発物管理公社によって職務上強制収容所送りにされていた。彼の事例は彼が望まなかった志願労働者とは比較できなかった。彼は特別矯正収容所を出ていた。おそらく洗脳治療の効果がなかったのだろう。そこで結局は、ダッハウに送られたのだ。ほかの囚人に世話されていたが、この者たちが彼を我々のところへ連れてきた。

ファビング司祭、彼の方は別な若い仲間、ナンシーの見習い技師ジャック・マルタンを送ってよこした。彼は〔スペイン国境の〕アンダーイユで弟と国境を越えようとして、ドイツ人に逮捕された。まず二人ともザクセンハウゼンに送られたが、不可解な配置転換で分けられて、ジャックだけがダッハウに辿り着き、ラジオ工場のコマンドに配属された。マルタンは、ピュジョルのように、この不気味な収容所砂漠で我々同様途方に暮れて、まだひとりの「政治犯」の仲間とも巡りあっていなかった。実際には、ノール県の四人のコミュニスト・グループがいたが、彼らは身の安全を考えて、志願労働者ブロックに紛れ込んでいた。彼らの方はマウトハウゼンから来ていたが、そこの残酷醜悪な話を聞くと背筋が寒くなった。

結局のところ、我々「政治犯」は、一九四三年九月末に隔離期間が終わったとき、収容所にいた一五〇人の同胞と六〇〇〇人の囚人 Häftlinge 中、全員合わせてやっと一二人だった。

ある日曜日の午後、ファビングが、到着以来閉じ込められていた15号ブロックからペリエと私をうまい具合に出してくれた。我々がダッハウの大きな人波を見るのははじめてだった。多数の人間が、くつろいだ様子で中央の通路、嘲笑的に自由通り Freiheitsstrasse と称された遊歩道を行き来していた。予想もできない光景。点呼広場 Appellplatz でサッカーの試合が行なわれるのだ。(7)

両足のない者の数には面くらった。彼らを全員ここに集めたのか？　手や腕がない者、片脚の者や他の不具者の比率には啞然とさせられた。ジプシーやロマの一団で我々の狼狽は頂点に達した。「大帝国の敵とはこのような場所に強制収容される名誉を浴することなのか？」と我々は自問した。

その後すぐ、我々はこの22号ブロックの「パリア」や反社会的分子すべてを待ち受ける運命を知った。「廃兵」大移送で、彼らは眼前から消えて行くことになった。行く先アウシュヴィッツ。あとで同じような移送を何度か見たが、最後は一九四四年一二月、ローヌ川沿いウラン〔リヨン南郊〕の代議士ジョルデリと30号ブロックの古株全員の移送だった。

この廃兵移送は古参囚人の恐怖だった。彼らは自分自身以上に、愛着を覚えている仲間、もう働けなくなった者たちのために恐れていた。ある晴れた朝、この者たちはなにも告げられないまま点呼広場 Appellplatz に呼び出され、ひとりずつ拘束された。お仕舞いだった。SSが彼らの両脇についていた。誰ひとり戻ってこなかったのだ。

そのようにして、一九四四年一月の朝、愛すべきルクセンブルクの仲間アルベール・ネイがけなげにも半身不随の身を引きずって去って行くのを見た。そのようにしてドモンショも去って行った。私には彼がすぐわかった。彼はマウトハウゼンのコミュニストの小グループのリーダーだった。片脚を鉱山に残して、義足で歩いていた。その丸顔、澄んだ目、その率直で気持ちのよい握手は私の記憶から決して消えないだろう。彼の不自由な身のゆっくりした動きも。

かくして、この収容所都市をまず概観すると、第一印象は面くらうような奇跡小路にいるのではないかという印象を受けた〔奇跡小路とは、中世のパリなどにあった物乞いの群れ住む街区。不具に見せかけた乞食がこの小路ではぴんぴんするので、転じて乞食・泥棒の巣窟・伏魔殿——ヴィクトル・ユゴー『ノートルダム・ド・パリ』参照〕。縞服姿の一団、外部コマンドで働く者や看護棟 Revier のカポたち。彼らのお仕着せはよくできていた。ズボンは襞がついており、上着はぴったり合っているようだ。彼らのあいだを、堂々としていかめしく、その奇妙な身なりから発する驚くべき滑稽さには無頓着な特権囚 Prominenz が行き来していたが、その特製の服には背に大きなX型十字が縫いつけられ、ズボンのベルトには三角巾がぶらさがり、珍妙さがいっそう際立っていた。しかし彼らはもうそのことにも気づかない。そして最後は、泥棒仲間の無作法者や富や権勢とはおよそ無縁な者の大群、紫の三角巾のエホバの証者、うらぶれたブロックの浮浪者、単純に描写する気にもなれない名状しがたい群れ。ユゴー親父の叙事詩ふうの勇壮な息吹でいまにも勢いづこうとするか、あるいは逆にカフカの幻覚に凝結硬化せんばかりの壮大なる奇矯奇態な情景。

8　寄せ集め囚人

隔離期間が終わりに近づいた。昨日も、ヴィリーが、彼にも私にも重大な危険のない15号ブロック暮らしはもう長くないだろうと教えてくれた。ブロック指導者 Blockführer がSSの医師と民間人職工長を伴い、何度もやってきた。彼らは我々の手を調べ、うんざりした様子で腕の腱とふくらはぎに触った。最初の移送はすでにアラハ〔ミュンヘンとダッハウのあいだ〕に出発していたが、そこには普通のコマンドの工場〔SS陶磁器工場〕と、もうひとつ、はるかに厳しい石切場があるという。胸を締めつけられる思いで、最初の日々のグループで最後の仲間だったペリエが去って行くのを見ていたが、彼の親切さとむらきのない性格が、私にはとても大きな慰めだった。別の新入り囚人 Zugänge が到着して出発した者に代わっており、彼らのなかには労働者にされたが、怠業して罰せられたフランス人戦争捕虜がいた。

この護送組のひとつで、シェーヌ司祭の大きな頭と、虱の検査駆除で困惑している姿に気づいた。私はすぐにそのぎこちない態度に隠しようがない、大きな神学生のような風貌があるのがわかった。その後、収容所は数千人のイタリア人脱走兵、またはそう自称する者の移送組に侵入されることになる。この最初の侵入は、あと数回は続くが、それまで完璧だった強制収容所システムの機能に大きな混乱をもたらした。

まず検疫隔離ブロックをひとつ、次に二つ目をイタリア人囚人に割り当てねばならなかった。他のブロックは、すでに過密となった部屋Stubeにさらに詰め込まれており、収拾のつかない不潔な物置小屋になっていた。はじめて、枢軸国が瓦解しているのだと感じ、励ましになった。

17号ブロックでは、この度を失ってわめき騒ぐイタリア人の一団に紛れて、フランス人小グループがザールブリュッケンの監獄から来ていた。そこにイル・ド・フランスの教師ルネ・ニーコがいた。大きな明るい目、長く厳しい拘留でやせ細った顔つき。彼のケースは重大だったに違いない。彼はN・N〔前出。政治犯の謂〕に分類されていた。彼と一緒に二人の公務員がいたが、彼らはきわめて若かったので、役所からドイツにおける強制労働役〔略称STO。ヴィシー政府がドイツの労働力供給要請でフランス人、とくに若年労働者に義務化した強制労働徴用〕に送られていた。カルパントラのルネ・ルーとサン・テティエンヌのジャン・ムタンだった。二人とも職工長ともめごとを起こしていた。彼らもまた怠業者だったのだ。少しあとで、「労働者にされた」戦争捕虜ガストン・ウシエが同じ理由で送られてきた。

15号ブロックの4号室Stube vierには、二人のフランス人司祭がいるのがわかった。ザールブリュッケンの監獄から来ていた。ここに入ったときには、彼らは敗走中のイタリア軍の古着を着せられていた。ひとりは正規の聖職者で、イエズス会のアルトマン神父だった。彼はナンシーで説教壇を下りたときに逮捕された。理由——『神の国』の偏向的解釈。聖アウグスティヌスは現地のゲシュタポの密告者の趣味ではなかったのだ。もうひとりは在俗司祭のル・モワンで、元高級家具師だが、独学でノートルダム・ド・ロレットの助任司祭になり、旧シヨン派でそのうえ盲目的愛国主義者だった。この種の人物は珍しかったが、いないわけではなかった。ダッハウで、彼は異なった二つの活動を続けることになる。「ドイツ野郎」への徹底抗戦と放射線感知能力〔杖・振り子などで水脈・鉱脈を探知する能力〕の行使である。二人ともがフランス人レジスタンの小グループの補強になった。

九月末、この新入り用15号ブロックには、彼らより前に、二人のベルギー人司祭が来ていた。ある晩、部屋にファン・プイフェーレ司祭が入ってくるのを見て、我々の何人かは思わず爆笑した。この新米のぽかんとした様子はナンビュス〔四コマの新聞漫画——普通名詞としての原意は雨雲〕の有名な人物像をものの見事に体現していた。長いパンツ姿で鼻先に眼鏡をかけ、ぎこちなくヘルニア帯を手にしたナンビュス先生。全体がどうしようもないほど似ていたのだ。それに、独特のワロン語訛り。実際には、この新参者は教師だったが、それほど「ナンビュス」ではなかった。彼は歴史を教えていた〔ベルギーの町〕トゥルネーでドイツ人に抵抗したので、長らく投獄されていたのだ。

彼の同僚、ピルメイエール司祭は繊細で教養があり、リエージュ郊外の労働者小教区の主任司祭だった。彼もまた、ダッハウ行きを指名されたときは、すでに監獄で長い捕虜暮らしを被っていた。その話しぶりや親切さには驚かされたが、彼がベルギーの同胞から送ってもらったパンやマーガリンの余剰分 Nachschlag をフランス人に分け与える気遣いも示したのにも心打たれた。

15号ブロックにこの聖職者の増員があると、ロレーヌの司祭ファビングとゴールドシュミットが毎日来るようになった。彼ら二人をヴィリーに結びつけている友情にはなにか感動的なものがあった。収容所に残っていた最後のドイツ人コミュニストたちは、我々が来たときには、話をすると頑固な無神論をひけらかしていたが、いまやその反教権主義はとても和らいでいるようだった。概して、彼らは26号ブロックの司祭たちとは、外見上は誠実な外交関係を保っていた。

ヴィリーは、いかにゴリゴリのコミュニストであっても、ファビングとゴールドシュミットには一種の友好的な慇懃無礼の態度を示していた。彼らがいつでもちょっと我々のところに立ち寄るのを認めていたのだ。彼らを介して、ヴィリーは新着のフランス人に、たんに彼ら新入りが必ずしも重要度を区別できない安全上の忠告を与えるだけでなく、例の「自主的に受け入れた」規律や「厳禁されたこと streng Verboten」へのフランス人特有の先天的な嫌悪感を克服するよう促すことができたのである。

こうしたことに対するフランス人の無自覚をヴィリーは大変心配した。収容所では、それがあらゆる機会に勃発するフランス人への反感を育んでいたのだ。15号ブロックがシャワー棟へ集団消毒の責苦を受けに行った夜、彼らとロシア人のあいだで流血の乱闘が起こった。後者は、はるかに多人数で、わが同胞を哀れな状態に追い込んだので、二〇数人を看護棟 Revier に送り込まざるを得なかった。このいざこざがSSに知られたら、双方にとって恐るべき結果になったであろう。その夜、我々は千人近くが、シャワー室の交互に凍りそうになったり、窒息しそうになったりする空気の中で素っ裸だった。不意に大きな警報 gross Alarm が鳴った。四時間、裸のまま、交互に震えたり汗をかいたりしながらまったくの暗闇の中に放っておかれた。誰もが恐るべき最悪のことが起こるのではないかと、思いはじめた。まさかということもあった。こういうたくらみは、噂に聞いていたアウシュヴィッツのガス方式が結局は、我々にも適用されることを意味するのではないか？　ガス室の付属物があのじょうろの口や肉屋の吊し鈎のイメージとなって、暗闇の中で我々の脳裡に浮かんだ。次第に、集団パニックに襲われるのではないかと感じはじめていた。

ところで、この忘れがたい夜、ル・モワン司祭とアルトマン神父がアンリ・ブルモン（一八六五―

一九三二）の『フランスの宗教感情の文学的歴史』〔一一巻の大著、未完〕について議論していた。明かりが戻ると、彼らは純粋詩について話し続けた〔ブルモンにはヴァレリーとの熱烈な論争がある〕。この場とは無縁で、おまけに裸でも、会話に気品は欠けていなかった。

「アリアンヌ、わが妹よ、いかなる傷つける愛で

縁に捨ておかれしまま死したのか！」

朝の四時が鳴ると、消毒シャワー・ショーが終わった。だが我々の大半は興奮して苛立っていた。そうしているあいだにも、ぼろ着が消毒されて、乱雑に投げ出されたが、誰も湿って硫黄の臭いがする大きなぼろの山から自分のものを見分けることはできなかった。押し合いへし合いし、やがてお決まりの争いになった。ロシア人が猛烈な勢いで自分のぼろ着めがけて殺到したのは、そのときである。そうして、骸骨男たちのあいだで勢力不均衡な闘いが起こった。それはなにか悲痛陰惨なものであった。しかるに、そこには絵になるような光景もあった。まさに入れ墨の展覧会だった！　だがこの点では、何人かのフランス人はウクライナやベラルーシの敵になんらひけをとらなかった。我々から見ると、わが同胞の肌の下に描かれた模様に、ときおり付いていた文字をかろうじてだが読み取れるという優位なところがあった。この異国人どうしが争った戦場の汚れたセメントの上で横たわって動かぬままのひとりの胸には、こうあった。「負けても屈せず」。

翌日、持ち物返却を取り仕切っていた消毒係のカポが来て、フランス人を猛烈に罵倒した。残念ながら、彼は、いっそう畏敬の念を起こさせるためなのか、我々自身の言語で喋ろうとしたので、そのドイツ語訛りとサビール語〔ちんぷんかんぷんな言葉〕が、彼の憤慨ぶりを見せようとする意図的効果を著しく弱めてしまった。彼の弾劾演説の意味がまったく曲解されたのである。我々はみな心の内で笑

い転げていたが、はたから見ると一目瞭然だったに違いない。

エキセントリックな人物には事欠かない世界でも、このヤーコプ・コッホは本当に風変わりな男だった。非常に重要な消毒コマンドのカポである彼は、いつも朝クリーニング屋から出てきたばかりのような縞の制服姿でぱりっとしていた。色艶のよい顔は、この灰色と土気色の顔の世界では絶えざる挑発だった。丸々した顔と尖った鼻が際立っておもしろく、結局は共感を呼ぶ表情となっていた。このライン人はかつて、前大戦後、マンジャン将軍〔一八六六―一九二五。大戦後、ライン軍司令官〕が支持していたハンス・アダム・ドルテン博士〔一八八〇―一九六三〕の〔ラインラント地方の〕分離主義運動と関係があった。それが彼のダッハウにいる正確な理由かどうかはもう覚えていないが、逆にはっきり記憶していることは、彼が「ペール・フォンダトゥール〔建国の父または創始の神父〕」〔レジスタンスの一派か？不詳〕のグループに属していたことである。彼の登録番号はヴィリーに次いで最古参者のひとつだった。SSの下士官たちに対してさえ、彼はある種の冷ややかで頑なな態度を捨てず、卑屈にはならなかった。要するに、彼はそのような感情がもう風変わりなものと見なされていた世界で、フランスに対して奇妙な共感を寄せていたのである。

同じ日の晩、ヤーコプが腕に看護棟 Revier 係の徽章を付けた別の囚人 Häftlinge と一緒にまた我々のところに来た。繊細な表情の整った顔をした、短く切った白髪の立派な老人だった（何人かの特権囚 Prominenz は髪を伸ばしておく特権があった）。彼は腕に書類を抱えていたが、あとで知ったところによると、それは彼がいわゆる衛生上の情報を得るためどの収容所にでも入れる口実になるものだが、実際には責任者どうしで接触するためであった。ヴィリーが私をこの新客に紹介した。

この新客は、ファビングとゴールドシュミット司祭からの私に関する報告を参照しながら、多少ドイツ語訛りのあるフランス語でいくつか質問した。彼は私の以前の活動や、ダッハウに送り込まれた理由などすべてを知ろうとした。おそらくすでに、私の尋問調書を手にしている政治部 Politische Abteilung の仲間から聞いていたはずだが、彼はいくつか細部の補足説明を求めた。老人の驚くほどの親切な様子と威厳ある声には信頼感がもてた。「白状する」のに、私はなんの痛痒も感じなかった。話し終えると、秘密めかした様子で誰の目にも明らかな威厳ある口調で、彼は、私が以後は消毒コマンドに配属され、ダッハウ収容所のフランス人統轄の「責任者」と見なされると宣告した。それは曖昧な責任だった。当面私が任された唯一のことは、ヨースとコッホが大いに気にしていたフランス人の評判が早くよくなるようにすることだった。ヴィリーはその場で知らされると、この指命に叩頭して同意した。

こうした状況で、私はヨーゼフ・ヨース〔仏語名ジョゼフ・ジョース〕と知り合いになったが、彼はアルザス出自で、国籍はドイツの元帝国議会 Reichstag 議員で、かつて出会ったもっとも素晴らしい人間のひとりだった〔独仏国境の地アルザスは元来ドイツの地だが、歴史的にドイツになったり、フランスになったりしており、これまでアルザス人は五度も国籍と国語を変えさせられている。その度に人名、地名など固有名詞は発音が変わることになるが、姓名の姓とか地名にはドイツ語起源のものが多い〕。

その日以後、彼はしばしば私に会いに来た。そしてよく知っているというフランス人、キリスト教民主党の両院間会合で昔会ったエルネスト・プゼや、その親戚のオーギュスト・ヴィアットなどについて話してくれた。ある日曜日の朝にやって来ると、私の手を小さな食品小包で一杯にした。いまでもその種類を挙げることができるが、それほど当時は驚くべきものに思われたのである。彼は短く言い添えた。

「今日は王であるキリストの祝日〔一九二五年、ピウス一一世が定めたもの〕だ。これは諸君がちゃんとお祝いするためのものだ……」（まったく、このドイツのカトリック教徒たちは典礼学者という評判通りだな、と私は思った）

万聖節の日、我々はやっと検疫隔離ブロックを出て、すでに収容所のフランス人の大半がいる24号ブロックの4号室Stube vierに移った。合意のうえで、ニーコと私はそこをサン・ロラン・デュ・マロニ〔南米仏領ギアナにあった旧流刑地〕と名づけた。翌朝、洗面所を兼ねている便所で、新しい仲間たちの身を飾っている扇情的な入れ墨をさっと一瞥し、荒っぽい言葉遣いや話題から察すると、すべてが彼らの大多数の社会的地位を物語っていた。フランシス・カルコ〔一八八六―一九五八。裏社会を描いたことで有名な作家〕の好感のもてる登場人物のそれである。

ただ検疫隔離ブロックで会った若い志願労働者には若干不安を感じても、この24号ブロックでたまたま出会うことになった大部分の同胞ははるかに近寄りがたい印象だった。我々がやっと必要な共存生活に成功したのは、大いに我慢をしたうえでのことであった。それはたぶん、ニーコと私がそこで得たまったく自慢できない成果というわけではなく、よしとすべきものなのだろう。

もちろん、ダッハウに先に来ていたフランス人には、前述した少数のレジスタンを除いて、全体としては、我々がここに来た理由とはなんら共通点がなかった。彼らのなかで、それまで「責任者」の資格を与えられていたドイツへの志願労働者は、麻薬取引のためミュンヘンで逮捕されており、他の者たちもご立派な理由からだった。戦争、レジスタンス、ド・ゴール流抗戦論、それらすべてが、彼らには信じがたいほど無縁な言葉でしかなかった。しかしながら、我々にはこのきわめて状況に染まりやすい連中と最低限の団結を保っておかねばならなかった。それは、この各国囚人寄せ集めの国際的な徒刑地で、我々みなを等しなみに軽蔑する敵対的な、悪意ある外国人と対決するためには、絶対に必要なことであった。そのため、フランス人としての自覚、一種の初歩的尊厳が我々をお互いに連帯させていた。教師という職業柄おのずとぴったりの適役であったこの再教育の仕事を、ニーコは素晴らしい忍耐力で行なった。我らが「無法者」たちにとって、ここの全フランス人に必要な作戦、この団結、この支え合いが実際にはまったく「合法な」正当行為と思われるとすぐ、彼らは我々の味方になった。

前の仕事から、彼らは周囲に漂う危険を嗅ぎとる侮りがたい勘、ここでは「体質」と称されていたDシステム〔難局打開の才覚〕という鋭い感覚を備えていた。収容所に長期滞在したために、彼らの何人かはそのスタッフをよく知っており、これが我々にはとても役立つことになった。それらすべてが共有財産だったのだ。一九四三―四四年の冬のあいだずっと、多くの「レジスタン」とか「政治犯」が生き長らえたのは、この「普通法犯」のおかげであったのだ。

この連帯はレジスタンスに関するものをすべて放棄したうえでなされたのではなく、まさに逆だった。代表者たちが権利を有するそのヒエラルキーにおける位置は、我々には必要不可欠なものと思われた。そのうえ、意外な状況のため事態が明確になった。

15号ブロックで、ジャック・ペリエは他人とは距離を保っており、彼を君呼ばわりする〔tutoyer 二人称単数で親しく話すこと〕仲間に君呼ばわりで答えようとせず、いつもこの混同に苛立っていた。私の方は、周囲の若者たちとは年齢の差があり（何人かは私の長男とほぼ同い年だった）、この立場には自然に従っていた。ただ、この態度がもたらしたさまざまな皮肉には気づいていた。しかし私は、モーリス・バレスが裏社会について話していたあの「徒刑場の君呼ばわり」にはつねに感覚的に反対で、またついでに言えば、この慣行はときおり、〔いずれもモンマルトル界隈にある〕ピガールとかグット・ドール広場の地場の者のそれよりもはるかに「不適切な」ように思われた。私の徒刑囚と議員という二重の経験からして、これは確認できることである。いずれにせよ、サン・ロラン・デュ・マロニで、新しい仲間の君呼ばわりの問いかけにあくまでもあなた呼ばわり〔vouvoyer 二人称複数で話すこと〕で答えようとして、我々がぶつかる困難な状況は容易に想像できよう〔B・ベッテルハイムによれば、収容所では「親称の《お前》（＝Du）という表現を使うように強制」されるが、「この形はドイツでは小さな子供のあいだだけ無差別に用いられる」（『生き残るもの』）。または動物やペットなどに対して使うというが、フランス語ではこの Du にあたる tu はもっと緩やかで、年齢に関係なく親しい者のあいだで一般的に用いられる〕。

　そうしたとき、牢名主とも言える最古参の部屋頭 Stubenältester が状況を救ってくれたが、彼はそれがいかに我々の助けになったか気づかぬままだった。ある日、部屋の混乱が頂点に達したとき、彼は我々を威圧するため、SS司令部の命令で全囚人 Häftlinge が守らねばならない収容所の内規を大声で読み上げ聞かせることを思いついた。この規則には守らないと恐るべき処罰を科される、ある数の厳密な義務が含まれていた。こうした義務のひとつがその突飛な点で、我々の注意を引いた。それは、全囚人間で君呼ばわりを義務とするものだった。

　そのときから、我々の従うべき義務の方向がまさに定まったのだ。ほとんど英雄的と思える予想外の雰囲気のなか、フランス人としての独立を確保するユニークな機会が現われた。反旗を翻すのにそれほど多くは必要なかった。みなが一致して、ドイツ人ども Fritz が君呼ばわりを要求しても、まったくの基本的品位から我々はこれを拒否することに賛成した——それに彼らには我々の規律違反を見抜くだけの〔言語〕能力がほとんどないのだから、なおさらである。かくして、ダッハウの元囚人たちはいまも一九四三年のあの冬と同様互いにまじめにあなた呼ばわりしている。あのころ、彼らは、24号ブロックの狭い見通しの果てにある、収容所の並木通りの端に、火葬場の煙突を見ていたが、そこからは、不良と呼ばれた者、必ずしもそうではなかった者たちなど、多くの仲間の遺灰が混じり合ってバイエルンの風に乗り、消え去っていったのだった。

万事が若干の衝突なしには進まなかった。しかし各人が徐々に輪に加わってきた。それゆえ、クリスマスのころにはほぼ共存生活が出来上がっていた。

フランス人全員が、誰も無関心ではいられない祝祭を他国の者同様心を込めて祝うことを決めた。SS自身も、その夜は我々がもう二時間夜更かしすることを許したではないか？　手はじめに、我々の部屋Stubeの外国人全員を祝いに招いた。スペイン人はなにも受け取らなかったので（六人ばかりいたが）、我々が国民救援隊からもらっていた思いがけない小包を彼らに分け与えることになった。我々は一五〇人いたので、それは大したことではなく、各人せいぜい片手一杯分出せば十分だった。もちろんこの狙いは的中し、誰もが宴に参加できたのである。

次いで、スロベニア人が郷愁に満ちたやさしい故国の山の歌を歌い始めた。コミュニストの仲間ドゥモンショ、カドレ、ブレルなども、あっさりと同調して「ル・プティ・カンカン」〔北仏ピカール方言の一種の子守歌。普仏戦争時には兵士の行進曲にもなった〕を歌いだすと、北の連中が突然このメランコリックな子守歌を口ずさみつつ、哀れなる小屋に入ってきた。まもなく、ロレーヌの司祭ミュラーが戸口に現われた。彼は自分のブロックは放っておき、フランス人とクリスマスを祝いに来たが、どうしたわけかどこかで「調達した」バイオリンを振り回していた。彼もまた、司祭ではあっても、安バイオリンで古い民謡以外に別なものを弾こうなどとは考えもしなかった。

「いちばん上等な服、一張羅を着よう
　お祭り用にとっておいた……」

我々は自分たちのぼろ着姿を忘れて、まじめに彼と一緒に歌った。すでにお互いへの信頼感で心通じ合っていたのだ。アルザスの老愛国者ドルフュス神父がまったく世紀末的な曲「市役所の舞踏会」を聴かせようと、やっとのことで踏み台に上がった。26号ブロックの新入りの司祭たちが騒ぎにつられてやって来るとすぐに同調した。

「彼女はいつも後ろーに、後ろーに、後ろーに……」と軍隊を思い出したのはゼーリグ司祭だった。今度は、ノートルダム・ド・ロレットの助任司祭が彼に唱和した。

「それは日曜日に起こった
　日曜日に水際で……」

もちろん、修道院の礼拝堂の祈りの静かな雰囲気とか、〔パリの〕サント・クロティルドのバジリカ聖堂の真夜中のミサの、あまり静かではない雰囲気からさえも遠かった。だが曲の選択などどうでもよいではないか？　すべてが情け容赦なく希望を打ち砕くこの収容所にあって、幸福だった日々の曲や歌を思い偲び語ることは、故国を二度と見られないことなど認めない囚人の悲痛な叫びであり、「なにがなんでも」クリスマスの期待にしがみつくことなのだ。

そのうちに、ヨースが友として宴に加わってくると、もっと典礼に則した歌を好んだのだろう。これはまた我らが部屋頭Stubenältester ゲオルグ・ズーロヴィの考えでもあったに違いない。そこで、この国際旅団の元戦士は、そのしわがれた声でキリスト降誕の神秘が詠われている第一賛美歌「きよしこの夜……」を口ずさんだ。

Stille Nacht, heilige Nacht.....〔静かな夜、聖なる夜……〔直訳〕〕

9　ナショナリズム

どんなに諦めまいとしても無駄だった。春までは解放されないことがだんだんと明白になってきたのだ。こういう状況では、諦めて、ダッハウで冬営するのだという考えを受け入れたほうがよかった。この時期についてもっともいやな思い出のひとつは、収容所に入りこんでくるナチの新聞の記事だった。それにはドイツ空軍によるムッソリーニ救出劇が載っていた。秋が終わるころまで、我々は、多数のイタリア人が収容所に無秩序に押し寄せてくることが決定的な敗走の印になるだろうと期待していた。いまからすると、決着がつくまではまだ一八カ月が残っていたのだが。

赤十字が配ったクリスマス歌集には、望み〔愛、信と共にキリスト教の三徳のひとつ〕に関するペギーの有名な一節が載っていた。当時ヴィシーでは、ペギーが大きく扱われていたのが思い出される。いずれにせよ、我々に関しては、このペギーを想起することは場違いではなかった。

「しかし望みとは、と神は言う。それは私自身を驚かせるものでもある。この哀れなる子たちがものごとすべてをあるがままに見て、明日にはよくなるだろうと信ずること。明日の朝。それはまさに驚くべきことだ……」

なるほど、それはまさに驚くべきことだった。しかし24号ブロックでの再団結の集まりは、やはりこの望みのもたらす好作用を助長しつつあった。

フランス人が今度はまとまった集団を形成したことが明らかになるとすぐ、周りがもう無視するようなふりをしなくなり始めた。最初の接触が生まれた。それはブロック書記 Blockschreiber のポーランド人教師レオ・Sの理解によって促進されたが、彼はロシア嫌いでないこと、また彼の示すフランス人への理解によってその同胞とは対照的だった。彼は仕事の合間に暇を見つけて学んでいた英語をかなり明瞭に話していた。私はそれに驚いて、なぜフランス語を勉強した方がよいと思わなかったのかと尋ねた。すると彼は、別な時代ならば、当然フランス語を選んだだろうと言った。しかし彼にとって、わが国がなんの役割も果たさないように思えたときから、フランス語の重要性は著しく減少したのだ。かくして、日々、我々はそこでも敗北の屈辱を反芻していたのである。

レオはほどなく、ポーランド人司祭がいた28号ブロックの書記で、仲間のヴァレリアン・Bと会わせてくれた。この人物、彼の方はとてもフランス語を知りたがっていた。手助けを申し出ると、すぐ受け入れた。彼の熱心さが伝染したからだろうが、その日以後、何人かのポーランド人司祭が彼にならって、家庭教師役を紹介してくれるよう言ってきた。やがて、24号ブロックではどうしてよいかわからなくなるほど引く手あまたになった。ほぼどのフランス人にも生徒がいた。夕方、自由通り Freiheitsstrasse を先生と生徒が二人並んで歩く姿が見られたが、後者は前者より目に見えて痩せていた。謝礼は、当時ポーランド人司祭はまだその教区民から若干の小包を受け取っていたので、現物支払いだった。そのようにして、脂身一切れ、黒パン一人分が『三銃士』一頁の注釈付き講読とか、『ブラジュロンヌ子爵』の一節の概略説明と交換された。当時、囚人の荷物から見つかった本でできた、乱雑な収容所図書室で読める唯一のフランス人作家は、アレクサンドル・デュマであった〔ジャン・

アメリー『罪と罰の彼岸』によると、ダッハウやブーヘンヴァルトには図書室があったが、アウシュヴィッツでは、「一冊の本ですら夢のようなもの」。彼の友人のオランダ人作家で、ダッハウの看護係だったニーコ・ロストの『ダッハウ収容所のゲーテ』にある、「空襲警報のあいだ、一心にヘルダーリンについて考えた」など夢の夢であったという。またコーゴン『SS国家』には、「ダッハウにはカール・クラウス〔『人類最後の日々』の著者〕の何巻もの著作があった」とあるが、この収容所にはいくつかの図書室があったのだろうか。〕。

24号ブロックに来てから数日後、私はノイエ・ブレーメンで、看守モロトフの焚書から救った数冊の本を取り戻した。あとで受け取った小包には他の数冊もあった。こうして、ジャック・マリタン（一八八二―一九七三）の『全的なるヒューマニズム』が回し読みされると、大好評だった。フランス語を完璧に知っている者だけがこの本を評価できた。そうした者が、思っていた以上に数が多いことが次第に明らかになってきた。チェコ人、オランダ人、ドイツ人にさえもフランスの本の愛読者がいたのだ。その後、『人間の条件』も受け取ったが、これは引っ張りだこだった。この生活環境と雰囲気のなかでは、こうした関心は十分正当なものであったのだ。

一九四四年夏以降、収容所に来た仲間は、この冬の我々の無謀な大胆さを理解しかねていた。彼らの方の年長者たちはあきれ返っていた。ダッハウでは、ほかと同様、労働は当然義務だった。誰もがどこかのコマンドに属していた。昼間は、部屋管理当番 Stubendienst と、SSの医師の気分次第で、一時的に病欠届 Meldung をもらった者とか労働免除された者とを除いて、みんなが出て行って、ブロックは情けないほどがらがらになっていた。

しかしながら、この一九四三―四四年の冬のあいだずっと、我々の小グループは厚かましくもうまい具合に毎日部屋 Stube に居残っていた。そして戦局次第でなにかことが起きるのを待っていた。ブロック指導者 Blockführer が来るのがわかると、家具調度類のひとつになっていた戸棚の中にもぐり込むか、藁寝床の三つの段をよじ登り、揚戸から小屋の屋根裏に逃げ込んだ。

この我々フランス人対独非協力者の小グループのなかで、好漢ニーコは天気がよいと真っ先に脱出していた。首尾よく植付け方のコマンドに配属してもらい、戸外の空気を吸いに出かけたのだ。彼には、この圧搾空気室のような雰囲気がしまいには息苦しくなったようだった。小柄なルーは部屋管理当番 Stubendienst としてスープを配っていた。ムタンの方は、頑固にも徹底的になにもしようとしなかった。原則としてだが。

ときどき私は、カポ助手 Hilf-Kapo のファビング司祭がいざというときのアリバイとして部屋 Stube に持ってきてくれた藁布団を、計算ずくの緩慢さで修理していた。本来私は消毒コマンドに配属されていたが、藁布団の修理はその管轄だった。私を認めようとしなかったロシア人とのあらゆる揉めごとを避けるため（とくに当時は、ヴラソフ軍を忌避・告発して脱走したロシア人が相手だったが）、彼らに私の間食 Brotzeit の薄い一切れの黒パンを譲ってやったが、日によって、あやしげな輪切りの赤みがかったハムか、ひと指ほどのマーガリンが付いていた。この気前よさには権利を乱用して得たような些か不当な見返りがあったが、当時私は、ひとり占めにするのは気が引けるほど小包をもらうという、とてつもなく有難い幸運に恵まれていたのだった。(8)

温和なゲオルク・ズーロヴィはこの常識はずれの事態に目をつむっていた。わが部屋頭 Stubenältester は、この種の者としてはもっともよくできた人物であると言うだけでは言い足りないほどだった。このウィーンの元パン屋は大貴族然としていた。彼にはどの部屋頭も嫌がったフランス組があてがわれたが、難なく我々を引き受けていた。彼によれば、職業柄、結核になったが、スペインでの戦いに参戦しても状態はよくならなかった。あまりに早く老けこんで、一日中咳き込み、黴菌を吐き散らし、もう立っていられなくなるほどになっていたのである。

ゲオルクが全フランス人に示した友情は感動的だった。奇妙な戦争〔第二次大戦開戦後、しばらく戦闘がなかったため、こう称せられた〕のあいだ、彼は外人部隊の労働者隊に所属していた。彼は、ダンケルクの砲撃中、命を救ってくれたわが同胞のひとりに大変な感謝をしていたが、ある日、それは「市長職に就いていたせむしの小柄な男だった」と教えてくれた。そのようにして、私は、ある晩ダッハウで、戦争数週間前、ブリーヴに全体主義国家の危険を告発にやってきたリールのカトリック学院教師で、仲間のルイ・ブランケールの消息を知った。

労役の配分をしていた収容所の闇の権力者は、ゲオルクに御しがたいフランス人を束ねるくたびれ役を託していたが、彼には国際旅団の仲間のひとり、アレックス・Jを補佐につけた。低い声の青白い顔をしたクロアチア人で、黒い目はしつこい結膜炎に罹っていた。彼はよく、長らく追放生活を共にしていた「チトー」というくだけたあだ名の仲間、ブロッスのことを話していた。そのようにして、Jは戦前、政治亡命者として長年フランスに滞在していた。彼はとてもわかりやすいフランス語を話していたが、それは、4号室 Stube vier では共通語がフランス語と決められていたので、必要不可欠なことだった。彼のおかげで、収容所のSSの配置や、特権囚 Prominenz の出自とか資質について知っておくべきあらゆる情報に通じることができた。かくして、我々はまとまった知識情報を獲得し、この施設の最古参と同列に並び、一九四四年の大侵攻のときには、このファランステール〔フーリエの共産生活共同体。収容所の比喩〕のいくつかのデータを仲間たちに明かすことができたのである。

時を隔てて顧み、また次に来る忌まわしい冬と比べてみると、ゲオルクのもとで過ごした一九四三

―四四年の冬の日々は、以後は一種の恩寵の港における休息のように思えた。しかし、当時我々のなかに漲っていた温かい連帯意識を思い起こして、フランス人どうしの友情について語るのはなにも時の隔たりからではない。我々の部屋Stubeが一種の牧歌的な羊小屋になったというわけでもない。それにはほど遠く、ときにははるかに遠かった。しかし国民的一体感を見出したことで、我々が被らされたおぞましい制度、すなわち、コマンドの疲労困憊する労働、寒さ、飢え、失望――そしてつねに、明日、今晩、すぐあとに我々を待っているものに対する不安感などに前よりも耐えられ易くなったことは、事実である。

たぶん、ガブリエル・マルセル〔一八八九―一九七三〕が見事に見抜いたこの人間堕落技術〔個人の尊厳や信条を攻撃破壊するための意図的な抑圧方式〕の帰結を免れたのは、我々ほかならぬフランス人のもっとも弁別的な特徴をいわば本能的に強調したからであろう。我々が一貫して勝者の言葉の使用を拒んだことは、それも厳しく強制されていたからなおさらだが、この種の心理的逃亡に有利な精神状態をもたらした。まるで我々全員がイソワールかサン・フルール〔いずれも南仏中央部のオーヴェルニュ地方の小さな町〕の出身であるかのように、わざとDachau〔ダッハウ〕のchauを湿音化してDa-chauと発音していた〔ダシャウか、不詳〕。また差異を強調するため、収容所用語一覧のいくつかをフランス語化した。たとえば、Meldung〔メルドゥング＝報告〕を「メルダング」、Schonung〔ショーヌング＝保護、病気休養期間〕を「ショーナング」、Nachschlag〔ナーハシュラーク＝食事の追加〕を「ナシュラーグ」と言っていた。我々の言葉遣いは、看守の公式言語しか話さないふりをしていた者とは別であろうとした。我々は、短い休息のときを利用してドイツ語を学べると考えていた者たちを敗北主義者と見なしていた。それまでもっていた知識能力を高めようとした者たちさえも、危うくその嫌疑者になるほどだった。

もっとも、彼らにそんな時間などないことは明白ではなかったか？　三カ月もすれば、戦争も終わるだろうと思うほうが正しくはなかったか？　それゆえ、長い年月軽蔑されてきたジャルゴンを詰め込むことに時間を費やしてなんになるのか？　それらすべてが子供じみてみえた。しかし我々が試練に耐えたのは、この種の子供じみたことと、そこに示された拒否の姿勢によってであった。いまでも、それがそんなに子供じみたことではないように思える。

一月半ばのころ、4号室 Stube vier に新しい仲間を迎えたが、彼はイタリア人教師で、同胞のブロックを避けてここに来たのは、政治的に相容れない性格のために彼らと揉めごとを起こすのを恐れたからであった。彼は変わった名前だった。メロディアといい、さらにいっそうユニークな特性を有していた。シチリアのプロテスタントの牧師の息子だと言ったのだ。思うに、このあとの方の特性、もちろんまた、堅固な反ファシズムの信条のため、彼は故国の牢獄で何度も過ごしたあと、〔シチリア北のリパリ諸島に配属されたのだろう。そこから24号ブロックに来たのだが、スペイン共和派闘士と我々と共に「ラテン姉妹」〔仏伊西ラテン系三国のこと〕の代表団を形成するのにグッドタイミングだった。ところで、メロディアはフランス人とは非常に仲がよかったが、スペイン人に対しては軽蔑的態度をとったので、後者はそれに利子をつけて返した。彼らのいざこざは頻繁に起こり、ときには取っ組み合いにまでなった。そのときにはゲオルクがあいだに入り、敵対者双方を分けた。こういう喧嘩のもっとも珍妙なのは、ここではその象徴的な側面という点で語っておくが、きわめて穏やかに始まった。

ザグレブで鉄道局員だった若い仲間のスロベニア人が、図書室から見つけてきた故国の風景アルバムをめくっていた。ゆっくりと調べてみて、隣の者たちに、「まだ交通網が貧困なため」近づけない自然美や芸術美を誇る写真を指さし見せていた。喧嘩を引き起こしたのは、このユーゴスラヴィアの道路不足だった。話の成り行きで、誰もがその故国の風光明媚や名所旧跡をほめそやし、そこへの交通手段を自慢した。

「プリモ・デ・リベラ〔一八七〇―一九三〇〕は独裁者だった」と、アスツリア〔スペイン北西部〕の共和派闘士の、熱情的で神経質な小柄なマリアーノが無造作に指摘した。「しかし」と、彼は同じ冷ややかな口調で付け加えた。「彼はヨーロッパでもっとも立派な自動車専用道路 autostrade〔ハイウェイ〕を建設した」

メロディアが耳をそばだてた。彼は繰り返し聞いた。聞き間違いかと思ったのだ。とんでもない間違いだと確認すると、もう彼の怒りは留まるところがなかった。

「あのな」と、彼はシラブルを区切りながら言った。「自動車専用道路 au-to-stra-da という名詞はイタリア語だ」。「ムッソリーニのことをおれがどう思っているかは知ってるな。だが彼の制度でやはりこれは残るだろう。あの自動車専用道路は、まさに彼が建設させたのだ。それに、イタリアは世界一の観光国だ。誰でも知ってることだ」。

これらすべてが息を切らんばかりの怒声で叫ばれた。大胆不適なマリアーノは向こう意気が強く、負けたと思われたくなかった。

「ムッソリーニとは笑わせるな」と、彼は言った。「プリモ・デ・リベラはやはりそいつとは別タイプだ」。

そしてその確信を示すためか、彼は唖然としたメロディアの鼻にストレートを一発食らわした。プリモの名誉を守るスペイン共和派のチャンピオンと、ドゥーチェ〔統領〕の名声のため身を挺した反ファシストのイタリア人が殴り殺しあいをしないように、国際旅団の一員、ゲオルクの介入が必要だった。

私はこの話をウルトラナショナリズムの熱狂者たちに捧げたい。これは、一九四四年一月、ダッハウで繰り広げられたことだ。何人かの生残りがその厳密なる真実性を証明できるだろう。

10 「その血の責任は、われわれとわれわれの子孫の上に……」

「ユダヤ人排斥……は主イエス・キリストが果てしなく続くその受難で受けたもっともひどい侮辱……聖母の出自のことで受けたがゆえにもっとも許すべからざるものである」

（レオン・ブロワ〔一八四六―一九一七〕）


「気をつけ！ Achtung!」

ヴィリーには新入りを恐怖で凍りつかせる大声の通告方式があった。まさしく地球規模の大災厄に襲われるのではないかという感じだった。震えながら立ちすくみ、我々は彼が奇妙な典礼の儀式文を読み上げるのを聞いていた。

「2号室 Stube zwei、15号ブロック、部屋頭 Stubenältester ヴィリー・バーダー。二四三個 Stücke（ドルフュス神父は物にも動物にも無差別に適用されるこの「シュトゥック」という言葉を嫌悪していた。そこに我々を人間ではなく、物と見なす故意の意志を見ていたのだ）」

SSがグミを腕に抱え、シュトゥックの前をゆっくりと歩いていた。彼が我々をまったく無視しているという印象を与えようとしていたなら、このうえないほど見事に成功していたと認めねばなるまい。

その日、私の横にはモラビア教徒〔十五世紀中葉ボヘミアの新教徒フス派の一派〕がいたが、その剃髪の健康そうな丸い大きな頭がSSの気に食わなかった違いない。彼が短く威圧的に、だんだんと早く質問攻めにすると、相手は吃りながらも少しずつうまく答えていた。だが結末はいつも通りにしか終わりようがなかった。チェコ人は身を震わせながら机の下に転がることになるのだった。

しかしSSが新入りのなかに黄色の星の着用者二人を見つけると、話は別だった。例の大スポーツ〔兎跳び〕をやらされるのだ。

二人はイタリア軍服の惨めなぼろ着姿の哀れなる老人で、たどたどしいがフランス語を話すので、我々は知り合いになっていた。小柄な方は、戦前ウィーンで真珠飾りのハンドバックを造っていた。毎年、それを「百貨店」に売るためパリに来ていたという。

「ここを出たら、奥方に立派なのを進呈しよう」

彼の相棒はインスブルックで弁護士をしていた。私の祖父に似ていたのでいっそうよく彼の繊細な顔立ちを覚えている。祖父のようにまっすぐな鼻、くぼんだ黒い目、バラ色の顔色、子供の私を不思議がらせたあの喉仏さえも似ていたのである。

訓練のためなのか、SSはウィーン人のユリウス・Jにグミを振るって戸棚にぶっ飛ばし、ひどい目にあわすと、今度はチロル人に向かった。動物に獣のように狂暴な、と言うのが申し訳ないほど狂暴に、彼は老人に襲いかかった。最初の数回の鞭で、老人は哀れにも血まみれになって地面に横たわった。

金髪のアーリア人は泡を吹かんばかりに荒れ狂った（この表現はすでに知っていたが、喩えに過ぎないと思っていた)。相手の老人は、まるでそこにいるのが申し訳ないとでも言うかのように、ほとんど慎ましいまでに静かにうめいていた。どんなに目を逸らそうとしても、絶えずこの光景に視線が戻っていった。

うめき声が聞こえるかぎり、SSは犠牲者を放さなかった。かかとで打って、この黙ろうとしない口を塞ごうとした。老人の渋面、震える腕を絶えず動かして、血まみれの顎から潰れた入れ歯の破片を取り出そうとする姿がいまでも目に浮かぶ。やっと人間の塊が部屋にいた者たちの石化したような眼差しの下で静かになると、ブロック指導者 Blockführer は来たときと同じように傲然として立ち去った。

「気をつけ! Achtung!」

ヴィリーは彼が出て行ったあとしばらく、うつろな目をして気をつけの姿勢のまま動かなかった。庭の戸が閉まるのを聞いてやっと、部屋管理当番 Stubendienst に動かぬ肉体を便所 Waschraum に運ぶよう合図した。

この同じ冬のあいだ、私はヨーゼフ・ヨースによって囚人部屋頭 Stubenältester シフィーダに紹介された。青い目の金髪のポーランド人で、長髪のままでいる権利を有するあの特権囚 Prominenz のひとりだった。完璧な配置の縞模様の服を重々しく着ていた。折り目のついたズボン、仕立てのいい上着。

彼はフランスに対して矛盾した感情を示していた。戦前は「デペーシュ・ド・トゥルーズ」紙の寄稿家で、パリの裏社会のルポルタージュを出していたというが、したり顔でフランスの「道徳的腐敗」について話していた。

それでも、彼はナポレオンを筆頭にわが偉人たちを称えていた。皇帝がある日使った表現、「ポーランド人のように酔った〔ぐでんぐでんである〕」が間違って解釈されているとも主張した。彼はまた、ド・ゴールにも一定の評価を与えようとした――彼の寛大さは大きかったのだ。忘れずに彼にしかるべく感謝の念を伝えておいたが。

大部分の同胞と同様、彼もユダヤ人に対しては先験的な軽蔑心を抱いていた。

「フランスにわが国と同じくらいユダヤ人がいれば、そう寛大ではいられないだろう」

すべてを考え合わせると、きわめて困難な面があったにもかかわらず、シフィーダは労働部Arbeitseinsatz の唯一の通訳であった間は、フランス人の役に立ってくれた。彼とは頻繁な友好関係を保っていた。

ある朝、彼が、ファビングの形だけの監視の下で、藁布団を繕っていた私をコマンドに迎えにきた。労働時間中、誰に会うかわからない不安なまま、収容所のひとけの失せた並木道に入りこむにはまったく例外的な状況が必要だった。だが、この突飛な呼び出しには興味をそそられた。

シフィーダのところへ行くと、人のいいヨースと私のカポのヤーコプがいた。三人ともが真剣な様子で議論していたが、いつも重大事の場合そうであるように、彼らが会話の翻訳をする必要がない程度に、私がドイツ語を知っているものと了解されていた。

「やれやれ Mein lieber Mann……」

シフィーダは興奮すると、よくあることだったが、裏声になり、ときにはそれが怒りで震えた――見せかけなのか本気なのか、決してわからなかったが。しかし彼を役者と見なしていたので、ふだんは誰もその怒号を大げさには受け取らなかった。

その日、とくに重要なことが問題であることはわかった。私は議論に興味があるようなふりをしたが、その論拠が見抜けず焦っていた。そのうちふと周りを見回して、ここに来た気晴らしの異常さと、この緊急作戦会議の対象に一挙に気がついた。昨夜のうちに、シフィーダの部屋Stubeは幼稚園に変わっていたのだ。

そこはもはや、昨夜まで見られた、押し合いへし合いし、どこに座るのかわからずうろたえる囚人の群れではなく、全検疫隔離ブロックのやせ衰えた、ぼろ着姿の浮浪者の惨めな待合室の光景ではなかった。空きができると、たちまち交代者がいたのだ。彼らは昨夜到着したに違いない。それにしても、さっき入ったとき、いつもの喧騒とはまったく異なるこのざわめきにどうして気づかなかったのだろうか?

シフィーダや他の者が私の茫然としたさまに気がついた。

「やれやれ Mein lieber Mann……」

まあ、なんとでも好きなように言えるだろう。ユダヤ人も、誰もと同じく、成年に達すれば見苦しくなることはあり得る、と。アーモンド型の黒い目ときゃしゃな顔立ちの小さな子供たち、彼らは別なユダヤ人の子供を考えさせる。なぜかわからないが、ヤコブ・ヨルダーンス〔一五九三―一六七八。フランドルの画家〕の『博士たちに囲まれたイエス』を思い出した。

彼らは何人いるだろう? たぶん五〇〇人近い。年齢は? 五歳から一〇歳。最大限一二歳としておこう。バルト諸国、ラトビアやリトアニアから来たのだ。

彼らはわざとらしく遊んでいる。彼らがいたもとの収容所では、注意深く世話をされていたのだろう。彼らに合わせてかわいい上着と長いズボンが仕立てられていた――もちろん、全部縞模様だが。

まるでミニチュアの囚人だ。それでもやはり、彼らはすでにそれなりの経験を経ていることがわかる。大切な玩具のように、飯盒と木のスプーンをしっかりと身につけて持っている。彼らはまた頑固な老人でもある。それに事情も心得ており、ぶたれた子犬のように警戒している……。

夕方、シフィーダの幼稚園を見ようと戻っていったら、園児たちはすでに別の空に飛び立っていた。彼らのために用意したスープの残りを抱えて、我々はばかみたいだった。あの子たちをどのコマンドに送ったのか、と尋ねると、シフィーダが金切り声で答えた。

「アウシュヴィッツ＝ビルケナウにだ Nach Auschwitz = Birkenau。彼らはここに一時滞在〔トランジット〕でいただけだ、なんてこった！ Mein lieber Mann!」

ユダヤ人仲間が死ぬ前に被った想像を絶する苦難の光景を見て、私は何度も、マタイが彼らの祖先の口端にのせた叫び、枝の主日〔復活祭の一週間前の日曜日〕に毎年、我々が受難物語で読み返すあの呪詛の叫びを考えた。「その血の〔キリスト断罪の〕責任は、われわれとわれわれの子孫の上にかかってもよい」〔マタイによる福音書、第二七章〕。信徒たるユダヤ人の友たちは、私は知っているが、概してキリスト教徒がこの恐るべき呪いについて与える解釈を非難する。また、二〇〇〇年前から、彼らユダヤ人が、容赦なき敵〔キリスト教徒〕がこの文言に、その憎しみのアリバイ、その罪の弁明を定期的に求めていると考えるのは間違いではないことも、私は知っている。

しかしながら、この憎しみそのもの、この罪を誰が否定するだろう？　それらは歴史の特徴のひとつではないか？　ところで——こう考えるのは私ひとりではないが——ヒトラー体制下で跋扈した迫害者の犯した醜悪行為と汚辱の恐怖は、過去におけるそれをはるかに超えるものだった。我々は、彼らが圧殺した犠牲者の数においても、殺人者たちの非人間的な狂暴さにおいても、この前代未聞の現象の証人だった。いかなる純粋に人間的な理由からも、なぜそのような過大な苦難がユダヤ人に科せられ、死刑執行人があれほどまでに狂気を爆発させたのか、私には理解できない。もちろん、他の者同様、私にもユダヤ人の典型的な欠点には苛立つことはある――その嫌悪には羨望の念が大きく関係するが。しかし、そうした彼らの性格の側面がすべてを説明することができないことのみならず、彼らのひとりに、実際に「自分たちはみんなのようではない〔終末論に係わって〕イスラエルの神秘が存在するこのなにか訳のわからぬもの自体が、私の考えでは、〔選良民族である〕」と言わしめるような、のを認めるのでなければ、やはり説明不能である。要するに、我々は彼らの前では、救済を予定された人種〔選良民族〕に対峙しているのである。

こうした考察はさておき、ナチの反ユダヤ主義の残虐行為は、キリスト教徒であると主張し、いまも目にする反ユダヤ主義の復活を容認する者たち（彼らみずからがそれを復活させない場合には）を再考させなくてはならない。強制収容所の光景を忘れられない者たちからすれば、アウシュヴィッツとダッハウ後一〇年もしないのにメトロの壁に「ユダヤ人に死を！」とあるのをまたもや読んで、まだ夢を見ているのかと思ってしまう。たとえ大仰な懐古癖と非難されても、彼らには、結局はすでに二〇〇〇年前、同じような落書きがローマの壁を飾っていたことを思えば、メトロの落書きは容認できないのだ。私としては、〔鉄棒のように〕固い首の民族〔ユダヤの習慣律タルムードにある表現〕の諸君の側にいるには、ノイエ・ブレーメンの若い仲間が息も切れ切れにクローデルの詩を詠み終えるのを心の中で聞き、アウシュヴィッツの火葬場に送られるまで、シフィーダのところで遊んでいたラケル〔聖書中の人物〕のあの子供たち〔ヘロデ王に虐殺された乳幼児の比喩〕や、血まみれの口から入れ歯のかけらをひっぱり出し続けていた老人を思い起こすだけで十分だろう。

11 ノートルダム・ド・ダッハウ

収容所のそれぞれが固有な顔をもっていたはずだ。ブーヘンヴァルトやマウトハウゼンに関して知っていることから推測して、点呼広場とか脇の並木道から遠近はあっても、ときおり多少は向こうの地平が見わたせるようだった。地平とは脱走の始まりでもある。

だがダッハウにはそのようなものはなにもなかった。我々はまさしく、この古い沼地の窪みの地下牢にいた。周りじゅう目を塞がれて、逃げ出すこともできない無力感に息苦しさを覚えていた。明かり取りの窓へ目をあげると、空だけがやさしい慰めとなった。

忌まわしい点呼広場 Appellplatz から、何日かは、沼地の靄を吹き飛ばして光の風景に変えるあの比類なきダッハウの空を、何度仰ぎ見たことか！　かつてはバルビゾン派〔十九世紀フランス、印象派の先駆となる風景画家コローやミレーたちの一派〕と類似のダッハウ派が存在していたという。だがここでは、緑やオレンジ色、薄紫色の軽やかさ、紺碧の空を滑るバラ色がかった雲の細やかな美しさ、我々の途方もない苦難を取り巻くこの晴朗なる景観すべてに満足することはなかった。あまりに多くの絶望的な場面を見て疲れ果てた目にもたらされる慰めとして、その華やかさを恨みがましく妬むこともなかった。

収容所中央の並木道の両脇に、仲良く立ち並ぶポプラ並木の列の背後には、外部は完全に同一で、内部は完全に異なったくすんだ緑色のブロックが等間隔に連なっていた。

自由通り Freiheitsstrasse を下ると、右手に五つから七つ、結局九つの看護棟 Revier があった。ここでこの語の適切な訳語を与えることは不可能だ。強制収容所の看護棟――ともかくもダッハウのそれ――は普通に病院とか看護婦で思い浮かべるようなものではなかった。我々のところは、救いとなる薬の臭いも、看護婦とか看護人のやさしい人間味のある姿もいっさいない、まさにもって非なる病院だった。なるほど、なんらかの中立的な委員会の監査が曖昧にでも行なわれた場合、ベッドにシーツは掛けられていたし、見かけの清潔さでごまかしていた。しかし舞台装置の偽善の背後には、衛生や無菌殺菌のいかなる規準もまったく無視している実態が、我々のような劣等人種治療担当のＳＳ医師たちの精神状態を如実に表わしていた。これは、あの不気味な5号ブロック、「実験」棟で行なわれた、想像もつかないような手術の話ではない。

看護棟 Revier からさらに自由通り Freiheitsstrasse を下ると、検疫隔離ブロックと短期滞在ブロックが大通りの次の部分を占めていた。いつもすし詰めでひしめき、最初の寒さがくると、中庭で一種の人間の塊となって固まる泥棒連中のブロック。まるで生き物らしい温かさを守ろうと互いにぴったり身を寄せ合うトランシ〔後期ゴシック、ルネサンスに出現した屍体墓像。原意は凍えた者〕の惨めな群れだ。この醜い塊が緩慢に揺れ動くさまが、悲惨のなかの連帯という点で私が見たもっとも悲痛な光景である。

看護棟のあと、右側部分はダッハウ・シテ島〔パリのシテ島の比喩〕の不潔な区域、いわばスラム街だった。左側は、オトゥーイユかパッシー〔いずれもパリ一六区のお屋敷街〕だった。この居住区域の最初のブロックは2、4、6の番号をもち、収容所貴族、上流階級、すなわち、カポ、職工長Vorarbeiter、さまざまな貴族階級のドイツの特権囚Prominenz、まさにその種の者としては各人正真正銘の特権階級者用に当てられていた。赤の三角巾のホーエンツォレルン大公、緑の紋章のヴュルテンベルクかザクセンの殺し屋、儀礼用の色、黒が当てられていた普通法の懲役囚、「反社会的な」のらくら者どもである。

少し下には、中流階級の住居があった。

そこに、一九四三年、ポーランド人、チェコ人、スロベニア人、そして冬の終わるころにはフランス人、ベルギー人が結局は同質の部屋Stubeに住むことになった。下層プロレタリア階級、すなわちイタリア人、次いでハンガリー人は、ポーランド人司祭用の28号ブロックの後ろの最後の小屋、30号ブロックに追いやられた。そのあと、最後のころには、そこは看護棟付属の老人と不具者用、より正確には死体置き場に変えられた。

各ブロック間で、横の並木道、一種の内庭は一方で中央の自由通りFreiheitsstrasseに、他方で狭い外の並木道、すなわち、水路の向こうで高圧電線の垣が遮断していた並木道に通じていた。フランス人用の24号ブロックと次を隔てる中庭は、例外的に有刺鉄線の柵で閉鎖されていた。いわば収容所の囲い地だった。この特別囲い地に入ることは容易ではなく、高等戦略家の資格を要求していた。それを得るには、この場合は、外交官の説得力にボクサーの腕力が必要になった。この前庭の縞服の番人はしばしば棒を携えており、境界を越えようとする大胆な向こう見ず者を脅す以上に使っていた。用心深い歩哨は俗人に聖域への入場を厳禁したstreng Verboten容赦なき規則を文字通りに適用していた。「聖域」とはまさにその通りで、26号ブロック、司祭棟は、住人が他の共同部屋の場合と同様詰め込まれていたが、この信仰の場を確保するため、その最初の二部屋が礼拝室に変えられていたのである。

大道化者〔SSの親玉ヒムラーのことか?〕のあらゆる思いつきのなかで、ダヴィッド・ルーセも知らなかった、おそらくもっとも立派なものはこれであろう。つまり、同じ収容所に〝反ナチ〟の司祭を全員集めて、多くの場合、「聖務違反罪」とされた囚人である彼らに、ここでナチ体制の残忍な番人になるよう命じ、同じキリスト教徒を礼拝堂、すなわち、彼ら信徒が、この地獄でわずかな息抜きの清涼剤、静かさと安らぎを見出せる唯一の場所から遠ざけ、排除する仕事をさせるという、これほど壮大なまでに奇矯突飛な悪辣行為を想像できようか?

私が収容所に着いたときは、非聖職者のなかで唯一、善良なヨーゼフ・ヨースだけが26号ブロックに自由に入ることに成功していた。毎朝、お勤めを守るカトリック教徒で、元ウィーン市長の老シュミッツは、点呼前、この近づきがたい場所の〝外側〟正面扉の前で長く祈り、この正面扉の後ろにあると思っている幕舎に礼拝し、宮殿入口から追い出された浮浪者のように諦めて戻っていった。私自身は、隔離棟を出てから最初の日曜日の午後、28号ブロックの中庭に面した戸口から聖域の内部をのぞき込もうとした。まるで自分が子供時代のあの宣伝ポスターの人物のように思えた。つまり、有名なソースの味で評判の裕福な屋敷の台所から立ちのぼるおいしそうな臭いで飢えを鎮める哀れなやつである。

背後にいる私の縞服姿に気づくとすぐ、オルガンを演奏していた——この礼拝堂にはオルガンさえあったのだ——主任司祭 Pfarrer は立退くよう合図した。厳禁 streng Verboten。

わからないふりをしていると、庭を遠回りしてきて、止まらないでただちに去るよう脅しながら言った。隣の小屋のポーランド人司祭たちに呼び止められた。彼らも、我々俗人同様礼拝堂に近づけなかった。彼らの誰かが思い切って入ってみようなどとしても、追い出された。ときには殴り飛ばされてだったが、私はそれを目撃していた。そのようにして、26号ブロックの抑圧的教会が呈する哀れなる光景の横で、28号ブロックの苦悩せる教会はあまねく施す慰めによって対照をなしていた。ここでは、ディオクレティアヌス〔三世紀のローマ皇帝。キリスト教の大迫害者〕のカタコンベの雰囲気がどういうものであったかが感じ取れた。夜明け前、憔悴した顔の徒刑囚ですし詰めになった部屋で日曜日の秘密ミサ、聖杯代わりのしがない鉄製コップ、薫香箱、極小の聖体パン入りの哀れなる聖体器。典礼の飾りなどいっさいなく毎日着るぼろ着のまま慎重に祭式を執り行なう司祭。それらすべてが尋常ならざる様相、驚くべき尊厳の観を呈していた。小屋のどの端にも仲間が見張に立ち、SSが狂気の発作に駆られて、夜の儀式を乱しに来ないよう安全を期していたが、かつてはそれが何度も起こり、殺戮なしではすまなかったからである。

キリスト教徒は、国籍がどうあれ、ポーランド人司祭の誰かにそう認められると、聖餐の宴を共にするよう友好的に招かれた。向かいで起こっていることとは正反対だった。

囚人であれば、ある程度の隷属状態を黙って受け入れざるを得ないことは理解できる。それでもやはり、礼拝堂から閉め出されたことは不快感として残り、この許し難い禁止が解除されるまでは消えなかった。私は怒りをレオン・ファビングとローベルト・ミュラーに伝えた。だがこの二人のロレーヌ人司祭は胡散臭く見られ、26号ブロックではその権威は弱かった。二人はフランス人と同一視されていた。危険な規律違反者だったのだ。ミサに出たいような顔をした多数の請願者がSS秩序と矛盾する特別室に押し寄せ始めると、囚人コミュニティ全体が冒すことになる危険が強調された。そのうえさらに、この時期まだ、〔26号ブロックの〕特権囚Prominenzには小包が届いていた。ドイツの教区民たちは司祭Pfarrerを忘れてはいなかった。収容所の食うや食わずの者すべてが突然信仰心の発作的熱情にとらわれ、しかもこの入室禁止の26号ブロックの戸棚に溜め込まれた食料貯蔵品を知るようなことになると、いったいどうなるだろうか？　それは、ＳＳが気分次第で、余興で大笑いして膝を打ち興ずるために、豊かすぎる司祭たちが用心して貯めておいた小包を飢えたロシア人に略奪させるがままにすることは、十分あり得たからである。要するに、この正当に獲得された財産の略奪ほど悪い既成秩序の転覆が考えられるだろうか？

たぶん私が、規律に隷従したこの哀れなるドイツ人司祭たちに対して恨みがましくしたままでいるのは間違いだろう。しかし、徐々にだが、この常軌を逸した禁忌が終わったのは、フランス人司祭がみずから特別囲い地の入口で警備を始めてからに過ぎないことは、ぜひ強調しておかねばならない。その後、礼拝堂への入室はほとんど自由になった。

一九四四年夏には、彼らのおかげで、26号ブロックに行くことは比較的容易になった。しまいには、ドイツ人司祭も厳禁streng Verbotenという至上命令などに動じない、この頑固なフランス人たちの絶えざる不服従を結局は許容した。私に関しては、一九四〇年夏、私の助けでアメリカに逃亡した、友人の有名なミュンヘンのトマス派哲学者ディートリヒ・ヒルデブラント〔一八八九—一九七七〕との関連が、ドイツ人司祭に感化を与えたのか、ヨース神父に認められたのと同じ特権をもたらすことになった。そのため私は、思いもしなかった特典に恵まれ、毎朝定時起床前、それも起床係がメガホンで遠くからあの陰鬱な「起床！ Aufstehen! 起床！」を叫ぶ前、感動的な三〇分に参加することができたのである。

24号ブロックでは、善良なゲオルク・ズーロヴィが早起きだった。彼は私が毎朝の祈りに執心しているのを見抜いていて、忘れないよう藁布団にいる私を起こしに来た。そのようにして朝課を唱えるために目を醒ますトラピスト修道士に似ているな、と考えると、毎日が規則通り機械的に展開するなかで幻想をもたらした。またカリヨン〔チャイム〕係の仲間が「人民戦線 Frente popular」の赤組であるという考えも、この場の状況に趣を加えたのである。

礼拝堂では、すし詰めになって立ち、五〜六〇〇人の司祭が静かにミサ執行司祭の祈りを聴いていた。〝調達組織班〟が驚くべき成果を上げていた。たとえば、典礼の色、昇る朝日にその雰囲気を与える色が厳守されていた。ミサは深い瞑想のなかで行なわれた。我々はもう遠い惑星の中を彷徨っているのではなかった。教会の生活、キリスト教徒の生活に参加していたのだ……。

さまざまな宗派が26号ブロックと礼拝堂を共有していた。カトリックの聖職者がもっとも多かったが、多くの新教の牧師や、大部分がユーゴスラヴィアとかルーマニアから来た何人かの正教徒、アルバニアのイスラム教道士さえいた。最後の夏には、全員の賛同を得て、聖母マリアの彫像が祭壇の右に置かれた。それはある囚人の作品で、誰もが想像もしかねるような困難と引き換えに、非常に長い時間をかけて仕上げたものだった。明るい色の木に彫られて、様式化され、明けの明星、不具者の救済、悲しめる者の慰め主、殉教者の女王を同時に表現していた。誰もがこぞってそれを「ダッハウのノートルダム」と呼んだ。この名がすべてを同時に表わしていた。

我々大半の者にとって、苦難のあいだずっと信仰が決定的な支えであったことは、それこそ誰にも疑いようがない明白な事実だった。無信仰者も他の者同様、その証人であった。私はまた、多くの囚人が、瞑想を通して、この聖母マリアというカトリック信仰の驚くべき存在を真に見出したのだと言っておきたい。

非人間的な世界の、我々を埋没させせようとした憎悪の大海で、聖母マリアの人間味溢れるやさしさ、身近にあって、尽きることのない慈善はしばしば我らの喜びの原因となった。十字架の下で、聖母マリアに祈り黙想すると、我々の悲惨に新たな意味を見出した。さらにそれ以上に、聖母が飽くことなくあまねく介在することについて沈思黙考すると、「我らの死の日々」においても、のちに決着がついたときにも、我々の態度がどうあらねばならないかが、次第に理解できるようになった。いかなる言葉も、そのようにして苦難が変貌、転じて信仰が深まり、憎悪が驚くほど鎮静、無力化するという、この恩恵を知った者のかぎりなき感謝の念を言い表わすことは、決してないだろう。

12　育ちのよい人びと

「勝利を求めるが、戦いはしたくないこと、それは育ちが悪いことだと思う」
（シャルル・ペギー『金銭』）

春が戻って来つつあった。それは点呼広場 Appellplatz の刺すような寒さがうすれ、朝の整列集合が終わるころ、空が朝陽に染まり、自由通り Freiheitsstrasse のポプラ並木がかすかにそよぐことでわかった。上陸、つまりは解放をもたらさずにはいない春。半年間、一日一〇回繰り返し起こった大災厄後の生残りのように、みなが次第に危険に慣れていった。つねに繰り返される突発事、波瀾に満ちた悲惨な野戦を経てきた古参兵さながら、冬が終わってもまだそこにいることに満足感と誇りを感じていたのである。

万事を考え合わせてみても、まだ生きているのだから、これまでそれなりにうまく切り抜けてきた。たしかに、何度も危ない目には遭った。コマンドの構成のたびに、忌まわしいＳＳが不意にのろまな落伍者を引き抜きに小屋にやってくると、フランス人「不服従者」は心も凍って逃げまどい、できるかぎり身を隠した。一月には、危うく彼らに決定的な破局が襲いかかってくるところだった。ＳＳが、まさに我々のうずくまっている屋根裏からもれる不審な物音を聞きとがめた。彼は、見せかけの天井まで重ねた三段の藁布団をよじ登って詳しく調べようと、いまにも足をかけようとしていた。発見されたら、破滅だった。そこでゲオルクが、ばかなブロック指導者 Blockführer を便所の方に向かわせてなんとか目をくらました。危ないところだった。ムタンがつまずいて、破れた天井から下の藁布団に落ちそうになったのだ。青くなって、ゲオルクが言った。「おまえたちはまったくばかだ。全員火葬場行きだ!」。

我々の部屋 Stube は惨めだった。ストーブに石炭はない。かろうじてスープのとき、小包の包装紙が弱々しく燃えたが、紙は多くなかった。寒かった。夜は互いにぴったり身を寄せ合って暖を取った。だが、とにかく飢えていた。

飢え死にする。これはまだ、我々多くの者にとって、そのころからしか、そのしかるべき意味をもたない言葉だった。だがいまや、もう笑いを誘うようなものではなかった。それは、当時言っていたように「回教徒」の状態、つまり徐々に骨皮筋右衛門になった、あの仲間の苦痛に歪んだ顔をいつまでも思い起こさせるものだった。ある朝、部屋頭 Stubenältester が「起床! Aufstehen!」と叫んだとき、彼は起きてこなかった。点呼後、看護棟 Revier の男が来た。彼が細長の狭い箱の中に軽い遺体を入れると、その足に囚人書記 Schreiber が規定のボール紙を引っかけた。「栄養失調症死」〔《回教徒》とは収容所の隠語。オイゲン・コーゴンは、回教徒はすべてを神に委ね人間の意志をもたないという宿命論的な考えからきたとし(『SS国家』)、ブルーノ・ベッテルハイムも同じく「環境への宿命論的服従と誤解した」からとしているが(『鍛えられた心』『生き残ること』)、心理学者の後者は、回教徒をたんに肉体的な「生ける屍」だけではなく、心理的な意味でも使っており、その分析は興味深い。またジャン・アメリーもこれを精神的な生ける屍の謂でも用いている

（『罪と罰の彼岸』）。他方、プリーモ・レーヴィはこの語をロシア語の dochodjaga ＝「最終段階に達した」「完結した」に対応したものと異説を唱えている（『溺れるものと救われるもの』）が、正確な由来は未詳。四人とも生残り、生還後何年かして、その内の三人は自死している〕。

飢えの強迫観念は、小包を受け取る運のなかった者には試練の苦痛となった。わが大多数のフランス人の場合がそうだった。

飢えを前にした尊厳。それは、みずからがあのみぞおちの痙攣、隣の者の黒パンひと切れを前にしたあの目眩、それを奪いたくなるあの気持ちを感じたことのない者には論じない方が無難な別の問題である。かの地で、貧しきジャン・ヴァルジャン〔『レ・ミゼラブル』の主人公〕たちの弱さからくる過ちを罰していたカナカ族流の儀式ほど偽善的なものはない。哀れなる者 misérable は踏台の上にのせられていた。その前に服を剥ぎ取られていた〔裁き手が露骨な見せびらかしを科してもたらす猥褻さ……〕。彼の首には恥辱の札が掛かっていた。「パン泥棒」。儀式が始まった。順番に、仲間ひとりひとりが罪人に近づいて平手打ちし、その顔に唾を吐きかけた。ブロック囚人頭 Blockältester がグミをたっぷり浴びせて見世物を終わらせるが、これがときには罪人にとどめを刺すことになった。今度こそ、彼は永久にパンを味わえなくなったのである。

この仮面劇は吐気を催させるものだった。4号室 Stube vier に入ってからは略奪事件が頻発し、何度もこれを見なくてはならなかった。あとになって、我々自身がスープを配る許可をえた。それでお代わり分 Nachschlag がもっとも飢えた者に取っておかれた。小包を受け取っていた者は、それを他の者のあとでしかもらわないことを認めた。次の夏に移るまで、もうパン泥棒のフランス人の話は聞かなかった。

収容所地獄では、人間のあらゆる情念が集まっていた。だから、仲間のドイツ人オイゲン・コーゴンが同胞と同じ細心の綿密さで、その内部のからくりを描いたあの「組織化された地獄」の場合も同様だった。あらゆる情念、あらゆる悪徳、身体的な悲惨状態のため激化した七つの大罪があまねくはびこっていた。

「ここと同じような貪食の罪を犯すことは決してなかった」と毎日、配給食の一部を配っていた同宗の仲間が言っていた。

言うまでもないが、彼はふだん我々みなと同様、飢えで死にそうになっていた。しかし夕べの宴〔囚人にとっては夕食の配給が宴となる〕の日々、アルパゴン〔モリエールの『守銭奴』の主人公。普通名詞化して守銭奴〕のように、手に宝物、パンとかマーガリンを握っていると、一種の狂気にとらわれるのは本当だ……。

七つの大罪のなかで、おそらくこの窮迫の無一物世界では、もっとも嫌悪すべき顔を見せるのは「物欲 Avarice」〔前記『守銭奴 L'Avare』と同一語源〕であろう。物欲はその背後に自ずと「妬み」を引きずっている。私は、疥癬に罹って、あの年の冬入っていた看護棟 Revier のあの部屋、隔離室のことが忘れられないが、そこで辛辣で才気煥発、慈悲深い若いロレーヌ人司祭ベルガンツと一緒になった。この藁布団仲間は、そのれっきとした肩書のおかげでたくさんの小包を受け取っていた。それなのに、渇望して目を光らせている隣人たちにまったく無関心で、公然と、ひとりがつがつと食っている姿を前にして、歯ぎしりしないことは不可能だった。

飢えた者の心にどのようにして憎悪が生まれるのか、また貧しいラザロの話にあるごとく、贅沢三昧していた金持ちが黄泉の国で受ける呪いがどんなものか〔『ルカによる福音書』16：19―31〕、そのときほど痛切に感じたことはなかった……食卓から落ちるパン屑、犬にやろうとしていたものを、まだ我々がもらえたら！

4号室 Stube vier で、我々フランス人のうち二人が通訳 Dolmetscher を担当させられた。こういう仲間ほど我々とは似ても似つかぬ風変わりな人種はいない。

そのひとりはドルフュス神父。小柄で、縮こまって背を丸め、はっきりした造作の顔に落ちくぼんだ亜麻色がかった青い目に、ひどいわし鼻で、七〇歳を超えていた。だが、奇跡的なエネルギーで、ずっと前から毎朝元気を取り戻し、三年以上経ってもまだ矍鑠《かくしゃく》としていた。前大戦までの愛国物語の典型的アルザス人、まるでエピナール版画のアンシおじさん〔フランス愛国派アルザス人の象徴的人物〕だった。彼の家族は普仏戦争後「内地」〔当時アルザス人はフランスをこう呼んでいた〕に移住していた。彼自身はベルフォールで大きな繊維会社を経営していた。一九一四―一八年はずっと砲兵将校として戦い、かつてヴィエイーユ・アルマン〔別名ハルトマンスヴァイラーコプフ。ヴォージュ山地の激戦地〕の峰の斜面で、ポワンカレ大統領に彼の騎兵中隊を披露したと誇らしげに語っていた。

彼と最初に会ったときは、あわてさせられた。収容所村で、ひとも知るごとく、商品取引所代わりになっていた便所で、だったのだ。個人的には、この無一物世界で「ストック・エクスチェンジ」の原理を適用するということはかなり常識はずれのように思えた。だが一般的に、とくにダッハウではドルフュス神父によって認められていた。

だからその日、彼は、〔エジプトの〕アレクサンドリア取引所で綿一万ケースを取引している仲買人のような真剣さで、タバコの吸殻と、スロベニアの農民が最後の小包から取っておいた半ば腐りかけた小さなジャガイモの交換を値切っていた。そこで彼に、父のような年配の人物に示すべき敬意をこめて、その交換は損になると指摘した。つまり、そんなにしっかりと吸殻を出すなら、相手からもっと気前よくたっぷりお返しをもらえるはずである、と。

無駄だった。彼はギブ・アンド・テイクに固執した。そしてこう答えた。

「ここでもどこでも、この世を動かすのは利害だよ。コミュニスト自身真っ先に〝調達〟、すなわち物々交換を行なって資本主義に敬意を表していないかね？」

哀れなるドルフュス老神父！　文字通り——ダッハウで！——リカードとアダム・スミスの法則を適用しようとして、彼はいつも騙されていた。この誇り高い頑固老人、過ぎ去った時代の最後の代表を生きたまま連れ帰るという希望を最後までもっていたが、私は心配だった。案の定、最後の冬、彼はチフスには勝てなかった。

もうひとりの通訳 Dolmetscher ジョルジュ・リジュロンはドルフュスのように大ブルジョワではなかった。早過ぎる皺に刻まれた顔の仕上げ工労働者だった。彼は、『勝利のマドロン〔マドレーヌの愛称〕』〔兵隊歌〕の調べで、アリスティッド・ブリアン〔第一次大戦中の首相〕の言う「ドイツの襟首を捕まえる」ことになったホライゾンブルー〔大戦中のフランス兵の軍服の色〕の年度兵に属していた。実際には、リジュロンが捕まえたのはマインツのマドロン嬢の腰と顎だった〔前記歌の文句の連想〕。忠実な男だったので、この征服の成果が仏独混血の「赤ん坊」になると、彼はこの男の子の母親を正式な妻にしたが、行政上の困難と家族間の軋轢がないわけではなかった。いまでは、「赤ん坊」はロシア戦線で国防軍 Wehrmacht に伍して戦っているが、父親は彼がそんな危険に晒されていると思うと、生きた心地がしなかった。かくして、この地球規模のドラマのあいだずっと無数の苦悩悲嘆があったのである。

リジュロンと私は二人とも一九年度兵だったので、一九一八年一一月一一日の休戦協定以後の黄金色の春、ルール地方を占領に行くことになったが、ここでは君呼ばわり禁止に違犯して、本当の友になった。プルードンやペギーに出てくる、あのよく知られた民衆の寛大さを備えた素朴な男だった。ドルフュス神父が、言うなれば、けなげにも、需要と供給の鋼鉄の法則を被ったのと同程度に、リジュロンは〔労働と生産物の経済的〕価値論に無頓着な態度を示していた。

ある日、彼はスープのお代わりを、自分には権利がないと無視して断るという、その無私無欲なところをこう説明した。

「あのね、このあばら屋では、お互いの立場は簡単なものではないよ。ドルフュスのようにきみの父を思わせるような老人を前にしないときには、きみの子と同じような赤ん坊がお代わりをと、飯盒を差し出すのだ。そのたびに、きみは騙されているがね」

彼はそうして、下司と思われるよりは餓死した方がましと思っていた。高潔な男だった。

冬が終わると、生存者はもちこたえた者たちだった。たとえ瞬時にすぎなかったとしても、もちこたえられなかった者は、またたく間に除去された。プロセスは変わらなかった。労働コマンドから戻って、整列集合 Antreten の列で、歩きぶりで勝負〔生きる戦い〕をあきらめようとしている仲間がいるかと思うと、見る間もなく彼はがっかりした声で棄権した。実際、遅くとも翌々日には、彼はもういなかった。

肉体的構造とはいかなる関係もない、驚くべき意志力。4号室 Stube vier のフランス人のなかでとくに二人が、そのことをはっきりと教えてくれた。まるで生きている骸骨だった。彼らは立っていられないのではないか、と思われた。ところが、ただ立っていると断固たる決心をしただけで「立っていた」のだ。そして生還したのである。

ケルシー地方〔南西フランス〕出身のリュシアン・カンボンは、ある日、ピエール・ラヴァル〔ヴィシー政権時の首相〕の強制労働役STOで送られていた工場からまっすぐダッハウに来た。この虚弱な男がどうして職工長とぶつかるようなことになったのか、いまだに不思議だ。体つきから、彼は、その生まれ故郷グラマの乾いた谷間をロカマドゥールに通じる石灰質の高原地帯の道端に生えている、ひょろ長い柏の木に似ていた。無意識にだと思うが、ある日、彼はその故郷の人びと特有のしわがれ声で驚くべき言葉を発した。

「ここでは、諦めないことが肝心だな」

もうひとりの諦めない骸骨男は、アントル・ドゥ・メール地方のジロンド県人ロジェ・ビボンヌだった。眼窩に落ちくぼんだ黒い両眼。バカラン〔ボルドー市北の街区〕の若者特有の強い、真似のできない訛り。いつも上機嫌だ。だが彼のコマンド、ボイラー・コマンドはもっとも恐るべきもののひとつだった。夕方、仲間と同様疲れはてて、垢だらけで、足を引きずりながらブロックに戻ってくるが、唇に笑みを浮かべていた。少し「足りない」のではないかと思いたくなるほどだった。しかし、そうではなかった。

彼には特技があった。グッド・ニュースを触れ歩くこと。ただいつも嘘だった。それでもみなが真面目に受け取った。翌朝まで、そのたわいもないモルヒネの鎮痛効果で眠れたのである。

ある日、いつもよりしたり顔で、ビボンヌは勝ち誇った様子で、やっとフランス人全員に小包が届くと告げた。誰も耳を疑った。ベルギー人、オランダ人、ノルウェー人が母国の赤十字から共同小荷物を受け取るようになってから、我々は赤十字から見捨てられたように思えて、屈辱感を味わっていた。赤十字の小包が来れば、我々も仲間のもっとも豊かな者たちと平等になれるはずだった。

翌朝、4号室Stube vierのフランス人は実際、個別通知で呼び出された。ビボンヌの秘密情報が本物になった。我々をちょっと驚かせたのは、郵便物係ジャコビが牛耳っていた2号ブロックに行くのではなく、30号ブロックの図書室に行かねばならなかったことだ。

そこで点呼後、4号室Stube vierは五人ずつ、図書室Büchereiに向かった。すでに、みな予告された小包が、必ずや秘めているはずの夢のような富をどう利用するか算段していた。煙草好きたちは、赤十字が送品のたびに必ず入れてくれていた、ゴーロワーズやグリ〔いずれも大衆煙草〕の数を計算していた。ムタンはもうすぐ大饗宴だと思い、並びながら「グリを指に挟んで／巻いて……」と口ずさんでいた。

強制収容所囚人になった戦争捕虜は、かつて捕虜収容所Lagerで受け取った郵便物の中味を懐かしそうに詳しく語った。きっと調理できるような仕掛けがあって、そのためうまくやったのだろう。もう長らくひとかけらの砂糖も口にしたことがなく、あとで噛むかもしれないなにかを考えて見るだけで、口に唾が出てきた。それにまた、ひょっとすると、チョコレートももらえるかもしれない。そんなことになれば、まったく大贅沢、豪勢なことだ。外部コマンドで働いている者はすでに、驚くべき食料品のおかげで出てくる脱走の可能性まで考えていた。

30号ブロックでは、SSが、信じがたいほど本の虫になった、皺のよった皮肉っぽい老囚人Häftlingを脇にして、待っていた。かさばった、どれも同じ小包の山が彼らの足下にあった。まず、その大きさと重さに面くらった。通常、小包はほとんど三、四キロを超えないが、たっぷり三〇キロはありそうだった。誰にもひとつあるというわけではなかったので、分け合うことになった。親しい者どうしで組みわけをした。結局、一〇人に一個と決まった。

受取人全員が受領書にサインし、息切れしたゲオルクの指揮下、歩幅を伸ばしながら部屋に戻った。各組が、当然のこととして、その割当分からしかるべく一〇分の一を、たとえばある組は砂糖、他の組は煙草、全組がなにかを彼に約束していた。

ムタン組は最年少の若者たちで、待ちきれないのか、ブロックの群れの大半に先行していた。紐の結びをせっかちに切り落とし、段ボールの包装紙を引きはがし、彼らに追いついたときには、中味が開陳されていた。小包には、「戦争捕虜付き司祭総局編集」の三〇〇冊の賛美歌集冊子が入っていた。「恥辱に滑稽の上塗りだな」と誰かが指摘した。

しかしながら、体面を失わないようにせねばならない。隣部屋の仲間が、彼らの赤十字と我らの赤十字の気前よさを比べようと、様子を探りに来た。きわめて高潔なる、4号室Stube vierのフランス人諸君は各自半ダース受け取り、戸棚の片隅に慎重に並べた。そうして、超然たる様子で、隣部屋のスカンジナビア、オランダ、フランドルの野次馬や満腹組に、〝手はじめに〟この冊子を受け取ったが、それはきわめて確実なことが起こりつつあることの証拠であることをわからせた。パリで、ダッハウにフランス人がいることを知り、居所をつきとめられたいまは、きっと他の者同様、絶えず食料補給を受けられるだろうと……。

ペンテコステのころ、すごい噂が整列集合Antretenの列のあいだを駆け抜けた。フランス人がローマに入った、と。それを日曜日に知った。午後、ヨース委員会の仲間たちが祝福にやってきた。我々の長い屈辱生活が徐々に終わろうとしていた。この日は、それによってもたらされた異常に高ぶった誇りのため、私の記憶に刻まれて残る日々のひとつとなる。

それから数週間、出来事がやつぎばやに起こるように見えた。米軍飛行編隊がダッハウの上空高くを飛来しない日はほとんどなかった。銀色に輝く空飛ぶ要塞の出現、その数、澄んだ空に浮かぶ長い編隊から発する整然としたパワーの力強い印象、それらすべてが我々の確信を強めた。夏が終わるまでにはきっと解放されるだろう。

ある日、アメリカ軍が総仕上げをしようとした。すぐ近くのミュンヘンに積載爆弾全部を投下せずに、その一部を強制収容所に密接しているSS村に充てたのだ。標的を間違えないことが肝要だった。実際、SS棟だけが爆撃され、そこで働いている仲間が何人か犠牲になった。我々のブロックは暑かった。多くの者が爆風を感じた。たとえなにをせずとも、こうして戦いに参加しているという印象が、上陸作戦を待ちわびる我々の支えとなった。最後に届いた小包に忍ばせてあった便りで、終結が早いという確信を深めた。妻が缶詰に隠し入れたメモには、コレーズ地方の灌木地帯で小競り合いがあったとある。それには元気づけられたが、上陸の知らせは相変わらずまだこなかった。逆に、ナチの新聞が新たな武勲で読者を維持していた。地下工場の掘削に充てられたコマンドの数が増えていた。

そうこうしているうちに、ある晴れた日の昼どきに、ジャック・マルタンが秘密めいた様子でやってきた。ずっと前からの了解事項で、ラジオで上陸予告をキャッチした日は、「スパイ」に気づかれないようにいつも以上に慎重な態度を取るよう取り決めてあったので、彼は上着の裏にひと切れの緑のリボンを張り付けるだけになっていた。それが合図になるだろう。だが、あまりに長くマルタンの緑のリボンの出現を探り見ていたので、彼が実際に身につけた日には、誰も気づかなかった。彼は、そのような喜びをもたらすことを誇りとすべくやってきたが、結局は私の腕を掴んで部屋 Stube の隅に行き、私の指を緑の徽章に押し当てさせねばならなかった！　私はあまりひとを信用しない男だ。では、私はなにも見ず、なにも見抜かなかったのか？　我々が幾日幾晩、何週間、何カ月も前から待ち焦がれていた大ニュース、その期待が飢え忍んだ食料以上に我々の命を育んでくれた大ニュースを、そのようにして、大喜びも勝利の叫びもせずに知ったのである。歓喜にくらんだ目にも、局面は変わってきていた。

それから数日して、フランス人はひどく興奮していたが、24号ブロックの4号室 Stube vier を出て、22号ブロックの緑組で耐え難い短期滞在をしたあと、8号ブロックに落ち着いた。危なっかしいあばら屋の住人にいつもとても親切にしてくれた善良なゲオルク・ズーロヴィとは、渋々別れねばならなかった。8号ブロックで彼と交代した部屋頭 Stubenältester は彼の同胞で、同じく元国際旅団員であり、我々はジェフと呼んでいた。彼もまた、我々が長らく友情よりは軽蔑に出会っていたこの世界で、フランスに対し面くらうような愛着を示していた。四年間の収容所生活が少しも非人間的な痕跡を残さなかったゲオルクの道徳的品性はもたなくとも、彼もその誠実さと勇気によって特権囚組 Prominenz から抜きん出ていた。次の年、我々が日々、右往左往させられている間、いつもフランス人部屋 Stube を守るため取り計らってくれた。翌春、急死するまで、ジェフのやつれた顔は我々にとってずっと忠実だった。

六月末のころ、夜の粥を配っていると、ファビングが送ってきた使い Läufer が前例のない情報を知らせに来た。コンピエーニュからきた数百人のフランス人一団が点呼広場 Appellplatz に野営しているという。そのなかに、ブリーヴ時代の仲間のひとりがいて、名前を告げて私に面会を求めていた。フランス人の一団！　それまで理解しがたいスラブ人と敵対的なドイツ人が支配していたこのしかめ面のダッハウ・ヨーロッパで、我々はもう孤立した少数者ではなくなる。またこの一団のなかには、たしかにダッハウに来てもおかしくはないあの同胞もいたのだ。一九四〇年の敗北以後、彼は、私や友人が取っていた態度に連帯を示していたではなかったか？　また最初のアピールや『敗北を通して』地下出版の初版を配布するのを手伝ってくれたではないか？　彼は、我らが「エキップ」のコミュニストだった。党が公式に闘争に参加する一年前、彼は控え目だが、効果的かつ友好的に我々を支えてくれた。ずっと前から、彼の健康状態が思わしくないのを知っていたので、元気な者でさえもちこたえるのに大変な苦労をしているこの収容所でもつかどうか、当然ながら心配になったが、それでも彼と再会するのは大きな喜びだった。

入所手続きのセレモニーが終わるとすぐ、フランス人は二つの検疫ブロック15号・17号に押し込められた。私は友を探すため偵察に行った。新入り全員の群れのなかから見つけるのはそう簡単ではなかった。結局のところ、会えたのはまったく彼ではなく、六人ばかりの他のブリーヴ人に取り囲まれた彼の党友のひとりで、彼と私の友情関係を知っていたので、彼の名前を合い言葉として使ったのである。獄中で彼とそう取り決めていたので、私がまだダッハウにいれば、それが私を見つける最良の方法だった。こうして、コミュニストの老活動家で、前大戦戦功章受賞の在郷軍人ジェルマン・オボワルーと知り合いになり、彼ともすぐ友となり、同志となったのである。

オボワルーは小柄でがっしりとした、驚くほど明るい顔の鉄道員で、二五年前、ミルラン時代〔第三共和国大統領〕に罷免され、人民戦線登場で復職していた。彼は人生のもっともよい時期を共産党員としての活動に費やした。旧社会党の出身だが、トゥールでの〔社会党〕分裂のときに離党していた。リムーザンの仲間たちは彼を仏ソ協会の会長にしていた。この肩書で、彼は戦前、十月革命の国に旅行している。とくに、彼が切望していた制度にはおそらくそう長くは耐えられなかっただろうと言って、私がその思い出をゆがめたくないフランスの古い革命家であった。一九四一年、ダラディエ〔ミュンヘン協定の調印者〕の法令〔一九三九年発布の共産党の非合法化など〕によって逮捕され、以後は獄から獄へと渡り歩き、エッス〔南西仏・アキテーヌ地方〕に落ち着いたが、やがてヴィシーが血の弾圧を加えた例の〔エッスの〕反乱に参加していた。エッス中央刑務所の受刑者〔主として政治犯〕はコンピエーニュに移送されたので、彼と同様、大半がコミュニストの数百人の仲間とともにここへ来たのである。

フランス人囚人が犇めいていた超満員の二つの小屋で、その晩は発見に次ぐ発見となった。まずルイ・テールノワールに目がいったが、彼とはかつて、その義父のフランシスク・ゲーによってミュンヘン協定直後に設立された「ヌーヴェル・エキップ・フランセーズ」で会っていた。彼は仲間のガロとダンナンミュレールに取り囲まれていた。三人とも、途方に暮れて、みすぼらしいルンペンのぼろ着姿で、ぎこちなく木靴の底を引きずっていた。ルイ・テールノワールは、外見は大半のリヨンの同胞と同様、控え目だが、冷静さの陰には燃えるような熱情と、不撓不屈の性格が潜み（平然としてゲシュタポの拷問を受けて、それは証明済みだ）、フレーヌの貧しい食生活でやせ細り、まだ最近受けた殴打の痕を顔に残しているが、彼は、一年半前、私の逮捕前日、抵抗運動組織が融合したという最新の詳しい情報をもたらしてくれた。彼がその助手をしていたビドーがマックスのあとを継いで全国抵抗評議会CNRのトップになっていたことは、彼から聞いた。また国民戦線がこの組織に及ぼす影響力によって生じた厄介な状況も知った。「ビップはそれが全般におよばないように大半の時間を費やしている」という〔ビップとは地下活動中のジョルジュ・ビドーの渾名。ビドーは解放後のド・ゴール政権外相、後に首相、外相などを歴任し、戦後処理に携わる〕。

非共産党員のレジスタンが闘争仲間〔共産党員〕の意志に忍従していると考える者は間違っている。初期のレジスタンは共産党の仲間に対してなんの劣等感ももたなかった。おそらく最後に来た者たちは我々ほど慎重ではなかったのだろう。ただ言っておくべきは、この混乱の時代、なにごとも単純ではなかったことである。たとえば、高位にある党の責任者たちが外国の姿勢を模倣していることはきわめて明らかことに思えるが、私に明々白々なのは、流行のジャルゴンを使うと、こうなる。中堅幹部と下部の活動家がレジスタンスに見ていたのは、きわめて純粋かつ真正の伝統的な民衆の愛国心の昂揚、つまり、いとも安易に受け入れた敗北と、愛国主義を説く元先生たちがいとも安易に忍従した屈辱に、深く傷つけられた愛国心の昂揚でしかなかったことである。

隣の部屋には、何人かの「名士」が押し込められていた。そこには、前大戦の顔面戦傷者ド・ペナール、ソワッソン〔北仏の都市〕のヴァンダンドリ、ほかに同じ町の者多数、ドクター・グロ、長身のランスの郡長ピカール、いつも世話好きな好人物コカールなどがいた。厳密に言えば、全員が彼らのようにレジスタンスから来ているのではない。それでも、お互いどうし第三帝国の敵としてドイツ人によって収容所送りにされたことに変わりはなく、共通の運命を被ることになったのである。

彼らのなかには、B将軍がおり、最後まで見せ続けていた威厳ある態度で我々の称賛を集めていた。「強硬派」は彼のヴィシーに対する忠誠心——彼が品よくそのまま保っていた忠誠心——を非難していたが、その静かな勇気と明るい性格が、他国民に対し苦難のなかでフランス人は連帯すべきであることを理解しなかったあの「ウルトラ」たちの心を急速に和らげることになった。それに結局は、ヴィシー派が、あらゆる手段で国家社会主義に反対するレジスタンの大義を認めるのに長くはかからなかったのである。

二人の国会議員がこのコンピエーニュからの最初の護送に入っていた。

南仏人ヴァンサン・バディは、ローマ皇帝のような仮面の陰におかしな鈍感さを秘めていた。彼は腫れでふくらんだ足で到着し、環境の変化で苦しそうだった。いまでも、彼が着ていた、なんとも言いようがない奇妙なイタリア軍服姿が思い浮かぶ。その晩、フランス人がもらったばかりの粥の追加Nachschlagは26号ブロックのポーランド人司祭たちのおかげであると言うと、彼は、真似ようのない厳粛なる低い声で、いまでも憶えている言葉、別の星から降ってきたような言葉でこう言った。

「親愛なる同志よ、貴君に、仏ポ〔波〕議員団の一員からその友人諸君に感謝の念を伝えてくれるよう託したい」

元大臣で前大戦兵士のカミーユ・ブレゾは、負傷した脚を虚勢を張って引きずっていた。SSが杖を取り上げると、そのアクセサリーがないため、彼は行き来がとても辛くなった。しばしば、苦痛で、故郷のノルマンディの海賊のような彫りの深い顔をゆがめていたが、彼は決して弱音を吐かなかった。

この数百人のフランス人、名士、無名の者、レジスタン、人質、ヴィシー派、コミュニスト、将校、労務者、農民、ブルジョワなど一群の侵入が、それまで我らが同胞がごく少数だったこの災いの収容所に別な様相を与えることになった。外部の諸事件にも助けられて、規律に若干緩みが生じていた。しかし我々の誰も、古参も新入りも、この一九四四年六月末に、我々の前になお長い一〇カ月の悲惨が横たわっているとは思いもしなかったのである。

「我々の部屋 Stube は惨めだった……」
1945 年のダッハウのあるブロックの部屋（ダッハウ国際委員会・ユダヤ記録文書センター）

「列車が着いたとき、収容所指導者は公然とこう宣言した。ベルリンに報告しよう……」
1945 年、ナチ崩壊時、ブーフェンヴァルトとダッハウ間のどこかで放置された囚人護送列車（ユダヤ記録文書センター）

13　別な育ちのよい人びと……

老カントが毎日の散歩のコースを変えるのを見て、なにか驚くような出来事が突発したに違いないと推測したケーニヒスベルクの住民のように、その朝、私はなにか異様なものを予感した（フランス革命の報を聞いて、カントが毎日の散歩の道筋を変えたことか。その生活は定規のように几帳面で、「万事の時間がきちんと決められて」おり、菩提樹の狭い並木道の「哲人の道」を散歩するのはつねに三時半。出会った人びとは彼に挨拶したあと、懐中時計の時間を合わせ直したという）。ひとけの失せた自由通り Freiheitsstrasse で、ヨスト司祭が並木道の奥のブロックの方に向かって走っていたのだ。どうしてこんな時間に、政治部 Politische Abteilung の事務室からわざわざ出て行ったのだろう？　私自身は、少し前に温厚なヨース神父に呼ばれてブロック棟沿いに看護棟 Revier の記録保管室 Registratur に向かっていた。我々は実験棟の5号ブロックのところで擦れちがった。司祭は、まるで聞かれるのを恐れるかのように低い声でふたことみこと投げかける時間だけ、一瞬立ち止まった。私はすばやくこう聞き取った。

「恐ろしい。千人もの死体だ」

彼は問いかける間もなく走り去った。彼のような老囚人は、労働時間中に収容所を行き来するようなことがあると、いつも怯えていた。彼らはまるで自分が、監視塔から我々の行き来を見張っている

ＳＳの歩哨の視角に入っているかのように感じていたのだ。もちろん、どんなひそひそ話も疑われた。だから、私は漠然と不安になったが、好奇心にかられて歩を速め、道を急いだ。

看護棟 Revier の記録保管室は収容所施設のもっとも風変わりな一角のひとつだった。死体置き場と特権囚・カポ用の歯科室のあいだにあって、ぴかぴかの床の明るい部屋で、入所検査を受けにやってくる囚人を迎えていた。検査会が開かれると、身長、体重を計られ、聴力を調べられた。二人の縞服の書記が、あらかじめ看護係 Pfleger が小さなカードに記入していた詳細事項すべてをゆっくりと記録していた。とくに、金歯の数は明細目録に記された。そのようにして、最初から各囚人 Häftling の「健診」個人調書が保管された。それは膨大なものになった。細かく付箋を貼られて棚に分類され、部屋の仕切りに入れられた。終局的崩落の数日前、医師長のＳＳが逆上して、こうした記録書類の破棄を命じて、いざ焼却せねばならないときに、それが大量であることがわかった――それに、大急ぎで破棄させた狼狽ぶりを見ると、それが興味のないものではないことも推測できた。

ヨーゼフ・ヨースともうひとりの囚人が、この驚くべき制度、ひとに見せられない類のものでもっともよくできたモデルと言える制度の事務方を受けもっていた。ヨースの仲間は、ヒンデンブルク元帥に似た角ばった顔のドイツ人老コミュニストだった。一〇年前、リューベックで逮捕された彼は、ヴィリーのように、いわく言いがたい人物として知られていた。ある日、彼は、からかうような素ぶりで、自分は「特別」待遇を克服できたごく稀な者のひとりだと力説しながら、そのことを詳しく語り、ヨースが通訳した。奇妙な小部屋のことが問題で、彼をその一種の押入れのようなところに閉じ込めると、自白を引き出すため、薬品で麻痺状態にしようとしたという。温厚なヨースは、彼を頑丈な皮をもった老猪だと言っていた。記録保管室のこの二人の老人は、有名な十字架と鎌とハンマーの同盟を見事に象徴していた。

一九四四年七月五日の今朝、彼らは、いつも通り書類の山の中におり、そこで私はコンピエーニュからの護送組フランス人の分析分類資料をカード化する手伝いをした。シフィーダがそこにいた。記録保管室 Registratur の常連のひとりだった。いつものように、彼はせっかちに、べらべらと喋っていた。その大げさな身ぶりと、しょっちゅう拳で机を叩くのを見ると、彼がひどく興奮しているのがわかった。慈悲深くも、私をうんざりさせることなく、すぐに話の結論部分を翻訳して、こう言った。収容所指導者 Lagerobersturmführer〔収容所長 Kommandant の配下〕自身がいま起こったばかりのことに憤慨している、と。

列車が着いたとき、収容所指導者は公然とこう宣言した。「ベルリンに報告しよう。責任者は罰せられるだろう」。

私はこの言葉をヨース司祭の謎めいた情報と比べてみた。この奇妙な世界では、真実は断片的にしか伝わらず、誰もなにも知らないし、どんな些細な事実も多くの情報をつなぎ合わせてしか真相がわからなかったのである。

シフィーダが話し終えると、点呼広場に面した窓から一列縦隊の囚人が収容所に入ってくるのが見えた。この護送組はほかのとは違っていた。到着者たちは異常なほど荷物を抱え、また信じがたい新場面だが、SSが警棒を振るって怒鳴りちらしても、新入りの群れは慣例どおり、乱暴に整列させられてではなく、面くらってごったがえしたままシャワー棟に向かっていた。そのような混乱とシフィーダが示唆した謎めいた罪状にどんな関係があったのだろうか？　あとで知ったことだが、我々が目にしたのは、死の列車の生残りだったのだ。

公正であらねばならない。十中八九、繰り広げられたばかりの悲劇は意図的に仕組まれたものではなかっただろう。ある意味で、ほとんど暴露的でさえあった。つまり、ナチの戦争からくりが狂い始めたのである。晩になって、最初の生残りが検疫隔離ブロックにやって来ても、彼らからはなにも引き出すことができなかった。彼らは、体験してきたばかりの恐怖にまだ大きく眼を開いたまま、腑抜けたようになっていた。殺到して、獣のように水をがぶ飲みする彼らを便所から引き離すことはできなかった。「チフスにかかるぞ!」と誰もが叫んだ。どうにもならなかった。汚れた水をがぶがぶ飲むと、どんなに危険か説明しても無駄だった。一種の集団の狂気にとらわれていたのである。

こうした取り乱した顔つきのなかで、陸軍総括監査官カルミーユ〔現在の国立統計経済研究所の生みの親。ダッハウに死す〕、若いジャック・ナポレオン、フォルティエ、ラミロなどに再会したが、全員がORA〔軍部抵抗運動組織〕か他の組織の行動的レジスタンだった。

次の日からやっと、事件の概要を彼らから聞き出すことができた。つまり、出発時超満員の家畜列車、猛烈な車内温度、空気と水の欠如。恐慌をまき散らした最初の死体。窒息と嘔吐。通気孔にかじりつくための残酷な押し合い、突き飛ばし、などである。我々は嫌悪感でうんざりした思いだったが、彼らはこぞって、生命と理性を失いそうになった恐慌に取り憑かれた強迫観念、その恐ろしさを伝えようとした。

手元に保存しておいたこの有名な護送組のフランス人囚人の「名簿」を一読すると、その数は七六〇〇〇ないしは七七〇〇〇に上るが、生残りたちのやせ衰え、疲れはてた顔つきや表情を思い浮かべてみると、その年齢、出自、意見の多様性、たとえば、社会主義活動家シャパランから新聞記者のロジェ・ミリエンヌ、民間組織と軍事組織などの広がりに驚かされる。私としては、彼ら多くの者の名前にある綴り字だけで、わがコレーズの地平線、黒い小麦畑、栗林、バラ色のヒースの丘などが思い浮かぶ。「ダス・ライヒ」師団〔武装SS特務師団〕の最後の一斉検挙で捕らえられたスュルドル、マデルモン、ムルヌタ、ブルナゼル、バルバザンジュ〔いずれも、コレーズなど南仏に多い人名〕、彼らはなんと多かったことか！

このリムーザンの同胞は、この一〇カ月まったく途絶えていた故国からの唯一の知らせをもたらしてくれた。その知らせがテュルの悲劇で、九九人の絞首刑者がコレーズ沿いに続く道路の店頭ごとに一つずつ並べられたという。テュルのカトリック青年同盟の活動家ノエル・ディードリシュがこの六月一〇日の昼の惨事について詳しく語ってくれたが、偶然犠牲者の名前に、ブリーヴ組の「コンバ」の初期の仲間のひとりジャック・ジラールを見出した。だとすると、この哀れなる友は、戦士として命を捧げるつもりだったのに、人質として捧げてしまったのだ……。

大部分のコレーズ人諸君も、人質として逮捕されていた。しかし多くはレジスタンスの活動に参加していた。彼らのなかに、騎兵隊大尉ギヨーム・デュセルの立派な体軀が認められた。彼の長身は新入りたち全員のなかから浮き上がって見えた。21号ブロックの部屋では、いつも平静なクレカンが激怒して、少し静粛さを取り戻そうとして、部屋頭 Stubenältester に仲間たちに話しかける許可を求めていた。沈黙が得られると、短く、素っ気ないごく簡単な言葉で、彼は我々に必要な規律の理由を説明した。リーダーの権威、指揮の経験が聴き手に作用し、とくにその存在そのものから輝きが放射していた。

後日、デュセルが逮捕された状況を語った。彼は、私の逮捕前、わが管区R5の秘密軍の責任者として指名しておいた通称「ピエレット」のゴントラン・ロワイエとともに、前記ORAを設立していたが、その初期の推進者のひとりだった。そしてブリーヴで、フランシスコ会第三会〔十三世紀創立の在俗フランシスコ会（托鉢修道会）〕会員の立派なご婦人のところに司令部を設置していたが、彼女は、おそらくその社会の誰もと同じく〔ペタン〕元帥の称賛者だろうが、それでもやはり決然として、彼のような危険な借家人を引き受けることに同意したのである。デュセルはこうも言った。

「あのころ、フランスも似たようなものだった。わが家主ソリエール夫人と同じで、まだ習慣で元帥を尊敬しているが、やはりド・ゴールが最後は勝利するよう協力することから自分が免れてはいると思っていないのだ」

死の列車の到着組が分散するときがやってきた。クレカンから、何人かのフランス人を内部コマンドに残すことが可能であることを知った。そこでデュセルにダッハウに残ってくれるよう頼んだが、実を言えば、少し早めに想定していた解放作戦を指揮するためには、彼のような将校が必要になるからだ。だが彼は、二、三日前のルイ・テールノワールと同じ返事をした。数名の部下とともに逮捕された彼の義務は、よくも悪くも彼らと運命を共にすることだという。テールノワールがダンナンミュレールとガストン・ガロと一緒にケンプテンに向かったのと同様、デュセルもORAの仲間についてネッカーゲラッハに立ち去った。次の冬の初め、彼が疲労消尽して死んだのはそこである。しばしば指摘したが、強制収容所暮らしは肉体的に頑強な者にも容赦しなかったのである。ルヌヴァン同様、不屈の士気を秘めていたデュセルはその過剰な生命力に裏切られたのだ。葦は樫の木よりもちこたえるものだというが。

コレーズ高地のヌーヴィックに近い、花崗岩の台地に立つ白樺とカラマツのあいだに、はるか中世の昔から、ヴァンタドゥールとデュセルの領主が建てた館があり、そこに聖母マリアに捧げた古代ふうの小さな聖域ノートルダム・ド・ペナコルンがあった。その名は周辺地域を越えることはほとんどなかったが、コレーズ人は帰郷すると、感謝の祈りの巡礼に詣でることになっていた。ギヨーム・デュセルがそこで彼らを迎えるはずだった。しかし生残りたちは、彼らの長たる仲間の多少冷ややかだが深みのある温かい声がもはや歓迎してくれることはないので、この約束を彼らだけで果たす気力がなかった。

私が帰国すると、この悲惨な時代、「労働者階級だけが辱められたフランスにずっと忠実だった」とよく耳にしたが、私は騎兵隊長デュセル伯爵ギヨーム・マリー・フィデールや、同じ本物の貴族の他の何人かのことを考えた。

一九四四年夏にダッハウに来たフランス人は、たしかに大多数が「労働者階級」出身だったが、ブルジョワもいた。彼らがもっとも少ないというのではなかった。もちろんまた、初期から最後にかけてのさまざまなレジスタンもいた。だが人質のなかには、多くの非レジスタンもいただろうし、確信的なペタン派も少なからず数えられたであろう。私が言いたいのは、誰もが同じ苦痛を味わったことであり、死者も区別なく同じ終わり、恥辱の終わりを迎えたことである。それゆえ、彼らを別々に考えることには大きな抵抗感がある。

たとえば、到着時の混乱で、ＳＳがケピ帽と肩帯をそのまま着用させておいた憲兵隊将校ヴェシエール少佐がいた。ある日、ブロック指導者 Blockführer がシャワー・ショーから出てくると、おもしろ半分に彼から他の衣類すべてを剥ぎ取った。だから、彼の裸体にはこの二つのアクセサリーしか残っていない。滑稽な演出効果は大成功だった。何度も何度も、ヴェシエールは啞然とした囚人の前を行進せねばならなかった。「早く、早く！ schnell, schnell!」。他の者は膝を叩いて笑い転げた。結局、フランス人将校はどうにも我慢できず力尽き、怒りと恥辱で、歯を食いしばっている仲間の前に倒れ込んだ。彼らは五〇歳以上のグループだった。社会主義活動家のオードゥイ。ルヴェルの公証人サボ。クレールモン・フェランの抵当権管理人アルヴァッフおやじ。生粋のパリ人スランジュ＝ボダン。ベッタンジェ医師。サン・ジュリアン・アン・リムーザンのアルベール・シャンソン。彼は予備役大佐、それにもましてポリテク〔理系最高学府理工科大学校卒業生〕であることをなんと誇りにしていたことか！サントラル〔国立高等工芸学校〕の技師ルイ・エは、ずっと前、中国雲南省のフランス鉄道〔二十世紀初めの植民地時代、フランスがヴェトナムと中国南部を結んだ八五五キロの鉄道〕の建設工事に携わっていた。瞬時も、彼は最後の勝利を疑っていなかった（わずか数日間の差で取り逃がしたが）。哀れな老ペトネはポワトゥからの新兵で、昔の〔ドレフュス事件の〕人権同盟の活動家タイプの七〇歳。30号ブロックで、隣の厄介なロシア人に狂ったように足蹴りされて死ぬことになった。伝統主義者のロレーヌ人フェリックス・プピオンはモンティニー・レス・メッスの町長だった。六〇歳。ウランの代議士クロード・ジョルドゥリは一一月の凍てつく晩、移送で出発した。その日、衣類置き場Effektenkammerからっぽだった。黄灰色のみすぼらしいダスターコートが老社会主義者の痩せた肩にかかった、唯一の防寒着だった。ああ！　あのがたがたと鳴る歯、あの青ざめた顔！……。

死の列車到着の数日後、私は23号ブロックに寝に行った。そこで数日間、クレカンが教えてくれたパ・ド・カレの元共産党代議士キプリアン・キネと藁寝床を共にした。少し斜視で、深い皺のある顔の青い目をしたこの北の男はなんとよき仲間だったことか！　彼はいつも、自分よりも同情すべき「ケース」があると言って、スープのお代わり Nachschlag を断っていた。彼もまた、一緒に逮捕された仲間と運命を共にすると言って、収容所に残ることを拒んでいた。彼は、モロトフ＝リーベントロップ協定が気に入らなかったので、宣戦布告の際、党と悶着を起こしたと聞いていた。その点、彼は非常に慎重だった。以後、弁護の都合上はともあれ、彼の記憶は下部の活動家のあいだでは復権されていると思う。だがそれでも、年功による議長マルセル・カシャンが、立憲議会で、銃殺されたとか強制収容所で死んだ共産党代議士の長いリストを列挙するとき、彼の名を挙げることを見事に忘れていたことに変わりはない。私としては、そうした煩瑣な経緯と論理を知りたくもないが、この不当な忘却を修復する義務がある。

風変わりな人物が23号ブロックの3号室に舞い込んできた。彼には囚人の縦列行進の際に気づいたが、青い目とまばらな髪の老司祭で、足が不自由で杖をついていた。入所時の混乱のなかでも、彼は従軍司祭に配布された型の携帯用チャペルの入った小さなスーツケースを保持していた。実際それは、彼が前大戦から持ち帰ったもので、またそのためとても大切にしていたものだった。このチャペルが危うく彼の命を奪いそうになったのだが。

神を除いて誰をも恐れぬ義人の穏やかな静けさで、シャロエ小教区主任司祭のグートディエ司祭は、到着の翌日、ブロックの奥の二列の藁寝床のあいだでミサを執り行なうことを思いついた。この儀式を実行するだけ大胆または無頓着であったために強制収容所送りになったに違いない。しかし、かなり慎重だったので、国際旅団員の部屋頭 Stubenältester ルートヴィヒが気づいたのは、儀式が終わって、彼がその飾り物を片づけてからに過ぎなかった。

「おまえたちフランス人は馬鹿だよ」と彼は人差し指をこめかみに向けてくるくると回す、私もよく知っている動作で言った（我々が馬鹿扱いされるのははじめてではなかったのだ）。「この司祭

Pfarrerに、SSがいま起こったことを知ったら、こちらは火葬場行きだと言って、ここは修道院ではないからと説明してくれ……」。

そこで私は、グートディエ司祭に、彼がいる時と場所という新たな状況で、そのように信仰を外に表わすようなことを行なうと、実際少し危険であることを納得させようとした。

「26号ブロックに移されるまで待って」と私は言った。

彼は納得したようなふりをした。だが翌朝、またミサをした。思い出すが、その日、ミサでは、彼の若い同胞のミシェル・フォンフレードが侍者をつとめたが、若者は藁布団の山に隠れて違反行為を隠そうとした。部屋頭は別に注意をしなかったので、私は彼が仕方がないと思って諦めたと考えた。

「どうやら、この鷹揚さはよい兆候だ。たしかに終わりが近いな」と私は思った。

そのとき、なにげない顔で、看護棟の看護係が突然ブロックに現われ、新入りの痰検査を行なった。数が多すぎたので、彼は、いつも通りおよその見当で囚人を選び、一二人ばかりの痰を採取するだけにした。偶然のように、グートディエ司祭がその中に入っていた。二時間後、大急ぎで彼が呼ばれた。痰検査で、老司祭が末期の結核であることがわかったという。ただちに行かねばならない13号ブロックで、ベッドが彼を待っていた。即刻sofort……。

「ああ！　もちろん行くさ」と彼はぼろ着を集めながら、ちょっとものうげな声で言った。「六八にもなって結核であるとわかるとはなあ。看護棟でもなんとかミサができるだろうか？」

そして彼は足を引きずりながら、携帯用チャペルを持って出て行った。

翌日、ヤーコブが私に会いに来た。彼は重大なこと、冗談も言えないようなことが起こった日の深刻な様子をしていた。

「26号ブロックの仲間に、ルートヴィヒが昨日結核患者のところへ送ったあの司祭をただちに呼び戻すよう要求させるのだ。今晩、13号ブロック全員の〝移送〟がある」

グートディエ司祭を待ち受ける運命から間一髪で助け出した。運命とは、あのころ、13号ブロックの全能のカポによって不治の患者に偽装された厄介者を、他の方法によらず、遠慮なく火葬場に送る最後の注射のことである。

14　新しき友好のヨーロッパ地理

「私が友好の、と称したこの地理、これをまた屁理屈屋の反撥を殺ぐため、センチメンタルなと認めねばならないだろうか？」
（ジョルジュ・デュアメル『友好のヨーロッパ地理』）

点呼広場 Appellplatz で小屋に戻るための笛が鳴るのを待って、三時間以上になる。埃っぽい小糠雨が水浸しの古着を重いぼろ着に変えていた。雨は投光機の黄色い光を浴びて、不動の囚人の塊の上で踊っているように見え、その周りでは怒鳴りちらすSSが狂犬のようにせわしく動きまわっていた。ペシミストは不安になり始め、最悪の事態を予測していた。

「以前、彼らは、ブロックで眠っていた欠席者のため、我々をひと晩じゅうここで過ごさせた。朝になると、広場には三〇の死体があった」

通常点呼手続きを免除されているコマンドの者たちまでが呼び出された。まず消毒係、次に看護棟 Revier の看護係 Pfleger、最後に調理場のカポ――これはいままでなかったことだった。24号ブロックの密集した長方形の群れは一列の追加シュトゥックで長くなった。

点呼一〇回目に、ブロック指導者Blockführerがシュトゥックを数えに来た。彼が一列目のところに来るたびに、お喋りのささやき声が止んだ。

「脱帽！ Mütze ab!」とゲオルクがしわがれ声で怒鳴った。みなが「帽子Mütze」を頭から取った。これはまた意外な頭隠しで、洋裁コマンドの仲間がパンの配給と交換したラシャのハンチングだった。無頓着な者は規則通りの縞の縁なし帽か、最後に着いたイタリア人組の流れものの垢だらけの軍帽で我慢していた。

SSは怒り狂って、我々の周りを回り、一〇Zehn、二〇Zwanzig、三〇Dreissigと数え直し、何発か小突き殴ってから立ち去った。急ぎすぎていて、ふんだんなお見舞いはなかった。そうして会話がまた始まった。

その日、消毒コマンドのボブ・クレサンスは能弁だった。いつまでも止まない霧雨が、彼に水にまつわる追憶を甦らせていた。

「ミラボー橋の下をセーヌが流れる
　そしてぼくらの恋が……」

彼はかすかに震えるやさしい音楽的な声で詩を詠った。しばしのあいだ、そこから千キロも離れたところ、SSも点呼広場もダッハウもない、えも言われぬ世界に運ばれていた。完璧な記憶力で歌い終えると、ボブは隣に身をかがめた。

「このあいだ、わが友アラゴンのことをとても楽しく語ってくれたよね。すまないけど、もう一度お願いしたい」

隣の男は言われたとおりにした。また魅惑の世界がしばしのあいだ続いた。

「さらば、ケ・オ・フルールのパリよ
ぼくはまだ苦しみの最たる者……」
〔ケ・オ・フルール＝花の川岸通り。パリ中心部セーヌ河に浮かぶシテ島にあり、花市が開かれる〕

ボブはずっと前からここにいた。『断腸』〔アラゴンの詩集、一九四一年〕が出るよりもはるかに前からだった。前年ほかのコミュニスト組と一緒にマウトハウゼンから来て、彼は三〇〇〇〇よりも下の数字を付けていた。そこで、有名な待遇、つまり一〇人のうち一人だけが、火葬場への呼び出し猶予付きで生き残るという待遇を受けていた。だがナチの犬の噛み傷でも、彼は狂犬病にはなっていなかった。激しい愛国心をもつこのアンベルスのフランドル人は温厚そのものだった。私は彼の党友のことで、彼に迷惑をかけるようなことは言いたくない。だがそれでもやはり、彼に似ていた、少しでも似ていたコミュニストには決して出会ったことがないと、しっかりと言っておかねばなるまい。

彼は26号ブロックのドイツ人司祭と兄弟のような友好関係を育んでいた。彼が仲間の宗教的信条に示す尊敬の念を、誰もが誠実で公正無私、なんの打算もなく、少しも下心のないものと感じていた。彼はヘーゲルやマルクスに対するのと同様にトマス・アクィナスを実践し、我々を面くらわせるほど、いとも簡単に双方のあいだを動きまわっていた。そのうえ、フランスの歴史や文学に対する彼の知識は、それを上回るほどのフランス人はほとんどいないと思われるほどのものだった。要するに、ジョバンニ・ピコ・デラ・ミランデラ〔中世の哲学・宗教思想のシンクレティズムの哲学者。一四六三—一四九四〕のようなもので、素晴らしく温かい声で、『なつかしのわがケンタッキーの家』のようなノスタルジックなロマンスを歌うかと思うと、『鍛冶屋のストライキ』〔フランソワ・コペ（一八四二—一九〇八）の詩〕（周知のごとくかなり長い）をきわめて誠実に一気に吟じて、無理なく繋いでいくことのできる男だった。

そして十八番を大哄笑のうちに歌い終えたのである。陽気な比類なき友で、斜視で醜いが、この醜さを彼が真っ先にみずから嘲り、素晴らしくやさしい微笑みで変貌させるのだった。

彼に故国ベルギーの話をすると、尽きることがなく、フランドルであれワロンであれ、どんな大都市でもどんな小さな村でも知っていた。アントワープの波止場、ブリュージュのベギン会修道院、ブリュッセルの美術館、エノーの記念碑的遺産、ブラバントの魅力などに、彼は抒情的になった。ある日の午後、消毒棟の庭であったことが思い浮かぶ。我々は、火葬場 Krematorium から届いた〔焼却前の〕遺骸を指先で選別していた。我々のコマンドのロシア人三〇人が、ちょうど朝、うなじに拳銃一発を浴びて射殺されたばかりだった。シャツの襟に付着した頸部の肉片やまだなまあたたかい血が、どんなに用心しても手にこびりついた。いわゆる唇まで心臓が飛び出てくる、吐き気がするというやつだった。それに、次の日はまだ残っている他のロシア人、同じ事件に巻き込まれた者の番ではないかと、いつも疑念が湧いたが、当然ではないだろうか？　たしかに、実際そうなったのだ。

ボブ（本名はフランツだが、こう呼ばれていた）が、みなが打ちのめされ沈黙していると、少し雰囲気を変えるために、ベルギーの歴史の話を聞くのは場違い、不適当かどうかと尋ねてきた。

誰も反対しなかった。ボブはポーランド人とロシア人のために、まずフランス語、次にドイツ語と順々に即興でベルギー史挿話を講じた。その日の忌まわしい選別作業が終わったとき、我々はファン・アルテヴェルデ〔十四世紀フランドルの政治家。百年戦争で英国側に加担〕の功績とシャルル・カン〔カール五世〕の武勲物語を聞いて吐き気をほとんど忘れていた。

テニールス〔十七世紀フランドルの画家〕の豪快な絵が、ヒエロニムス・ボス〔十六世紀ネーデルラントの画家〕さえ予想もしなかった、我々が目撃した地獄絵図に取って替わった。ボブの語る英雄譚が我々の参加した死の舞踏《ダンス・マカーブル》に打ち勝ったのだ。

ダッハウでは、ベルギー人はきわめて多かった。だが私の記憶では、フランス人が文句を言わねばならないような者は、彼らのなかにはひとりもいなかった。

金髪でバラ色の顔をした二メートルの長身男、社会主義活動家アルテュール・オロ〔ドイツ系であれば、アルトゥーア・ハウロートか〕は看護棟の看護係 Pfleger だった。私は、最後の五カ月間、夜も昼も称賛すべきほどに良心的にチフス患者を世話する姿をみていたが、彼は明らかに感染する危険があるのにまったく気にすることはなかった。その小部屋で、ラヴーを受け入れていたが、この人物はアヴァス通信社〔一八三五年創設のフランス最初の通信社。戦後のAFP〕の戦前のベルリン特派員で、フランスでは不当に無視された、あの予言的な『虚無主義の革命』〔ヘルマン・ラウシュニング著、一九三八年〕の翻訳者だった。アルテュールのところでは、フランス人はみな彼自身の同胞として迎えられていたのである。

消毒コマンドで、カポ助手 Hilfskapo はブリュッセル人ジョルジュ・ヴァルラエヴだった。彼は、小さいとは言えないみずからの危険を顧みず、我々のすることを放任していた。それをよいことに、可能な範囲内で堂々と盗用して、仲間の衣料状況を改善できたのである。

ジョルジュ・ヴァルラエヴは、ボブ同様、コミュニストだった。フランス人の大量入所時の、21号のブロック囚人頭 Blockältester ジョゼフ・クレカンもそうだった。彼のおかげで、多くのフランス人は絶滅コマンドを免れた。いつもきちっとした身なりの老ジャックマール、ゲシュタポに片目にされたボルマンなどは、13号ブロックの結核患者のところで、活動家やそうでない者含めて、みなの切なる希望を育んでいた。

ベルジュもまた、その姓リエジョワで出身が推定できるあのカトリック青年労働者同盟員で、ボイラー・コマンドの浮浪者たちと赤十字の小包を秘かに分け合っていた。最後の冬の晩、彼は燃えるような高熱で、看護棟にやってきた。そして私の藁寝床からあまり離れていないところに寝かされた。ずっと前から彼のことは知っていた。前年の同じ日、我々は15号ブロックに来たのだ。彼の場合はすぐに決着がついた。明け方、すでに冷たくなっていた。彼とはひと言も交わす時間がなかった。かろうじて目にしたのは、若者の死体と、入ってきたときにこわばった指のあいだに挟んで、目印として見せてくれたロザリオと、右足指についた規定のボール紙だけだった。アルテュールが彼を死体置き場に運んだ。

チフスの伝染病に罹っていたあいだ、看護棟のシャワー・コマンドで仲間に君主制派のド・リケールがいた。彼もまた、もうひとりの感じのいいベルギーの王党派シャルル・ヴェスト同様、何年も前から、収容所から収容所へと渡り歩いていた。だがそこで耐えてきた恐怖で、感性が鈍化しているわけではなかった。ディラール神父が到着した日、神父が便所のつるつるの地面で倒れると、ド・リケールが彼を起きあがらせようと助けを求めてきた。ダッハウでは、誰もめったに泣かなかったが、彼は、汚れた包帯の浮かぶ汚物の溝に腕を交差して横たわる神父の裸体を示しながら、子供のようにすすり泣いていた。ド・リケールも結局チフスに罹って危うく命を落とすところだった。

ルクセンブルク大公国の臣民はゲシュタポの恰好の餌食だった。ダッハウでは、彼らは、ドイツ語ができたため、引っ張りだこのポストを占めていたが、しばしば緑組や黒組から力ずくで奪ったものだった。こうしたポストでは、仲間意識がしばしばきわめて効果的に現われた。フランス人が、全員餓死する間際になって、自国の赤十字の小包を受け取れたのは、郵便物係ジャコビの策略のおかげである。看護棟では、看護修道女の優しさと忍耐力を備えた比類なき看護係アレックスが、いつも分け隔てなくチフス患者と他の伝染病患者を看病していた。悪臭を放つ悪夢のような部屋で、何度彼の名が呼ばれるのを聞いたことか！　青白い顔の長身痩軀が嘆き叫ぶ者のあいだを行き来するのが見られた。誰もがこの友愛に満ちた存在に力づけられたのである。

ジュール・ジョスト司祭は政治部 Politische Abteilung で危険な仕事に就いていた。ドイツ語ができて、彼が思い定めていた務めを手伝うことが可能なフランス人が到着すると（務めとは、かけられた嫌疑がとくに重い仲間の足跡をくらましながら、警戒を促すことにあった）、大胆にも彼らを自分のそばに配属させた。かくして、シトロンと他の何人かは、最後の数カ月、我々にこのうえなく助けとなる「ジョブ」を見つけて、収容所のＳＳ参謀部の意図に関して得た情報すべてを伝えてくれたのだった。

ルクセンブルク人全員のなかで、もっともユニークでおそらくもっとも典型的なのはもちろん、マルセル・ノップネであった。収容所の老常習犯の彼を、ドイツ人はすでに前大戦中ずっと投獄していたが、彼は公然と彼らに対し、我々を怯えさせるような独自の判断を示して憚るところがなかった。彼の言い過ぎはＳＳを興奮させはしなかったと思わねばなるまい。彼らはとにかくそれを無視できたのだから。たぶん彼の高齢が、通常まさに老人に見合った尊敬の念を彼らに起こさせたのだろう。この沈黙と受忍の収容所で、マルセル・ノップネはレジスタンスを体現していたのである。

今日ベネルクスと称されるものの話をやめる前に、この友好〔連帯〕の地理において、どうしてオランダの仲間に触れずにいられようか？　どんな単純な一般化にも、大いに恣意的なものが含まれるものだが、それは了解済みのことだ。たしかに、ベルギー人、ルクセンブルク人、オランダ人は伝統的な共通の特徴を保っており、たぶん確実なのは、マルタン＝ショフィエ〔一八九四―一九八〇。作家、ジャーナリストでレジスタン〕の言う快適さと豊かさへの、あの多少利己的なノスタルジーであろうが、しかしまたなぜ、我々ほかならぬフランス人に対する彼らの親切や思いやりも、と言えないだろうか？我々がしばしば彼らから友情に満ちた共感の印を大いに受けたこと、これは白状しておこう。

看護棟では、ドクター・クレディットは、それまでポストを独占していた、いい加減な医者たちが見捨てていたチフス患者を治療中に死亡した。彼の同胞、ロッテルダムのドクター・ドロストは、同じ状況で同じ献身ぶりを示していても、彼よりは運がよかった。伝染病の最盛期に、きわめて弱った病人のため献血提供志願者が募られた。オランダ人は赤十字から郵便物を受け取ったばかりだった。それで若干体力を取り戻していたので、大挙して献血を申し出た。そうして、私は、二四時間おいて、二度輸血を受けることができたのである。最初は〔オランダの〕スヘルトーヘンボスのカトリック司祭、二度目はアルクマールのルター派牧師からだった。

ポーランド人、私が彼らの立場を擁護するのは天の邪鬼とか逆説趣味からではない。違うのだ。彼らの欠点、あそこで我々をひどく苛立たせたものは、多くの場合、実は我々自身のものではなかったか？　彼らのように、一九三九年秋に収容所に来ていたら、彼ら同様我々も、草創期に緑組から奪い取った収容所村の操縦桿を握り続けるため、先住権を口実にしたのではなかったか？

ポーランド野郎！　どんなに探しても、ナチがあれほど入念に育み続けたあのポーランド人への嫌悪感――どうしてそれが忘れられようか？――を与えるような者は、彼らのなかにひとりも見出せない。彼らのもちろん耐え難い慇懃無礼な虚栄心、彼らが指揮していたコマンドでその何人かが見せた許し難い残酷さすべてを、ここであげつらうよりも、私は、24号ブロックと28号のブロック書記

Blockschreiber の二人、教師レオンと司祭ヴァレリアンが彼らを知っていた者に残した思い出を挙げたい。

レオンは整った顔立ちに灰色の目をした端正な容貌で、収容所の古株であった。二〇〇〇〇番以下の番号。彼は開戦後最初の冬の数カ月のこと、あの点呼広場に数時間、夜中震えながら留め置かれていたことを経験していた。彼ら数千人の移送組のなかで、いま話題にしている時期には辛うじて数十人の生存者しか残っていなかった。彼はあらゆるコマンド、ほとんど情け容赦もない懲治中隊 Strafenbau のようなものから、それほど殺人的ではなかった機織り皮革工場や種籾選別作業まですべてを経ていた。24号ブロックで、彼はベルギー人とフランス人、この反抗的な種族を担当し、最悪の事態を避けさせようと努めていた。

彼は、ロシア人に対する憎悪感がないことでその同胞すべてと対照的だった。「望もうと望むまいと、彼らは我々の隣人なのだ。我慢せねばならないだろう」と彼はため息をつきながら言った。また、ヒトラーのあとはスターリンを打倒するための第三の戦争があるという同胞たちの見通しを断固として認めなかった(9)。

彼は大部分の仲間のカトリック的順応主義に与しないふりをしてはいたが、物質主義者であることは否認していた。彼が、大きな蝋燭を手にした、初聖体を受ける衣裳姿の息子の写真を見せに来た日、その素朴な自慢ぶりが思いだされる。彼は不寛容さを嫌って28号ブロックの隣人とはほとんど付き合わなかったが、何人かとは友情を結んでいた。フランス人がひと冬のあいだずっとスープのお代わり Nachschlag をもらえたのは、ポーランド人司祭に対する彼の仲介のおかげである。ヴァレリアン同様、彼からはまた、わが同胞はフランス語のレッスンと交換にわずかな追加食料をもらい、多くの者がそのおかげで最後までもちこたえたのである。

彼は、解放の際に取るべき措置を検討していた秘密の最高幹部会で重きをなしているようだった。ドレステラン将軍をフランス人代表として認めさせることの困難さについても、私に教えてくれた。しかし、このポーランド愛国者は、愛国心の生きた象徴たるわがド・ゴール派の将軍が体現するものが、我々にとってどんなものかを知悉していたので、収容所の共産党組織が巧妙に仕組んだ下っ端の候補を推す者たちの勧告に屈しはしなかった。ドレステラン将軍は、他の者にとってと同じく、彼にも、将軍の存在そのものから放たれる精神的な輝きによって重きをなしていたのである。

ヴァレリアンは、眼鏡の奥で、まじめで几帳面、物思わしげな様子を見せていたが、それが顔つきになにかしら重厚な感じを与え、さらにつねに内緒話を聞くかのように顔を傾ける癖がそれを強めていた。顔に職業が現われる人物がいるものだ。ヴァレリアンのはただひとつの挙措、神学校の講義を思わせるような振舞いに現われていた。彼のエレガンスは、いつも物々しいいでたちのレオンほど目立たないが、それでも縞服の着こなしには貴族の香りが漂っていた。

彼の貴族らしさは血統によるものではなかった。私は、このガリチア〔ポーランド南部〕の農民の息子の打ち明け話を、柵が縁取っている収容所の奥の狭い通路を行き来するあいだ、何度も聞いたが、そこからは火葬場 Krematorium の囲い地の林の煙で萎縮した樅の木が見えた。冬、雪がひらひらと舞い、木々をふわりと白く覆うと、彼は故郷にも似た景色を心から喜んでいた。どうしてかわからないが、彼はモーリアックの小本『ある生の始まり』を見つけてきた。私にフランス語のレッスン、いやむしろ語学演習をしてくれと頼んできたのもこの著作においてであった。ヴァレリアンは、28号ブロックのほとんどの仲間と同様、かなり流暢にフランス語を話せたのだから。

モーリアックの回想を読むと、ヴァレリアンの思い出がどっと浮かび上がった。彼はそれを正確なフランス語で注釈するよう求めた。聖体の祝日、バラの香り、吊り香炉の音、賛美歌が話題になる一節に来たときの、彼の感動した様子が思い出される。

「シオンよ、救い主をたたえよ

　賛歌と賛美歌のうちに

　　導き手と牧者をたたえよ……」

すると、鄙びた村の聖歌隊の子供の顔が甦った。そしてクラクフの神学校、彼が助任司祭として初登場した労働者街の小教区、最後は、彼の母がずっと前から帰りを待っている、あの田舎の司教館にいざなわれた……ヴァレリアンもまた、故国が侵略された直後にダッハウに来ていた。今度は、一九三九年冬に連れ戻された。もう長い四年の月日が流れていた。その五〇カ月間、彼と仲間が地獄のコマンドで耐えてきたことを、彼がはじめて語るのを聞いた。そのときになって、彼の物思わしげで、いつも少し寂しそうな様子がやっとよくわかった。

点呼広場で、我々は26号ブロックの一団を挟んで隣り合わせにいたが、フランス語を話す機会を逃さないためか、ヴァレリアンは、点検調査が長びくとしばしば我々のところへ来た。一九四五年一月の曇った明け方、そのようにしてやって来ると、もうどんなことか忘れたが、分詞の一致の規則に関する詳しい説明を求めた。私は体調が悪かったので、むしろ看護棟へ戻る手立てを考えていた。出てきたばかりなので、そう簡単にはいかないだろうし、この時期もう一度入るために必要な四〇度の熱になるとは思えなかった。

点呼が終わり、診察の代り、その反対になるようなことが行なわれる小屋の方によろめきながら向かうと、ヴァレリアンがあとを追っかけてきた。私の両手を掴むと、「ちょっと待って」と言った。なにを言いたいのかな、と思った。彼はそっと右手を挙げて、私になにか囁いたが、確信を込めて、彼が強調した最後の言葉「……そしてつねに留まらんことを」〔教皇の祝福の言葉「全能の神たる父と子と聖霊の祝福が皆さまに下らんことを……」の締め括りの語句〕を聞いてやっとその意味がわかった。

この章に付けようとした題が思い浮かんだのは、ダッハウでポポヴィッチと話しているときだった。ポポヴィッチはベルグラード大学の英文学教授で、デュアメルを知っていた。彼はことあるごとにこの関係を引き合いに出した。私の記憶しているかぎり、彼は前大戦直後、アリアンス・フランセーズのポーランド設置を推進した者のひとりだった。ヨース神父が、ある日曜日の午後、その日の憂鬱な時間割となっていた、あの〔SS監視下の〕「散歩」のひとつのあいだに彼を紹介してくれた。彼ら二人とも、同じ澄んだ眼差し、同じ宗教信仰への忠実さ、同じく誰にも憎しみを抱かない点で互いに似ていた。

ポポヴィッチは新しいユーゴスラヴィア国籍を誇りとし、ギリシア正教に属していた。彼はそれがローマカトリック教よりも、聖書に適っていることを証明しようとした。私は、彼がパンと葡萄酒の下での聖体拝領の儀式を重視していたことを憶えている。それは、宗教などとは無関係な飢えたダッハウのバベルという雑踏の群れ、いわば魅惑がないわけではない一種の陶然とした雰囲気のさなか、自由通りで議論された〔宗教的〕問題の意味そのものに係わっていた。

国王に愛着する君主主義者で、ミハイロヴィッチ〔武装抵抗組織「チェトニック」の指導者。王党・反共派でチトーと対立したレジスタン〕の断固たる支持者であるポポヴィッチは、解放直後のお互いの運命に関して不安がないわけではなかった。しかしながら、彼は収容所のチトー派の同胞に対して重きをなしており、それほど彼の道徳的権威は大きかったのである。実際、ユーゴスラヴィア人は、全体としては、チトーに対する好みを示していたが、そのプロパガンダは別なスペイン内戦の旧戦士Jなる者がスロベニアの農民たちに向けて行なっていた。化体〔聖体の秘蹟において、パンと葡萄酒の実質をイエス・キリストの肉体と血に変えること〕の問題など、Jには無関係だった。彼はマルクス主義信仰を説く機会を一時も無駄にしない教条主義的コミュニストだった。ゲオルク・ズーロヴィは国際旅団で彼の戦友だったが、首尾よく彼を同胞のブロックから出して、もっと不潔な我々のところへ住みつかせた。彼は一日じゅう、耳障りの風変わりなフランス語で駄弁を弄していた。

共産主義活動のため戦前早くから故国を追われ、彼はチトーがただのヨシプ・ブロス名だったころから知っており、強い友情で結ばれていると思っていた。彼は長い間、追放者生活を送っていたが、もしこんなにお喋りでなかったら、あの「アジプロ〔扇動・宣伝〕」組織の主要ポストのひとつを占めていたと思いたくなるが、おそらくそれはもっと話しぶりが慎重で、見てくれが熱しやすくなく、もっと控え目な仲間に委ねられたのだろう。

ポポヴィッチはデュアメルのフランス、パスキエ家と哀れなるサラヴァンのフランスが好きだった〔デュアメルに大作『パスキエ家の記録』『サラヴァンの生涯と冒険』がある〕。Jはロマン・ロランとバルビュスのフランスしか知らなかったが、やはり賛嘆していた。彼はパリで、左岸の職人のところでペンキ工として働いていた。フランスで過ごした時代、はじめて見たセーヌ河畔の古本屋、フライドポテト売りなどのことを愛情込めて話していた。ポポヴィッチの我々に対する友情は現実的で深いが、含みがあった。彼は我々の無秩序に腹を立てていたのだ。我々は彼の国王アレクサンダル一世がマルセイユで暗殺されるのを放置していたのではなかったか？　だが、Jの友情は全面的、無制限、無条件であった。

ある朝、『フェルキッシャー・ベオバハター』〔ナチ党機関紙〕が文学欄をヴェルレーヌのベルギー滞在に割いていた。ひとのいいニーコが生徒のポーランド人司祭、ランドフスキという名のやせこけた、猫背の大男に、ドイツ語から再翻訳した韻律の美しさをわからせようとしていた。

「空は屋根の上で
かくも青く、かくも穏やか……」

この哀れなるレリアン〔ヴェルレーヌ名のアナグラム〕の音楽は、バイエルンの沼沢地にあって、ずるがしこい浮浪者が集まっていたこの陰鬱な4号室の低い天井の下で、果てしなく遠くへ広がる紺碧の空へのドアを開いてくれた。前夜、鍋釜製造 Kessel コマンドの仲間が「調達した」とぼしい小型練炭が燃えていた陶製ストーブの周りで、我々は少しでも暖を逃すまいと互いにぴったり身を寄せ合っていた。

自然な連想で、レッスンに同席していたJは、ヴェルレーヌがいたブリュッセルの牢獄のことから、彼をフランスで収容した多くの監獄や拘禁収容所の話をすることになった。共和派軍のスペイン人アルバレスは、人民戦線の崩壊後、二人がギュール〔仏西国境ピレネー・アトランティック県の小村〕収容所で出会ったことを想い起こさせた。たぶん誰もが、フランコの勝利でピレネー山脈を越えざるを得なかった避難民の隊列を受け入れる即製の収容所の混乱に関して、当時起こったプレスキャンペーンを憶えていることだろう。

アルバレスは、組織の違い、要するにドイツの収容所の清潔さと、フランス、とくにギュールの収容所の汚さと混乱を強調した。

Ｊは黒い目を彼に投げかけた。いまでも彼が低い声で、いくぶんゆっくりとこう言ったのが聞こえてくる。

「フランス人が強制収容所を組織化し、秩序立てなかったことを悪く言ってはいけないな……」

明らかに、彼は迷いながらも、考えをもっとうまく言い表わし、もっと正確に表現するための言葉を探していた。やっとそれを見出すと、最後の語を強調して、こう言い終えた。

「それは彼らの〝特性〟ではない……」

４号室には、六人ばかりのスペイン人仲間がいた。「オーストリア人ゲオルクは彼らをもっと多く連れて来られたのだ」とシフィーダが、ハプスブルク家の併合政策の連続性を主張するかのように、国際旅団での推移を思い出してまじめに主張した〔ハプスブルク家は十世紀から第一次大戦まで続くヨーロッパ王家の名門。十六世紀からオーストリアとスペインの両系に分裂〕。

収容所囚人は普通、外国民族集団を判断する場合、それぞれの見解が異なる。しかし、みなこぞって、スペイン人が満場一致で共感と称賛を得るという離れ業に成功していることは認める。この共和派軍の赤組は大半が労働者と農民だった。彼らの運命はきわめて惨めなものだった。内戦終結以来拘禁されて、ピレネーのこちら側で展開されたフランス戦のあとはヴィシーによってナチに引き渡されていた。何年も前から、彼らには故国からの便りはない。赤十字の小包もない。全員がまったく見捨てられているようだった。そのうえ、ドイツ語を知らないため、彼らは苦境のなかでいっそう孤立することになったのである。

スペイン人は逆境から、尊敬せずにはいられない誇り高き自尊を得ていた。決して、彼らが嘆きわめくのを聞いたことがなかった。羞恥心がそれを彼らに禁じていたのだ。政治的対立にもかかわらず（彼らにもやはりＦＡＩ〔イベリア半島無政府主義者連盟。一九二七年設立〕の無政府主義者と共和派、社会主義者と共産主義者のあいだに顕著な違いがあった）、彼らにはなにもそのようなことは見せまいとする矜持があった。たしかに、彼らには「政治犯」しかいなかったという、誰もが知っている事実が、彼らに対するこの暗黙の高い評価を助長していたが、それでも個人的行動によってこの貴族身分から失墜することはあり得ただろう。だが、そうはならなかった。彼らはいつも、便所では席を独占しないし、お代わりの配分でも他人以上に要求しないという非の打ち所がない控え目な態度を示していた。彼らの誇り高き諦念にはたぶん、祖国の歴史に由来する偉大さがあった。ダッハウ以来、スペインの偉人英雄の話になると、私は、黄金やシルクで飾られたクローデル劇の人物よりは、あの不幸な仲間たちの誰かを思い起こすのだ。たとえば、アルバレスは、彼らのなかでもっとも話好きで熱しやすく、ときには激するが、ゲオルクのひと仕種ですぐ静かになる。称賛すべきカペラは、疲労と熱でよろめき歩いているのに、チフス患者を世話し続けていた。また感じのいい、彼らの地下活動のトップ、フィンセンテ・パラ。いつも微笑んでいる小柄で、漆黒な肌のマリアーノ、二〇歳。彼は、ときにはカスティリアの故郷の村を懐かしがっていたが、消毒コマンドの硫黄を塗った戸棚に、重い汚れた衣類の包みを、文句ひとつ言わずに押し込んでいた。それにドクター・ファン・デイク、その他多数の者……。

イタリア人に対する全般的な軽蔑心は、同じラテン民族の兄弟が受けていた評価と対照的だった。イタリアからの最初の移送は、一九四三年夏、連合軍のシチリア島上陸後だった。ドイツ人は、ロシア人の場合と同様、彼らの頭の真ん中に通りStrasseを通させていたが、この髪を二つに分ける屈辱の剃髪は徒刑囚の形相をいっそう強め、彼らをグロテスクにしていた〔この剃髪は通称「滑走路 Pister Strasse」。頭の中央を前後に三センチ幅に刈り取ったもの。これとは逆に坊主頭に三センチ幅の縞の髪を残したものが「鶏冠」〕。あとで、イタリア人数千人がやってきたが、全体として、彼らは何が起こっているのかまったくわからず、ばたばたと死んでいった哀れな連中だった。

またときどき、状況によって彼らが死ぬのが助長されることもあった。夜の警報で暗くなったのを利用して、やせ細ったあるイタリア人が、ドイツ人特権囚が藁寝床の下に隠していた干しエンドウの箱を盗んだ。明りが戻ると、後者は盗人がほんのわずかの獲物をかじろうとしているのを見つけた。彼はその場で看護係 Pfleger に盗人をめった打ちにさせた。イタリア人の腫れあがった哀れな顔は、その最後のしゃっくりとともに、長らく私の脳裡につきまとうことになる。

不当に軽蔑されたイタリア全体が結局は収容所で不運にも象徴的に現われていた。すなわち、フランス軍で戦った深い皺の刻まれた顔つきの、うち震え激しやすい本物のガリバルディ〔十九世紀イタリアの愛国者〕。夕方藁寝床に連れてこられたが、長くはもたなかった、天使のような顔の若いドミニコ会修道士。彼もまた、大きな黒い目で臨終の聖体拝領を求めた姿がいまも思い浮かぶ。そしてブレッシァ〔イタリア北部の都市〕のオラトリオ会士の忘れがたきメンチアーナ神父。その苦行僧の顔は叡智の光まばゆく輝いていた。

私の報告は事実に即しているが、不完全なものだろう。ダッハウでヨーロッパを要約していた二四の部分のそれぞれの象徴的人物を適切に語れるかどうか、心もとない。たとえば、バルト海諸国の仲間とは表面的な関係でしかなかったが、解放時、彼らは一緒にフランスへ連れて行ってくれと頼みに来た。ノルウェー人は少なかった。それでも憶えているが、あの双子の兄弟、青い目の金髪の大男たちは私のそばに来て、二人一緒にチフスで死んだ。彼らを世話していたデンマークの看護係は、数時間後同じように死んだ。なぜかわからないが、スカンジナヴィア人の体質はとくに適応しにくいようだった。ハンガリー人はその方言がわかりにくく、彼らとはほとんど接触できなかった。それに、ルーマニア人やブルガリア人同様、彼らはずっとあとにやってきた。彼らのなかで、P侯爵は、聖墓騎士団員だったという口実で司祭ブロックに受け入れられる離れ技に成功していた。噂によると、帰国後間もなく、もっと東部で彼を迎えたという新しい拘禁収容所で、類似の巧妙な手段を見つけたかどうかはわからない。この大貴族、消えたヨーロッパの遺物は我らが国が大好きで、自分の国であるかのように知っており、マルセル・プルーストが書いたようにフランス語を話していた。彼はユーモアも欠いてはいなかった。願わくば、一八の城と二万ヘクタールの領地よりも、それをずっともち続けているように！

ヨカリニスはアテネ大学教授で、あばた面だった。彼はときどき、我々を楽しませようとして『平和のラ・マルセイエーズ』〔ラマルティーヌ作〕を朗唱した。解放時に、彼は同胞と悶着があったと聞いた憶えがある。アルバニア人アリ・クッチは自分を、アレクサンダー大王の直系の子孫であると、平然として言っていた。だから、解放時、彼に宣伝相の職が委ねられたのはまったく自然なことだと思った。彼は、一九四五年春、アメリカの保護下でダッハウ解放共和国が続いている間は立派に務めていた。

私の知るかぎり、収容所の解放時、英国臣民は四人だけが我々と一緒だった。そのうち二人は英国空軍将校で、最後のころに到着した。あとの二人は、ひとりはサンティといい、見ての通り典型的なイタリア名で、ミラノから来ていた。どんな理由でこのイギリス市民が姓をイタリア語化したのかまったく知らない。もうひとりの英国王の臣民はデュラント、我々のデュラン名に対応するものだが、こちらはイギリスふうだった。彼はジャージー島生まれの無原罪聖母の献身会士〔財産を献じて修道院に入った者。世俗服着用〕で、アヴィニョンの列車の中で偽造証明書携帯のかどで逮捕されたが、これはゲシュタポが例外的にそのようなものとして摘発したものだった。書類の体裁がよほどよくなかったと思わねばなるまい。デュラント神父はフランス人に多くの友人がおり、我々には親切な態度を示していた。神父は、忠誠心から、赤の三角巾の中心に国籍を示す大文字のEを付けるという名誉に執着していたが、我々は彼を仲間に入れた。

スイスは我々のなかではボルナン牧師によって象徴されていた。それも見事に象徴されていた。この監獄付き司祭は、最悪のときでさえも冷静さと明るい気分を保っていた。ある晩のことを憶えているが、どしゃぶりの雨の中で（どこにも避難所がなかった）、彼は死刑に処せられたフレーヌの教区民のひとりの改宗を詳しく語ってくれた。最後のころ、もっとも厳しい苦難の日々、誰もが結局は、火炎放射器で我々全員が抹殺されるのではないかと真剣に考え、不安に思っていると、彼は毎晩、自由通り Freiheitsstrasse で彼の周りにフランス語の同宗者を集めて、最悪の事態になっても落ち着き、平静でいるように説いた。

通訳をしていたボブ・クレッサンスのおかげで、消毒コマンドの二人のロシア人仲間と友情を結んだ。二人はソビエト社会主義共和国連邦の忠実な市民だった。ボブはきわめて誠実なコミュニストだったので、ここにたくさんいたヴラソフ軍の脱走兵とかウクライナの分離主義者たちを私と引き合わせるようなことはしなかった。

この二人のロシア人青年はとても感じがよかった。彼らは、あとで「労働者」にされた戦争捕虜で、ダッハウに辿り着いたのは、なにかつまらぬことのためだった。そのひとりアレックスは顔に火傷の痕があり、多少醜くなっていた。彼は、故国が侵略されて召集されたときは、まだモスクワの工科学校で勉強中だった。もうひとりは、アルハンゲリスク〔白海沿岸の海港都市〕の荒っぽい漁師で、ニコライという名前だった。

彼らのフランスに関する知識は断片的で唖然とするものだった。アレックスは、ユゴー、バルザック、モーパッサンを名前だけは知っていた。彼は確信的で詳細な無神論を主張し、母が崇め続けている聖人画や迷信のことを皮肉っぽくやさしく話していた。ただ、西欧に対する無知は想像を越えていた。ボブが割り込んできたので、彼はやっとパリにも地下鉄が存在することを認めた。だがそのメリットに関しては、疑わしげなままだった。アレックスとニコライはいい仲間で、二人は最年少だったので、お代わりの飯盒を古参のあとでしか差し出さないことをごく自然に受け入れていた。嘆き呻く者が震えていると、彼らは藁布団を渡した。最後のころ、他のロシア人とともに移送のお迎えが来ると、誰もが彼らの出発を嘆いた。そこからはひとりも生きては帰ってこなかったのである。

オーストリア人とドイツ人は、外見上はなんの違いもなかった。赤の三角巾の中心に同じイニシャル（ドイツの）「D」。同じ貴族的なブロック。同じ特選コマンド。しかしながら、結局のところは、彼らをやはり一緒には扱えないという結論にいたった。

まずダッハウのオーストリア人は、ドイツ人とは反対に、フランス語を話せる者が多かった。彼ら自身、我々と会話する機会を求めていた。カマンとかシュミッツのように君主制派であれ、ゲオルク・ズーロヴィとルートヴィヒのように社会民主主義者であれ、彼らはフランス人に対し友情、それもときにはきわめて効果的な友情を示していた——国際旅団でゲオルクの仲間のルートヴィヒは、最後のころ、わけのわからない暴力沙汰で不可解にも死んでしまったが。もっとも微妙に顕著な違いは、ドイツ人は、とにもかくにも、事態に責任がある同胞〔ナチ派ドイツ人〕との連帯——おそらくは諦めてだろうが、明白な連帯——を受け入れているような印象を与えていることにあった。オーストリア人、彼らは、いかなる段階でも加担しようとはしなかった。最後の冬〔一九四四—四五年〕、ルントシュテット将軍の攻勢の際、数百人のドイツ人政治犯囚人は、一〇年前から奴隷状態を受忍していたコミュニストを含めて、結局は最後の交替に参加するためSSの懲治部隊に加わったのである。我々は仰天した。ゲオルクは、若干誇りをもって、オーストリア人の誰ひとり恥ずべき取引には応じなかったと言った。

また、クリスマスのころ、アルデンヌでこの攻勢がいったん成功すると、26号ブロックのドイツ人仲間の何人かが再び戦いの刃を向けるのを見て、我々は吐き気を催したことを憶えている。この本能的な愛国心の発作はたぶん許されるものだった。我々はほとんど評価しなかったが……ましてやオーストリア人はそうだった。

収容所の老雄、初期のドイツ人の生残りは二つの範疇にわかれていた。まず結局は、一種の漸進的な環境適応によって、残忍かつ冷酷で耐え難い性格になった者たちがいた。彼らはずっと前から、いつか自由な空気をまた吸えるという希望を失っていた。彼らは本当にそう望んでいたのか？　実際はそこに永住し、敵に加担しているようなものだった。共犯者になったも同然で、彼らは決着をつける必要はないと思うまでになっていたのだ。ペギーが言っていたように、彼ら流に「慣らされた人間」だった。ある日、そのひとりが、アルルカンのような奇妙な服でもったいぶって、我々の前を行くのを見て、仲間のピエール・スュイールが言った。

「なあ、きみ、彼らはここで得ている地位を二度とはもてないだろうな」

もうひとつのグループは、協力はしないが、日々の出来事にいわば慣性抵抗を示していた者で、一種のニルヴァーナ〔諦観、悟りの境地〕に達して、同じように人間や事物に無感覚になっていた。彼らは、長らく抑えていた怒りにかられて、突然、前者同様、仮借なく残酷になるときを除いてすべてに無関心を決め込んでいた。ヴィリーやアディのように、人間の資格をもつに値する者は、言うのもさびしいが、まったくごく少数だった。

ただし、私の意図はわが友好の地理からドイツを除去することではない。それは容易なことではない、これは断言しておこう。ドイツ人と明らかに必要な対話を始めるにはなんらかの世襲の嫌悪感を克服せねばならないとか、この民族全体の恐るべき無関心さのために被ったことや、苦難のすえ発見したことを思い出して、私が怒り狂って激しい憎悪の念にかられているからというのではない。憎悪は重すぎるし、とくに疲れた肩にとっては重すぎるのである。

フランスとドイツがいつか和解する日には、ドイツ人をもっともよく理解しているわが同時代人のひとりが語る、あの有名な一文を再読せねばならないだろう。これは、我々収容所囚人の多くが隣国に対して抱いた感情を見事に要約している。「それ〔ドイツ〕がもっとも強く執着する自然の力、強力だが暗く混濁した本能束……そこから網は怪物と宝物をまぜこぜに引き出すのだ」〔シャルル・ド・ゴール『フランスとその軍隊』(一九三八年)〕。

ドイツはいまなお我々を不安にする。なぜそれを否定するのか？　我々は長らく、あまりに近くからその怪物を見てきたのだ。今度はその宝物を眺めたいのである。

ドイツはいまなお我々を不安にするとしても、アメリカ人にはそうならない。たぶん、強制収容所にはアメリカ人がいなかったからであろう。ヨーロッパ全体がダッハウで——おそらく他の収容所でも——象徴されていたとき、新世界の兵士はひとりも強制収容所世界を経験していない。たしかに、我々の大部分がまた日の光を享受できるのはアメリカ兵のおかげである。彼らが我々に残してくれた命の重みを測れば、彼らに感謝せねばならない。しかし私にはしばしば、我々が行なわれているのを見た暗黒の科学〔医学薬学など各種の人体実験〕について、海の向こうの友人の誰ひとりも、日々我々と同じ経験を通して考える機会がなかったことを残念に思うことがある。彼らが我々の解放に来たのは、我々の苦難の暗闇の月日を覆い隠した勝利の雰囲気のなか、外部からであり、その異常事をまったく表面的に考えただけなのだ。彼らには、ナチの野蛮がはるか遠い、アッシリア人の野蛮のようにしか感じられないのではないか、と思いやられる。その点に関しては、ある世界が大海原以上に我々を隔てているのだ……。

この八月の最後の日曜日、よい知らせ、素晴らしいと言ってよい知らせがあった。情報が確かで疑われることがなかったボブが、数日前から、「フランス第一軍」の司令官ド・ラットル将軍がプロヴァンスに上陸していることを確認した。やっと！　フランス軍のことが話題になり始めたのだ。この状況を祝って、コマンドに残っていた最後の小包の最後の箱を開けることになった。ひと月後には解放されているだろうから、用心深くしていても無駄というものだった。

もちろん、仲間全員が招かれた。ひとり当たり指貫一杯ずつ、宝物の中味〔マーガリンか〕をパン代わりの、潰した籾殻の塊〔不詳〕の上に塗って差し出したが、これをゆっくり咀嚼すると、ごく少量のカロリーや微少のビタミンを失わない唯一の方法だと、その道に通じた老囚人が推奨していた。

我々のコマンドは特典を享受していた。忘れないでおきたいが、消毒のおかげだった。つまり、消毒したものを改めに行かねばなかったのだ。収容所の北端にある古い百姓家に押し込まれたが、そこには背を向けて、我々は、収容所村の囲いの中で一種の「ノーマンズランド」、自治共和国をつくったような錯覚に酔っていた。虱のため、SSが来ることはほとんどなかった。毎週日曜日は、まったくくつろいだ雰囲気だったのである。

その日、アディは、高い囲いで五メートル塞がれた、陰鬱な風景に面した窓口に腰をかけていた。アディほどよいカポはいなかった。端正な顔立ちの金髪碧眼のドイツ人、ストラスブールの彼方や、シュヴァルツヴァルトの道やバイエルンの路上など、どこでも出会うドイツ人だった。このミュンヘンの共産党闘士はフランシスコ会修道士のやさしさで輝いていた。

窓で、彼はハーモニカを吹いていた。シューベルトのリートのゆったりしたメロディが、我々の明日への希望を育んでくれた。驚くべき知らせのあと、熱狂した高ぶりが去るといつも起こるように、ずっと前からすぐ先の見通しに打ちひしがれているのに、まだここにいるのかと憂鬱になるのだった。状況になにか我々を出来事に参加させるもの、空に浮かぶ兆しを感じたかったのだが。ただ事態は平然としたまま変わらないので、冬までの解放の難しさをはかってみるのだった。先ほどの昂揚は取り戻せなかった。

「彼らはまだ強力だな」と現実派は、先月のヒトラー暗殺未遂事件後の苦い幻滅を味わいながら、嘆息していた。

他人には言わずとも、誰もが、連日、新聞でその完成が近いと予告されている、あの新兵器のことを考えていた。ネッカーエルツのコマンドから帰ってきた仲間が地下工場の巨大な作業場のことを話していた。

「彼らが兵器工場を隠すことに成功すれば……」

ヤーコプがそこにいた。彼が本当の消毒の長で、マディは補佐に過ぎなかった。しかしヤーコプはふだん監視に来ることはなかったが(やはり虱のため)、居心地悪そうにして急いで立ち去ろうとした。だが突然、秘密めかした、したり顔で、私の方に身をかがめてきた。

「スタンが13号ブロックに来るようにと言っているよ。すぐにだ sofort……」

私はこの奇妙な呼び出しは何だろうといぶかった。いつもの晩のように三時間もしないうちに、会うことになっているのに、こんなに急になにを伝えようというのだろう? 13号ブロックが伝染性の結核患者ブロックで、SSが来ないので、ジャック・マルタンの出発以後、情報の集積場所になっていたことは、知っていた。またスタンが、数日前からそこに司令部をつくっていたことも、知っていた。だがとくに、秘密めいたあらゆる集まりは危険だったので、そこには例外的な場合にしか行かない慎重さが必要であることも知っていた。

スタンはチェコ人の仲間で、ポポヴィッチのときと同様、ヨースが彼を紹介してくれた。彼は前大戦の元兵士で、外人部隊で軍務に就いたあと、軍事アタシェとしてフランスに戻っていた。

この将校は老マサリクとベネシュ〔両者ともチェコの建国運動に寄与した政治家〕に伍して故国の再生に参加していた。彼は、あのフランスへの愛になにか熱狂的なものを有する世代に属しており、かの地のあらゆる友人のなかで、もっともはっきりしたフランス好きだった。

不安だが好奇心にかられて、13号ブロックに向かいながら、私は考えを絞り続けた。そうだ、この時間にスタンはなにを言いたいのだろうか？　自由通りに来ると、歩を速めた。好奇心はますます大きくなった。２号室Stube zweiの看護係用の小部屋で、スタンが待っていた。ポポヴィッチとレオンが彼の横で気をつけをしていた。三人とも立っていて、信じられないほど厳かな様子をしていた。私はますます好奇心にかられた（このスラブ人たちは軍隊を閲兵するようにしているが、いったいなにを言いたいのだろうか、と私は考えた）。スタンがじっとしたまま、発言した。

「重要な知らせがあるから、すぐに来るように言ったはずだ。ここに来て以来、最大のものだ……」（彼は〈すぐに tout de suite〉を〈すげに tout dé suite〉、〈以来 depuis que〉を〈いれえ depuis qué〉と発音したが）。

彼の目は輝いていた。彼はゆっくりと話し、音節を分けたようにはっきりと言い、声は震え、感動を隠せないようだった。そしてこう続けた。

「パリがやっと解放された。パリは元のままだ」

沈黙が続くなか、三人とも幸福感で嗚咽していた。両脇の二人は、スタンと同様に、彼ら自身の首都は崩壊したのを知っていたのだろうが。

15　「元帥、我らただいま参上」

一九四四年六月と七月、あの数千人の混乱したフランス人が収容所に侵入して以来、その様相が大きく変わった。なにごとにも動じない最古参もそう認めざるを得なかった。当初、彼らは苛立ち、ときには憤慨したような態度を示していた。だが結局は、諦めた。

たとえば、七月一四日、コンピエーニュからの列車の囚人が押し寄せたブロックでは、朝の点呼後、一分間沈黙を守ることが平然と決められた。「こんなおかしなことをすると、どういう危険な結果になるかを理解できない者は、あのアナーキストたちのように常識がないからだろうな」とヨースが言った。たしかに、団結とか結託することは、民族的であれなんであれ、明白な規則違反の禁止事項のひとつだった。収容所村の基本的与件のひとつが囚人を、最下層の家畜の群れと見なすことであるのを忘れてはならない。実際、この最下層民が共通の考えをもち、計画的行動をしようと思いついたら、どうなるであろうか？

この国祭日の沈黙の示威運動に満足せず、フランス人は、次週の七月二〇日、ヒトラーへのテロ事件後、一時間おきに矢継ぎ早に入ってくる出来事の展開が運命の転換点を画するものとみて、どっと沸きかえった。どうしてかわからないが、その知らせが収容所に届いてきたのだ。その代り、よく憶えているのは、地下活動を掌握していた仲間たちが、21号と23号ブロックから「ラ・マルセイエーズ」が湧き上がるのを聞いて、パニックに陥ったことである。消毒コマンドへ私を探しに来たが、そこではまだ何が起こったのか知らなかった。その朝、悲壮感というものがフランス人のメンタリティから、いかに遠いものであるかを思い知らされた。ただ同時に、なぜ我々が軽薄な民族扱いされるのか、まったく理解できなかった。またそんなことを誇りにできるとも、決して思わなかった。

出自身分は多様であるにもかかわらず、フランス人は、たとえひとから厳しく扱われると、おのずから強まっていた規律無視とか投げやりな態度のために過ぎないとしても、他の民族集団よりもはるかに目だった性格の独自の集団を形成していた。まさにアナーキスト集団だ、と言ったヨースは正しかった。ただ完全に客観的であるために強調しておくべきは、このフランス人たちは、それまで収容所の古参たちが知っていたものとはまったく異なった雰囲気のなかで到着していたことである。規律は若干緩んでいた。それに、連合軍がひと月前からノルマンディに上陸していて、国土の解放は、おそらく我々が望んでいたよりもゆっくりとだが、冬までには悪夢が終わると期待させるだけのスピードで続いていた。もはや誰も結末が間近に迫っていることを疑わなかったのである。

こうした新参者のなかで、なぜ自分がそこにいるのか知っている者は多くいた。ある意味では、そういう成り行きを当然だと思っていたのだ。だが、一斉検挙の余波で人質として逮捕された者の場合は必ずしもそうではなかった。感動的だが、ときには苛立った純真さで、彼らは、誠実さが認められて、できるだけ早く解放されることを、断固たる思いで待っていたのだ。彼らの唯一の懸念は、あの進行中の厄介な軍事作戦が状況を複雑にする恐れがあるなかで、どんな実際的手段で自宅に帰れるか、ということだった。

「我々はなにもしていないのに」と彼らは嘆いていた。

これまでのいかなる前例にも、収容所機関の習慣にほとんどない措置を少しでも期待させるようなものはいっさいないと、どんなに言っても、彼らはやはり期待するのだった。彼らにはこうも言った。「少なくとも、たとえば、弾薬輸送列車を脱線させた者のことを考えてみたほうがよい。諸君は彼らほど高くつくことはないだろう。だから、そう無駄な心配はしないことだ」

以後、自由通りは、労働停止の短期間、大勢がフランス人、あらゆる立場のフランス人の群れで溢れかえった。

ブレゾには、歩行が不自由なので杖が「調達」されていたが、彼はヴィシーへの怒りをぶちまけ続ける断固たるレジスタンであっても、他の多くの者は何が問題なのかいまだ理解していなかった。上陸の成功が確かでないかぎり、B大佐は軍学校〔陸海空軍士官養成学校〕仕込みの反論不能の論拠で、その最終的な成功を疑っていたが、これがレジスタンの一派を激怒させた。それでもやはり、この小柄でずんぐり、色の黒い上級将校はよき仲間で、ヴィシー政府の青年作業所〔戦争忌避者用の作業施設。準軍事組織〕で重要な指揮を執っていたが、それは、ここで再会したこの組織の青年たちにいまなお及ぼす道徳的輝きによって認められた。Bにとって不運なのは、他の若者、マキザール〔前出、南仏灌木地帯 maquis 中心のレジスタン〕、つまり、かつて彼が「不服従者」を説き伏せたと自慢していたことを憶えている若者たちに見つけられたことだった。虚勢を張ってだろうが、Bは元帥に愛着を示し続けており、つねにド・ゴールを冒険家と見なしていた。しかし、彼が無分別な作戦と考えていたあの上陸の成功後、フランス戦が始まると、もう態度が変わっていた。

「いまやわが義務はここから逃げることだ。仲間たちに合流したい。将校たる者は、真の戦いが始まると戦わねばならないのだ（それまで、マキのことが話題になると、彼は肩をすくめていたが）。私にはポーランド人と一緒の脱走ルートがある」

誰かがこう答えた。

「逃げようとした者全員捕まったが、おまえさんも捕まるだろうよ。点呼広場の正面入口の前で、再逮捕者一団のなかでまたお会いできるわけだ。処刑前とりあえず、あそこで晒し者にされていたあの連中を見たことがないのか？《また戻ってきた Ich bin wieder da》と首に吊された札を読んだことがないのかい？」

Bは頑固だった。消毒コマンドに配属されていた仲間から磁石、革のゲートルなどいくつかの小道具を手に入れようとこだわり、イタリア人将校組の到着のおかげで、どうにかその仲間が用意してやった。そのうえ、サイズに合わせた帽子はもちろん、まだ囚人の印、あの上着の背に切り抜かれたX型十字がない民間服を「調達」せねばならなかった。装具一式が一点ずつ集まると、出発まで隠しておきつつも、Bは相変わらず、こうして渡された小道具の効能を確かめられなかった。

数日後、ポーランド人が最後になって計画を放棄したので、彼はいっさいを返却した。こうした厄介な代物を捨てるのは、手に入れる場合と同様、難しいものである。

親愛なるB大佐！　この脱走が失敗してから一〇カ月間、彼には何度も会った。彼は、最後に行なわれた大野外作業で、穏やかな植付けコマンドの人夫役を神からの追加の試練として黙って受け入れた。夕方、仲間と同様、疲れはてて戻ってきたが、それでもつねに背筋を毅然とのばして、最初の日のように元帥は正しかったと確信していた。

なにごとも単純ではない。一九四〇年六月の敗北の結果生じた大きな道徳的混乱のなかで、私は、戦いの争点を見抜き、早くからその不可避的結末を予測できる機会のあった者は、その害悪を多くは知らないか過小評価していて、未来の敗者の陣営に善意から巻き込まれた哀れなる者たちを助ける義務があるだろうと、つねづね考えていた。

収容所解放の翌日、懲りないペタン派B大佐が、サン・シール〔陸軍士官学校〕の若き中尉のように、パリから来訪した代表団の前をフランス国旗を掲げて行進するのを見ていると、これまで何度も反芻していたこの考えが浮かんできた。彼が厳しい収容所暮らしのあいだずっと見せていた尊厳の例は、たぶんこの名誉に値するのに十分ではなかっただろう。しかし、彼の態度の多少悲痛な誇りのなかに、結局はかくも見事に見通しを誤っていたという苦い後悔の念が混じっていなかったかどうか、またさらにいっそうの熱情をもって奉仕する意志がなかったかどうか、どうして知り得ようか？　私から見ると、彼はフランスを愛するすべての人びとを象徴していた。彼らが戦わなかったのは間違いだった、これはわかりきったことだ。しかし、我々、ほかならぬ我々が戦ったのは、我々が正当だったからであり、いつか……間違った人びとを鞭打つためではないのだ。

強制収容所にはよき習慣さえもある。ここに入る可能性のある者に仲間として忠告をしておこう。みずからが余計なことをして、収容所システムに固有な不都合な結果をさらに悪化させないことだ。我々にとって一時的にでも、戦いは終わったのだから、前日の感情、敵対関係、遺恨をもち続けることほど悲しむべきことはないように思われる。我々が目にした日々の光景、被った非人間的な扱いは、この制度と戦った人びとの正当性を証するのに十分足りた。したがって、いまとなって、他人を執拗に非難して何になるだろう？　ただひたすら過ちを認めている者たちを責めて何になろう？　この者たちのなかに無責任な者が非常に多かったことは別にしてだが！

この後者に関しては、しばしば無責任な親に勧められて、第三帝国の戦争行為に志願して援助を提供しにきたあの若い労働者たちの混乱と悲惨なさまが思い出される。つまらぬこと、ときには子供じみたことのために、彼らはダッハウに来て、その肩に「組織」の鉛の重しを負わされ、それで押し潰されたのだ。

看護棟 Revier の13号ブロック：ニコラ・Rは、数カ月前、「交替制」〔ナチの要請により、ヴィシー政府が採ったドイツへの労働者派遣制度〕のためにリヨンの名門リセ・デュ・パルクを出てきた。二十歳にもならない学生だった。そのかしげた頭がひ弱そうな感じを与えたために、カポの恰好の標的になった。コッホ菌が怖くてSSが来ないこの過密で危険な部屋で、彼は肺腑に残っているものを全部吐き出してしまったのだ。ニコラの父は息子の新しい配属を知らなかった。だから、息子を働きに行かせた工場にせっせと手紙を書き続けていた。政治部は平然と便りを届けさせていた。末期になると、哀れなる少年はもはや、とめどなく届く父の手紙を読む力もなく、私に代読を求めてきた。そこで彼の耳元に身をかがめて、この種の典型的な燃えるような刻苦精励の文句を読んでやったが、それをいまでもそのまま憶えている。

「息子よ、おまえにアジアの蛮族の群れに対する西欧文明防衛という壮大な戦いに、参与する大きな名誉を施してくれた人びとの期待に応え続けるのだ……また毎晩ラジオを傍受せよ。あの称賛すべきフィリップ・アンリオ〔極右でコラボの象徴的存在。のちにレジスタンに暗殺される〕の雄弁な声を聞きなさい。驚くべき演説家だ！　なんたる懲らしめの言葉で、ド・ゴール派の裏切り者やその共犯者、モスクワに金で雇われたテロリストどもを鞭打つことか……」

こんなふうにぎっしり詰まったひとりよがりの文章が四頁もあった。この手紙は、13号ブロックの若いリヨンの仲間に読んでやらねばならない最後のものだった。彼の骸骨姿は火葬場のほかの、ド・ゴール派の裏切り者やモスクワに金で雇われたテロリストの骸骨と一緒になるのに長くはかからなかった。

ある日、米軍機がSS兵舎の建物にたっぷり挨拶を送ったが、一発の気紛れな爆弾が囚人収容棟の囲いの中にある衣類品倉庫 Effektenkammer の小屋に落ちた。翌日、これらのブロックは禁足になった。整地処理班のコマンドだけが外出できた。しかしながら、自由通りに面した中庭は、コンピエーニュの最後の護送組に、やがてブザンソンの移送組が加わった群衆でごった返していた。まったく、フランス人の乱入は侵略さながらになった。

午後一時か二時のころだった。

動物園の動物のように、この前到着した囚人は隔離棟の囲いの入口の格子にしがみついて、「外で」何が起こっているのか見ようとしていた。「外で」は、なにも起こっていなかった。動かぬポプラ並木が、この七月の湿っぽい暑さのなかで無感動な歩哨のように立っているだけだった。

二週間前から四度目のもうひとつの移送組はまず、中央並木道の舗装の悪い鋪道に響く、木底のサンダル靴の音でわかった。五列縦隊の新入りたちが、うつろな顔でぽかんとして、靴が足に合わないのでぎこちなく歩きながら、フランス人が押し込められている17号ブロックから21号までのあたりをゆっくりと進むのが見られた。彼らは右へ左へと怯えたように視線を投げかけていた。そして我々の前を通りながら、「フランス人はいるか?」と叫んでいた。

多数の声がこれに応じた。厳禁命令 streng Verboten などかまわずに、誰もが呼びかけあった。ブロック囚人頭 Blockältester が激怒し、我を忘れて、頭上で脚立を振り回しながら怒鳴っていた。

「全員小屋に戻れ！ Alle in die Baracken!」

茫然とした移送組は23号ブロックに連行された。21号ブロックの窓から、今日の到着組と先週の到着組のあいだで対話の声が飛び交った。そのようにして、彼らが獄中の残党、すなわちアー城塞〔ボルドーの十五世紀半ばの城。現在は裁判所〕の鋸屑、モンリュック要塞〔リヨンの十九世紀初めの城壁。現在は警察庁舎〕の残り滓であることがわかった。護送列車は南仏からローヌ渓谷の道を辿ってきた。そこから北仏まで遡ったが、マキが何度も繰り返し列車を止めようとしたので、なにごともなく無事にとはいかなかった。

移送の構成をみると、上陸以降、フランスで相次ぎ起こった出来事で新局面が生じていることがわかった。たいていは正当な理由で、反対とか妨害工作を疑われた名士から選ばれた多数の人質や、レジスタン、非協力者に、〔ヴィシー政権の〕国民革命に熱狂する過激派が少数加わっていたが、後者は革命にかこつけた冗談が限度を超えていたのだろう。

そこでポーの司教代理、教会参事会員ダギュザンに再会したが、私は、彼が待ち受ける運命から逃げなかったことを知っていた。ベアルン地方の精神的レジスタンスの柱石だったのだから。彼の周りにはさまざまなポーの友人が多くいた。たとえば、数カ月前、元帥を盛大に歓迎した旧戦士フランス軍団〔一九四〇年ヴィシー政府樹立の全在郷軍人会合同組織〕の長。教員フォルティエ。活動的情報網を指揮する息子をもつ、七〇歳のわが老同僚シャロドー。プロテスタントの立派な人物モーリス・エストラボ――彼は、死ぬまで自分が被ったこと、さらにいっそう他人が被ったことに対して実際に抗議していたが、そのために彼は、誤って狂信者と見なされていた。グリモ知事。これに、アンダイユ〔仏西国境の国際駅・漁港のある町〕のフィリー神父が果敢に指揮していたバイヨンヌとサン・ジャン・ド・リュスのバスク人が加わるその他大勢。また同じ到着組に、リヨン市役所でドイツ人を敵にまわすことに長くはかからなかったジョルジュ・ヴィリエも入っていた。

次の日以降、大分散が始まった。大多数のフランス人はアラッハ収容所に送られたが、そこにはコンピエーニュの移送組の一部が先行していた。翌月のある日、消毒コマンドの分遣隊がそこに仕事に行ったが、虱と南京虫が受忍限度を超えて増殖し始めていたからである。ディックレロフの石切場の作業には囚人の不眠と疲労困憊ぶりの跡が残っていた。BMW工場では、伝染が民間人にまで広がる危険があった。

私はこの分遣隊に加わっていた。してみると、監獄Turmの敷居を越え、出なくなって一一カ月にもなるわけだ。隣の収容所に向かう小型トラックから、以来はじめて女性たちの顔を見て、まぶしかった。金髪の子供どもが習慣で我々に拳を突き出した。外界ではひとの生活が続いていると考えると、一種の喜びを覚えた――我々にいまは閉じられているが、夏が終わるまでには、確実に開かれることになるあの世界が。

アラッハでは、一年も前にダッハウを出たペリエを探した……だが、エルンスト知事の藁寝床のそばで精根尽き果てたわが哀れなる友を見出したのは、病人ブロックだった。解放がそれほど早く起こらなかったなら、彼は完全に「回教徒〔前出収容所隠語で死人〕」になっていただろう。彼の探るような目は私の目のなかにペリグーに戻れるという希望の光を求めていたが……この病人ブロックから、有刺鉄線の背後に収容所の付属施設が見えた。数千人のユダヤ人が押し込められているのはそこだった。恐怖の光景。虫が彼らの身体を覆っていた。彼らは他人の古着のぼろ切れしか身にまとっていなかった。うずくまって、彼らは自動人形のように、見ないようにしてそばを通る餓死寸前の回教徒予備軍に手をのばすのだった。

夕方、コマンドの帰りの集まりにでた。点呼がなくなってからは、ひとのよさそうな丸顔で鼻の突き出た、抜け目のないジョルジュ・ブリケがその周りにフランス人を集めていた。彼は本来のラジオ・アナウンサー役を取り戻し、脚立の上から、工場で拾い集めてきたニュースを真偽取り混ぜて流していた。工場での作業はダッハウよりもきついが、その代わり、規律は緩かった。その日手に入れた耳寄り情報の解説が行なわれた。収集情報は悪くはなかった。だがやはり、状況の展開が遅いのには驚いた。それでも、誰かが歌いだすのを妨げるものはなにもない。ジョルジュ・ブリケは昔の習慣に忠実で、また合唱団長になると、歌のツール・ド・フランスを始めた。だがまもなく、周りのブロックから、「静かに！ Ruhe!」の声が上がり始めた。夜になった。最後の囚人たちが寝藁に戻った。望楼の高みから、フランスに輝くのと同じ星々が、家のことや愛する者たちに思いめぐらせる囚人の夢を見守っていた。

17号ブロックの4号室のシフィーダのところで、六月二〇日の護送到着後、ほぼ全員の……たとえば、ゴント＝ロラトワール〔南西フランス〕ジェールとガロンヌ〕の者たちが、感じのいい精力的なR司祭の周りに集結することに成功していた。この小村は近辺でマキを保護していると非難されていた。事実はおそらくその通りだったろうが、このガスコーニュのテロリスムの共犯容疑者何人かは、地下活動へのあらゆる関与を〔南仏人特有の〕大きな身ぶり手ぶりで強く否定した。それでも彼らが、ある日、村の大広場に集められ、他の者と一緒にダッハウに護送されたことに変わりはなかった。みんながそこにいた。司祭と村長、教師と郵便配達人、たばこ屋と農林保安官。言うまでもないが、食料品屋や自動車修理工、村を取り巻くトウモロコシと葉たばこ畑を「経営する」地主などもいた。
シフィーダはこの陽気で開けっぴろげな南仏人を自分のところに収容していることをかなり誇りにしていた。彼らは、かつて彼がトゥルーズ、ボルドー、アジャンなどで自由奔放に暮らした青春時代を思い出させたのだ。ある晩、彼に呼ばれて検疫隔離ブロックに彼らに会いに行くと、部屋中の者が、明日のことなど考えもせずに歌っていた。彼らを何が待ち受けているのか、まだ「理解」していなかったのだ。シフィーダはガスコーニュのフォークロアはすべて知っていると思っていたのに、部屋の住人どもの歌う曲とかリフレインがわからないことに驚いた。歌詞の意味がよく掴めなかったのだ。彼らはまじめそうにこうリフレインを繰り返していた。

「元帥、我らただいま参上
　フランスの救世主たる貴様のまえに……」

その間、私はこのポーランド人に、その場にかなった、まったく臨機応変の歌に過ぎないのだと説明せねばならなかった。だが、彼は「《臨機応変の歌》とはどういう意味だ?」と、興味深そうに尋ねた。「あとで später 説明するよ」と私は答えた。
そこで私はガスコーニュ人たちにレパートリーを変えるよう友好的に勧めた。

〔作者の代わりに説明すると、「元帥、我らただいま参上」とは元はペタン元帥を称える歌であったが、第二次大戦中、国歌「ラ・マルセイエーズ」の代わりに歌われ、この元帥賛歌がヴィシー・フランスの国歌、いわば非公式の国歌となっていた。とくに北仏の占領地区では前者が禁止されていたが、南仏の自由地区では、後者が「元帥、彼ら(レジスタン)ただいま参上」や、「(ド・ゴール)将軍、我らただいま参上」などのパロディとなって、レジスタンスの歌となった。ここで南仏出身者が歌ったのが「臨機応変の歌」というのは、こういうコンテクストからであろう。元の歌詞は「フラ

ンスの救世主たる御身のまえに」であるが、レジスタンの気持ちとしては、「御身」ではなく「貴様」と考え、あえて意訳した〕

16　数名の精神貴族たち

死の列車の生残り一六〇〇人は19号と21号ブロックに押し込められていた。異様な性急さで、通常の隔離期間などいっさい考慮せず、彼らを非常に早く外部コマンドに分散させ始めた。日に数回も、ブロック指導者 Blockführer〔収容所指導者、連絡官〔後出〕の下位〕が部屋に闖入してきて、ジョルジュ・クレカンとニーコは囚人名簿を整理する暇もなかった。即刻——SSは sofort〔即刻〕と叫んでいた——その場を空にして明け渡さねばならなかった。収容所の古参フランス人は、この調子でいくと、やがて自分たちだけになり、たんに多少の故郷の香りだけでなく、励みになる多くのことどもをもたらしてくれる、あの新着の仲間たちにはほとんど会えないのではないかと考え始めた。ヨースは警告されて、わが同胞囚人すべてを出発させるがまま放置してはおけないことを認めた。収容所機構を「フランス化」しておくためには、是非ともその一定数を確保せねばならなかったのだ。

クレカンとニーコの周辺では、テールノワールとその二人の仲間、ガロとダンナンミュレールがまず囚人書記補佐 Hilfsschreiber「役を務めた」。次いで、彼らの出発後、ストラスブールのジャン・ラスュ教授が交代した。とめどなく、彼はビザンチンの歴史を語って我々一隊の士気を高めた。それは彼の特技だった。知的見地からでも食べるものが多くはないので、ビザンチンふうな〔瑣末な〕知の配給食を心いっぱいに飲み込むことにした。そのため、ケルラリウス総大主教〔十一世紀東西教会分裂の主謀者〕、パライオロゴス家〔ビザンチン支配者一族〕、カンクゼノス家〔ギリシア貴族〕などがついには、我々にとってもはやなんの秘密もない古くからの友となったのである。

ラスュは単なる博学な教授ではなかった。次の冬、看護棟 Revier ブロックで何度も会う機会があったが、結局そこで、彼は仕事を見つけていた。彼は、フレグモーネ〔蜂巣炎〕患者や腺病患者など、繊細な鼻孔をもつポーランドやチェコの看護係 Pfleger が話を聞こうともしなかった者たちすべてを進んで世話していた。毎日百人ばかりの病人の汚れた包帯を取って、古いトタンの浴槽で彼らの傷を丹念に洗ってやった。こうした作業が行なわれている部屋の空気は悪臭を放っていた。ラスュはそれに気づかないふうではなかった。ビザンチン考古学の教授は称賛すべき聖ヨハネ病院修道会〔十六世紀グラナダで設立の慈悲・看護修道会〕の会員になったのだ——だがいつもと同じように、とめどなく冗舌であった。彼は奔流のごとく言葉を浴びせて、息もできない悪臭を忘れさせていたのである。

私とラスュには、クレールモン＝フェランやストラスブール、さらにはアメリカの大学関係に共通の友人がいた。そのため我々には共感の絆が生まれ、やがて、出会ってからのちにラスュが私を加入させた「狂える知識人クラブ」にまで発展した。

私が狂えると称したこの知識人たちは当時七人だった。リーダーはフランソワ・ヴェルネ〔一九一八年生れのユダヤ人作家。本名アルベール・シアッキ〕と目されていたが、そのころはまだ、我々はアンリ・ベルナールという偽名でしか知らなかった。そこで出会った若い仲間、あの火葬場 Krematorium に向けて我々と別れていった無数の者たちのなかで、ベルナールはもちろんもっとも強い印象を残していった青年だった。彼は点呼広場に列を組んで向かうのに、深い眼差しの黒い眼と同様に忘れられないノンシャランで侮蔑的な様子をしていたが、その眼は、あの1号ブロックの寝床で瀕死の苦悶で呻吟しているあいだにひどい腫瘍で歪み潰れていた。一九四五年春解放の日と同じ、ちょうどひと月前の日に、彼はそこで死んだ。

「あなたの言う《狂える知識人》は、ここではそう悪く行動してはいなかったですよね」と、ある日整列点呼 Antreten のとき、彼は言った。

事実、アンリ・ベルナールのチームはそのリーダーに値するものだった。彼は、幽霊列車が到着した翌晩、そのグループに付けられたこのレッテルに気を悪くしてはいなかったが、そのとき彼らは極度に興奮して、ジャン゠ポール・サルトルと実存主義に関する議論で我々の耳を聾さんばかりだった。ベルナールは猛烈に暑い列車の中で仲間に対する権威を確立しており、彼のおかげで、狂気の恐怖が飢えの恐怖に加わってパニックが起こるようなことはまったくなかった。この二五歳の若き精神貴族は、「統一レジスタンス運動」の偽造書類作成部の全国責任者でノルマリアン〔文科系最高学府パリ高等師範学校生〕だが、死の列車の犠牲者が残した荷物の中に、彼の最新作、奇妙な題の小説『些かも死ぬべからざること』を一冊発見してびっくり仰天していた。最初に入っていたフレーヌで、彼は暇つぶしに独房の壁に釘で四行詩を彫りつけていたが、それをいま仲間たちが点呼広場で暗誦していた。この詩句には、フォシュ大通りやソッセ街の苦難のころの追憶とともに、ナチ諜報機関 Sicherheitsdienst の予審将校を激怒させたに違いない皮肉な微笑が見出される。

「たとえおまえの湯殿のなかで、
　わが命を落としても、アガメムノンよ、
　わが記憶では暗き夜に、

ゲシュタポの小さなスフィンクスがいる」

〔アガメムノン：トロイ戦争時のギリシア軍総大将。スフィンクス：人頭と獅子の胴体の怪獣。謎をかけて解けない者を殺した〕

あるいはまた別な詩節には、冷笑的なオプティミズム——のちには、彼にとってその反対になるが——とストイシズムが現われる。

「アジアで囚われたイギリス人を考えよ、
シュレージエンの坑夫を考えよ、
そして、おまえの苦難をはかって見るのだ
フランスはフレーヌのなまぬるき水の殉教者よ……」

冬のさなか、チフスが収容所全体に広がると、今度は、老人と一緒に機織り皮革工場に隠されていたベルナールが感染した。首尾よく彼を看護棟9号ブロックのラゴのところに入れたが、そこは下痢Scheisserei の臭気で息もできないほどだった。だが、スュイールのところに運ばれて手術が無駄とわかるまで、彼が苦悶する毎晩、仲間のひとりがやって来て、そのそばで〔ノートルダム〕憐憫修道会女のように注意深くこまごまと世話をして夜を過ごす姿を見たのは、そこだった。この行為の大変さは囚人 Häftling でなければ、わからない。つまり、自分のブロックを抜け出し、この向こうみずな仲間は、監視塔の投光機に見つけられる危険を冒して、自由通りに立ち並ぶ小屋沿いに進まねばならなかったのだ。それから看護棟に忍び込まねばならないが、これもまた困難がないわけではなく、とくに夜はそうだった。結局は、ラゴが見逃そうとしても、彼に全権はなかった。医者たちは看護棟を掌握してはいなかったので、看護係 Pfleger の連中を宥めねばならなかった。そのようなことは、収容所ができて以来、決してなかったのだ。つまり、睡眠時間の憩いを捨てて、瀕死人を見守り、伝染する恐れがあるのに、彼の方に身をかがめ、唇を拭いてやり、どこで「調達」したのかわからない甘い液体少しを歯のあいだに流し込む囚人など、ひとりもいなかったのである。そのうえさらに、藁布団は隣からは流れ、上段からは垂れ落ちる排泄物で汚れており、用心深い付添人が水もなく、もちろん石鹸もなく掃除しようとしていたが……当時私は看護棟の夜番 Nachtwache だった。事態をみたまま報告しているのだ。

このベルナールの友、この風変わりな付添人はピエール・シトロンという名前だった。より正確に言うと、ダッハウではそう呼ばれていた。すぐに彼に気づいたが、それは彼が見せびらかしていた贅沢な絹の靴下のためだった。死の列車の生残りたちは、下車のどさくさに紛れて、「私物」をいくつかうまく取り戻していた。

この絹の徽章が、逮捕前に私も何度か会った「テモワニャージュ・クレティアン」の構成員のひとり、ジェルメーヌ・リビエールによって編まれていることを知っていた。こうして、シトロンと私は最初の共通の関係を見出し、その後続くことになった。

［いまや、シトロンの本当の身分は多くの者に知られているので、これを公けにしてもなんら不都合はあるまい。シトロンとはジョゼフ・ロヴァン〔ユダヤ系ドイツ人〕のことで、現在フランスにおけるドイツ問題の最良かつ最優秀な専門家のひとりである］

もうひとつの理由で、この驚くべきシトロンは見落とせなかったであろう。彼は収容所に来て二日も経たないのに、すでに出くわしたさまざまな問題を検討し、その解決策を考え始めていた。たんに外部コマンドの移送の危険を冒さない方がよいと決めただけでなく、その六人の仲間全員がそろってダッハウにグループとして残れるよう決心していたのだ。彼がその決意をクレカンに伝えると、このブロック囚人頭 Blockältester は気の毒そうに、肩をすくめた。そして私を脇に呼んで、こう言った。「きみの友だちはまったく気がふれているよ。まだ護送の興奮冷めやらん、ようだな。立場・状況を教えてやることだ」

もちろんそうしたが、無駄だった。シトロンは母語のようにドイツ語を話していた。彼はこのメリットをどれだけ利用できるかすでに理解していた。驚くべき大胆さで、数日後には政治部 Politische Abteilung に雇ってもらうことに成功したが、これは桁はずれの無謀さだった。SSが彼の人種、彼が誰で、どこから来たのかを見破ったならば、彼は確実に、ずっと前から特権囚専用だったこの政治部展望台から、生きては出られなかっただろう。結局、彼はクラブが全員、実際最後までダッハウに残れるよう策を弄したのである。一〇カ月後、解放時になって、ベルナールだけが点呼に欠けていた。

然り、驚くべきはシトロンだ。彼が堂々たる歩きぶりでブロックとブロックを行き来するのを見ると、囚人服の体裁を多少とも見栄えよくしていたならば、彼はもう一〇年も収容所にいるものと思われただろう。だが、彼は、古着の下に一種のダンディズムを保とうとするような者には最大限の軽蔑を示していた。ダッハウで、シトロンは聖ブノワ・ラーヴル〔十八世紀、ヨーロッパじゅうを巡礼し、「神のヴァガボン」と称された放浪者〕ふうへの好みをこれ見よがしに示していた。そのため彼はときおり、正装着用の夕べ、オペラ座の窓口に現われた浮浪者が感じるような不快感を味わわされた。シトロンにとって、「正装」などなんでもないことはまったく自明のことのようだった。そのような精神状態で彼がどうやって助かったのか、不思議に思われる。

一二月の暗く凍てついたある朝――まだ五時にもならなかった――30号ブロック指導者は、囚人たちを労働コマンドへの出発が行なわれる広場の総点呼へ連れて行く前に、もう一度ブロックの前で個数Stückを数え上げていた。だが、どうしても勘定が合わなかった。囚人書記Schreiberの数と、凍えて歯をがちがち鳴らしながら整列している隊列の人数を何度照らし合わせても一致しなかった。SSは泡を飛ばして怒り、獣の周りで牙をむいた犬のように、密集した群れの周りをあちこちぶつかりながら走っていた。部屋Stubeは徹底的に調べられた。洗面所にも死体ひとつなかった。明白な事実に屈せざるをえなかった。点呼に一個が欠けているのである。触れ役がメガホンで、点呼広場からどうしたのだと怒鳴っていた。太ったSSは大粒の汗をかいていた。収容所指導者Lagerführerが広場で苛立っているのがわかっていた。きっと震えながら立っている二万人の囚人のためにではなく、時間の無駄で生産高が減ることを見積もっているからなのだ。

自由通りの角に、小さなシルエットが現われたのはそのときだった。それは見つからないように30号ブロックの中庭へ足早に向かっていた。囚人の群れから「ああ！」という安堵の声が上がった。それに、SSの喉から発した怒声が続いた。ブロック指導者はこの遅刻者めがけて突進した。一瞬のうちに彼は不届き者を地面に転がした。そして踵で踏みつけ、狂ったようにその頭を歩道に打ち据え続けた。

「ジプシーの畜生め、豚！」と彼は吠えたてた。

それから、しばらくして、点呼広場では相変わらず30号ブロックの囚人を待っていたので、彼は規則通り、犠牲者をやっと進み出した群れのあとに引っ張って行くように命じた。

しかし、すでに犠牲者は立ち上がろうとしていた。泥をたっぷり喰らわされ、水溜まりで顔を冷やされて、彼はまず膝で、次に立って起き上がった。二人の仲間の肩につかまり、彼はひどく傷ついた頭を前に傾け、目を閉じ、唇を腫らして彼らに支えられて進んだ。

そうして、我々の何人かは、シトロンがときおり、収容所が目覚める前の四時に26号ブロックで行なわれるミサに出席していることを知ったのである。だがその日、彼の冒した危険な遅刻が常識的な時間を超えて祈り続けたためなのか、それとも礼拝室の暗がりで、司祭が気づかぬまま、彼が疲労で眠り込んでいたためなのか、誰にもわからなかった。

ベルナールが「狂える知識人クラブ」の紛れもないリーダーであれば、シトロンはそのジョゼフ師〔陰の枢機卿。十七世紀リシュリュー枢機卿の黒幕〕と見なされていた。彼の権威は学生や若い大学人に対してノルマリアン〔ベルナール〕と同様に強く、その静かな勇気と彼らに見せる父親のような気遣いで畏敬の念を起こさせていた。彼は政治部や囚人事務室 Schreibstube で、彼らにコマンドを見つけてやったが、これが我らフランス人に大いに役立ったのである。知識人ではない古参も、最初は新入りたちの示す心遣いのために、また要するに、彼らの集団行動で明らかになった公平さや明るい気分や、屈託のなさに励まされて協調するようになった。子供のような顔の小柄なノルマリアン、ジルベール。ボーイスカウト精神が刻み込まれたエステーヴ。無愛想だが太くいい声のもうひとりのノルマリアン、背の高いロランソ。知的で繊細な若い白系ロシア人のイエフィーム。コーカサスの君主のように端正な顔立ちで、整列集合 Antreten の列で『若きパルク』の一節、「その運命を避け難き、全能の異邦人たる天の星々……」を暗誦していたイゴール・マルシャン。

死の列車で着いた「狂える知識人クラブ」に、シトロンは独断で、再会したレジスタンスの仲間を加えていた。そのひとりジャン＝ピエール・スュッセルは、「コンバ」運動に参加していたためにヴィシーによって閉じ込められていたエッス中央刑務所から来ていたが、その超然たるディレッタントふうのノンシャランな外見の下には、日々眼にする光景に対する猛烈な反抗精神を秘めていた。またガストン・ゴスランは、やはり「コンバ」の仲間で、危険などいっさい顧みず、レジスタン感情を公然と示してそれまでの活動を続け、逮捕理由を承知でそこに来ていた者と連絡をとるよう努めていた。少しあとで、ナッツヴァイラーからやって来たポール・テトジャンは、その名がレジスタンたちに与える影響と彼自身が収容される前にしていたことを考慮して、ゴスランの求めでクラブに配属された。ナッツヴァイラー収容所での滞在は彼にひどい痕跡を残していた。着いたとき、彼は大きなフレグモーネに冒され、歯を食いしばって耐えていた。彼の健康状態は看護棟に行かざるを得ないもので、仲間たちもそこへ行って会えたのである。

「狂える知識人」の多くはいわゆる唯心論者ではなかった。それでも、彼らに施設付き司祭、つまり若きイエズス会神父の身としての礼拝堂管理司祭が加わったが、彼もレジスタンスに積極的に参加していた。ジャック・ソメである。彼は仲間と一緒に、七月五日の悲劇の護送列車で到着していた。四日四晩、棺桶列車の幻覚的な雰囲気のなかで旅してきたのだ。彼らには絆、いわば「死よりも強い」忠誠心が育まれていた。

自由通りでは、しばしばソメ神父とベルナールの二人の長軀が並んで歩む姿が見られた。夜のスープのあと、休息時間があると、彼らの若い友人たちが一緒に歩いていた。ある日、神父が我らが虱だらけの30号ブロックにまできて、ブロック囚人頭の「黙れ！ Ruhe!」の命令後も話し続けていたため、顔面一杯に一撃を食らったとき、ベルナールの息を詰まらせるほどの怒りの爆発と他の者たちの反感で震える眼差しは見ものだった。この場面を思い出すと、おそらく不思議な予感が、死出の旅に出発する前、無信心者のベルナールにひらめかせたと思われる、あの詩句が思い浮かぶ。

「死人《しびと》の名はわが鎧かぶと、

ひそかなる絆でわれと結ばるる」

七月はこうした右往左往の熱気と喧騒のうちに過ぎ去った。そして八月も終わってしまった。この流刑地でもうひと冬過ごさねばならないという不安を、誰も声高に口にする勇気はなかった。クリスマスには家にいられるだろうと言うと冷笑する古参組を除いて、誰にもなかった。彼らはここに来て、あらゆる希望を失って久しくなるのだった。地獄びとのように、彼らは他の者たちにも希望を失わせようと励んで、悪魔的な喜びを覚えていた。

「ヒトラーは強いぞ、わかるだろう。ほら、先月、陰謀を見事に切り抜けたではないか。我々は全員ここでくたばるだろう。ロシア人かアメリカ人が来る前、そのずっと前に収容所は火炎放射器で焼かれているだろうさ」

彼らの言うことは信じなかったが、それでもなにかずきずき刺すような痛みの毒のある傷が残った。七月二〇日以来、ときには、信じ切っていた結婚のあとのようにひどい倦怠感に襲われた。その後、収容所に入ってくるナチの新聞が、パリ、マルセイユ、リヨンはもう占領されていないとほのめかしていたが、解放軍がその後は頓挫して手間取っているように感じられた。ときには、彼らが絶えず話しているあの新兵器が、結局は「他のもの」よりも早く使われ始めたのではないかと、疑い始めていた……。

遠くで鈍くうなるエンジン音や、警報のため長く鳴り続けるサイレン、多数の空飛ぶ要塞の巨大な三角形が空に輝き、ミュンヘン方向に向かう光景、その後すぐに聞こえる爆発音。萎えた士気を高めるのにそれ以上は必要なかった。まあ、この調子なら、「彼ら」はやはりもうそう長くはもたないはずだ。

四つの検疫隔離ブロックが、もう一度空になった。ふた月後にやって来た三ないし四〇〇〇人のうち、収容所にはもう数百人しか残っていなかった。他の者は、アラッハ、ネッカーエルツ、ネッカーゲラッハなどの外部コマンドに送られていた。ドクター・ラフィットやド・ニオルト、仲間と行を共にするため司祭 Pfarrer であることを明かさなかったイエズス会のド・ラ・プロディエール師が去っていったのは、こうした憂慮すべき行く先にであった。

我々はご利益がないわけではないいくつかのポストを占めていた。狂える知識人たちは騒ぎもなく政治部におさまっていた。看護棟では、マルソーがローシュに合流した。ピエール＝ルイ・ベルトーは、ドイツ語ができたため社会民主主義の仲間と知り合いになり、そのおかげでそこに入り込めた。そうして、何人かの同胞をそこに入れて、冬にチフスに襲われたときには数名を救うことができたのである。

秋の霧が湿地帯の平原から再び上がり始めた。ここに来たのは一年前だった。二年目も、火葬場にいたる奥の並木道から、5号ブロックの実験用として囚人同様に使われる兎の小屋の前に、薄紫色をした陰鬱な星状体の靄が漂っていた。どれだけの季節、どれだけの年月をこの忌まわしい雰囲気のなかで、息もつけずに暮らし、瞬時、瞬時が問題となるこの不確かな生活を送らねばならないのだろうか？

九月上旬、多くの移送組がまたもや点呼広場に溢れ、もっとも楽観的な者をも捉えそうになっていた失望感に気晴らしをもたらした。シトロンは政治部にいて事情を知るのに長くはかからず、この新四人に関する詳しい情報を知らせてくれた。それは、ナチが連合軍の攻勢を受けて撤退させざるをえなかった、ヴォージュ山地のナッツヴァイラー収容所の仲間たちだったのだ。それ自体としては、この強制退去には励みとなる側面があった。はじめて、看守たちがこれまでにはなかったような様相で我々に接することを余儀なくされていた。彼らは退却を甘受していたのである。もっとも、収容所制度システムが、このような撤退移動を行なうだけまだ順調に機能する必要があると思われていたのだ。だが彼らが、この残り滓を無用なゴミとしてその場で始末しないで、ここまで移送することが無駄ではないと判断するとは、この残り滓にどんな価値を付与していたのか？　なるほど、新着組から伝えられた最初の印象は、彼らが出てきたばかりの収容所からの立退きで受けてきたもの、つまり、夜も昼も赤い炎を吐いて、彼らにここまで付いてきた死臭をまき散らす赤く染まった煙突の幻影である。おそらく彼ら全員を煙突の煙と化する時間がなかったのだ。要するに、彼らは未処理品で、ここには執行猶予でいるだけだ。たぶん、我々も。

実を言えば、すぐに明らかになったが、我々に合流した仲間、大半フランス人は、N・N、すなわち夜と霧 Nacht und Nebel の貴族たち、我々のように手紙も小包も受け取る権利がなく、実際には最後の決着をつけたかのごとく、永久に夜と霧の中に消えてゆく定めにあった者という貴族階級に属していた。彼らの労働が少なくとも窯を燃やす石炭代に見合わねばならなかったのか？　そうすれば、彼らの火葬という明白な公衆衛生上の作戦が、ＳＳの宝物に最小限の犠牲しかもたらさないというのだろう。

次回の掃討作戦に指命されたこのＮ・Ｎ候補者のなかには、レミとその仲間が一九四〇年末からブルターニュに設置したごく初期の情報組織網の仲間、二人のル・タック兄弟、フランソワ・フォール、ドクター・ラヴエなどがいた。彼らは背後にかなりの重荷となる履歴を引きずっていた。ラヴエはすぐ医師として、志願者が稀な結核患者棟の13号ブロックに送られた。あとの三人は明らかに、移動のどさくさに紛れて目を付けられないようにしていた。看護棟の7号ブロックには、到着するとすぐ、移送中も特別待遇を受けていたドレストラン将軍とピゲ猊下が入れられた。とくに、司教には身分がわかるとすぐ手厚いお迎えが加えられた。拳骨、平手打ちの繰り返し、殴打 Schlag の特別配給。彼には、いかなる屈辱行為も免除されなかったのである。

この二人の新しい仲間とは、彼らの到着の翌日、ライヒスホッフェンの若い医学生ルートヴィヒ・ヒッケルのおかげで接触した。7号ブロックの中庭で、彼らは二人ともぼろぼろのシャツを着て、腰に毛布を巻いて話していた。それは、看護棟のお決まりの制服で、それまでの自分自身のぼろ着の着用は禁じられていた。

ピゲ猊下は26号ブロックに入れられたが、カトリックの司祭全員がすぐに自分たちの上司であると見分けた。それは当たり前のことだが、やはりこのカトリック教会の一般的秩序の単純なる現われには驚かされた。

ピゲ猊下は、自分がレジスタンとして扱われていたと知れば、驚いたことだろう。しかしながら、彼は彼流にレジスタンだった。しばしば、セザール〔十九世紀プロテスタント牧師で分派のセザール・マランのことか。不詳〕との関係で、教会は、確実に彼に報いるために惜しまなかったと言われていた。教会はつねに彼に若干の超過、追加金 Nachschlag を与えていた。しかしいまや、教会はみずから定めた寛容を越えて、強硬な態度を示している。それゆえ、クレールモン＝フェランの司教猊下は行動したのだ。ヴィシーは彼の賛意を得ていた、と思われる。だが、ヴィシーは彼に不可能事、たとえば、ユダヤ人への援助とか、警察に追われている政治亡命者の受入れを拒否することを要求すべきではなかったのだ。

ぼろ着姿の群れのなかを司教と同じ町のアジプロ〔情宣活動家〕が互いに手を組み、並んで歩くのがしばしば見られた。非公認の国家によって死刑に処せられ、元帥が減刑していた戦闘的コミュニストのガブリエル・マルシャディエに対し、善良なる牧者はごく自然に、よく知られた愛、あの「百匹目の羊〔マタイによる福音書十八章・迷子の羊〕」への愛を与えていた。ところで、解放になると、マルシャディエは前ほど友好的な態度を示さなくなった。突然彼は同志司教にヴィシー精神を見出したのである。

囚人番号一〇三〇〇一、ガブリエル・ピゲは、その品位、毅然たる態度、明るさでフランス人を誇りで満たしていた。そのうえ、彼らに、また他の者にも、彼はどんな禁止事項があっても、かの地で果たしていた任務によって生じる絶えざる危険をものともしない超然とした態度で重きをなしていた。ひとの語るところでは、彼は、26号ブロックで、ボブ・クレッサンスの友の若いドイツ人助祭の叙品という、多いに大胆さを要する難事に成功していた。この若者は手ずから塗油を受けずに13号ブロックの結核棟で死にたくなかったのだ。この静かなる反抗は、それに伴う危険とともに、司教を畏敬の念で覆い、その教皇のような挙措がそれをいっそう増していた。本能的に、誰もが眼で、なにもない指にアメジストの指輪と、縞服の上着の胸にかかった十字架を追い求めていた。

ある日曜日、午後の初めの点呼のとき、オーケストラが聞こえてきた。ダッハウでは、こういう道化ショーは稀だった。その日、ロシア人音楽家たちはユーゴスラヴィア王国近衛兵の金ぴか服を着ていた。大きなトロンボーンがその銅製の朝顔で、次の週には殺されることになる、痩せこけた音楽好きの一団を圧していたのが、いまでも目に浮かぶ。整列点呼は長く続いた。26号ブロック組の先頭の司教が隣の男と話していた。ふとした折に、シュトゥックを数えていたSSがそれに気づいて、お喋り男に平手打ちを喰らわすと、相手は仰天して、ヒステリックにしゃくりあげて涙し、急いで袖の裏でぬぐおうとした。解散後、ブロックに戻ると、彼は私のところに来て、耳もとでこう囁いた。

「さっきはあのように子供みたいに泣いて品位に欠けてしまったよ。他の、我々の鑑だった者も虐待されていた。とくに、ある男は顔に平手打ちをくらったが、彼もまた……」

それから、弁明するというよりは取り戻した明るさを見せたいかのように付け加えた。

「しかし、彼らは、〝伴奏付き〟ではなかったな」

ドレステラン将軍の到着を知って、私は突然一年半前のフレーヌに戻っていた。

「ヴィダルがデュヴァルにフレーヌで合流すると伝えてきている。知らせるように……」

私は耳をそばだてた。我らの独房の押し潰されそうな孤独のなかにも、ときおり、この種の伝言が届いてくる。それは、広い中庭で、一階の広間からその日の到着組によって知らされ、多くの善意の触れ役によって伝達される。音響効果がよいと、ラジオ・フレーヌの声が、騒然とした励みのこだまとなって上の階まで聞こえてくる。

今度はヴィダルが逮捕されたと聞いて、打ちのめされた。数カ月前、リヨンで、ロンドンから戻ったアンリ・フレネーから、私は、我々が組織しようとした秘密軍に、ド・ゴール将軍が、非占領区域に残っている現役軍の将官から選んだ軍事指導者を送ることを知らされていたのだ。フレネーはこの責任者の正確な名前は明かさなかったが、私にもこの慎重さが必要であることはわかっていた。彼は、我々が互いに指名せねばならないと思っていた人物の名前しか挙げなかった。まさに、ヴィダルである。

ゲシュタポがすでに彼を活動不能にしていたとしても、それはおそらく、秘密軍が存在感を示し始めているからだと思うと、嬉しくなった。しかし、私も知っているきわめて錯綜した状況にあって、秘密軍の指揮官がかくも早く逮捕されたと考えると、やはり不安だった。もっとも、私のことをフレネーから聞いたことでしか知らないヴィダルが、彼も知らないはずなのに、ここにいると聞かされたこのデュヴァルに伝言をすることを思いついたと知って、若干心くすぐられた。地下活動中、闘争仲間どうしで結ばれるこうした友情関係は、この忌まわしい時代の闇夜にあっては、少なからざる励みのもとになったであろう。

かくして、フレーヌの伝言の件から一年半経って、「デュヴァル」はやっと「ヴィダル」にまみえる機会を得たのである。そして前者は後者に、状況から考えて当然の、収容所のフランス人責任者の肩書を渡したが、それは、後者がここにやって来たレジスタンス運動の筆頭メンバーだったからでもある。

この権力移行は当然のことだった。そのうえ、これには、我ら同胞や他の者に、我々のレジスタンスが現実であるという感覚を与え、そのヒエラルキーのルールを、容赦なき平等主義を強いられた群れの列にまで徹底させるという大きな利点があった。

ヴィダル！　なによりも彼の深い紺碧の眼、威圧的ではあるが、優しさに満ちた眼差しがいまも目に浮かぶ。握手の強さでわかる男の活力や、提案された些細な役目を受け入れる際に自分を納得させるかのようにして見せる愛想のよさも思い出される。彼の表情には、ナッツヴァイラーで過ごしてきた数週間の疲労と、ここまで運ばれてきた憔悴のさまが浮かんでいた。彼は「コンバ」の責任者に出会って嬉しそうな態度を示していた。私は、ここにいる彼の仲間でその「反逆」に従わなかった者に対して彼が下す判断の厳しさには驚いた。よく考えると、それはまさにきわめてペギー的な態度〔前大戦で壮烈果敢な戦死を遂げたシャルル・ペギーの正義と自由を重んずる態度〕であると思った。実際、誰も、かつて自分の部下であった者、ド・ゴール大佐の配下に進んで入ったことを誇りとするこのフランス人将軍ほどペギー的な者はいない。

あとになって、彼が他国人カポの悪意のため短期間しかいなかった看護棟にしろ、フランス人が取り戻して、そこでティヨンヴィルのロレーヌ人、善良なルイ〔ルートヴィヒ〕・コンラートがナポレオン二世に対するフランボ〔エドモン・ロスタンの悲劇『鷲の子〔ナポレオン二世〕』の登場人物。皇帝遺児の影の守護役〕のように見守っていた24号ブロックにしろ、ドレストラン将軍の姿をよく見たことが思い出される。

彼にとって致命的な出来事が起こったとき、私は看護棟にいた。それは彼の性格をよく表わしていた。彼の振舞いは、前立てのついた軍帽と白い手袋姿で襲撃する一九一四年のサン・シリアン〔陸軍士官学校出身者〕と同じだった。

その日、ときおりあったように、SSの収容所監視官〔Inspektor der KZ〕大佐某が収容所を訪れた。まだコマンドに配属されていない者全員が24号ブロックの中庭に整列させられた。まったく当然ながら、ドレストラン将軍は列の先頭にいた。彼は背は低かったが、どんな鈍感な者にも見過ごされないようなふうにそっくりかえっていた。どうやら任務中のSSは鈍感ではなかったが、それよりも好奇心が強かったのだろう。彼は毅然とした様子の青い眼の小柄な囚人に尋ねた。

「おまえは誰か?・Wer bist du?」

「フランス陸軍将軍だ」

ルイ・コンラートは、将軍が独得の大胆さでこう付け加えたとさえ教えてくれた。

「いまは、かつてわが配下だったド・ゴール将軍の指揮下にある」

この答えがSS中尉 Obersturmführer に畏敬の念を起こさせたと思わねばなるまい。彼はベルリンにこの新発見を伝えたはずだ。それゆえまもなく、我らがリーダーは、調理場の後ろの、名士たちが入れられている特別ブンカーに送られた。クレールモン＝フェランの司教が数日前から先にそこに入っていた。

そこから、わが将軍は、健康上の口実で首尾よく毎日看護棟にやって来た。そのようにして、彼とはパンシュナのところで会ったが、後者は驚くほど厚かましく大胆に、SSにマッサージ師としての能力を売り込み、施していた。パンシュナが光線療法科 Lichtstation を設置していた部屋は驚くべき出会いの場になった。パンシュナが、見張り役のSSの注意を逸らすため、まるでモリエール劇の場面のごとく、その場の仲間相手にべらべらとしゃべくりまわっている間、依然としてダッハウのフランス人リーダーだった将軍と脇で話すことができたのである。

解放の日が迫っていた。それは多くの兆候でわかった。すでにパンシュナは事情通にはそれとわかる徽章を準備していた。将軍は、ブンカーに入ったとき、逮捕日に来ていた服の着用を許可されていた。このちょっとした変化は、我々を目覚めさせるどころか、そのような好意的措置が終わりの近いことのいまひとつの証拠であるという愚かな確信を強めた。

木曜日――四月一九日だった――私は、前の日々と同様、将軍が指示した場所に行った。だがはじめて、彼は来なかった。ブンカー仲間のニーメラー牧師だけがいつもの当番のSSに付き添われてやって来た。この不在を私は不審に思った。牧師と二、三言葉を交わしていると、いつもの銃声が聞こえてきた。ニーメラーが静かにこう言った。

「彼らは最後まで銃殺を続けるだろうな」

夜になって、シトロンが顔を引きつらせて、私に会いに看護棟へ来た。政治部のSSが彼に処理済みとして渡したばかりの将軍のカードには、「死亡退去 Durchgang bei Tod」という規定文が付いた丁字形十字が真新しいインクで記されていた。ベルリンから処刑命令が来ていたのだ。

この殺害に我々は仰天し、打ちのめされた。事件後、チフスの伝染病以来、収容所に広まっていた大きな混乱に乗じて簡単にできたはずなのに、我々が将軍の身分を隠さなかったことをみずからに咎めた。だが我々には、この考えは思い浮かばなかったし、ましてやドレストラン将軍には論外であったと言っておきたい。彼はこういう策略は拒否しただろうとさえ思う。ルヌヴァンのような人物だったのだ。どんな隠しだてでも、彼は大嫌いだった。策略や巧妙な立ち回りには耐えられなかったのである。素っ裸のうなじに銃弾を浴びせて恥辱的に彼を殺害した敵は、この上もなく彼には値しなかった。ジャック・ルヌヴァンのように、ドレストラン将軍は戦う相手と時代を間違えていたのだ。しかし名誉という言葉がいまなお現代世界に意味を有するとすれば、それは彼らのような男たちのおかげである。

シトロンの態度は厳しくなっていた。ナッツヴァイラーの護送組の到着以来、彼は政治部での役目を非常に真剣に考えるようになった。彼が私に直接かスュッセルを介して、名望とかレジスタンスの地位のため、検疫隔離ブロックの匿名の悲惨な状態に埋没させておかれず、注意深く見守る必要のある誰か同胞の名を通告してこない日はなかった。すでに、多くのなかから、ジョルジュ・ラピエールに注意を向けさせたが、彼は、この名の知られたレジスタンを、到着後二四時間も、極端には疲れないコマンドへ配属することができなかったことに驚いていた。

その晩、シトロンは夜の点呼後、私に話しかけてきて、23号ブロックで別の特別な身分の囚人、グザヴィエ・ド・ブルボン＝パルム公に気づいたので、それ相応に比較的安全な部屋に送るべきだろうと言った。23号ブロックへの道すがら、シトロンは、あの系譜学というおもしろい学問にどんなに熱中しているか、こと細かに説明した。そして君主制論に関する意外な信仰告白さえした。また我々が知り合いになろうとしている新しい仲間が、正統な後継者の先祖はアンリ四世にまで遡るというのに、どうして彼がルイ十四世の直系の子孫であるかを説明してくれた。スペイン王家との結婚の話までできて、23号ブロックの正面口を越えたが、そこを通して多くの哀れな手が嘆願するように収容所通りLagerstrasseに差しのべられ、我々も困惑しないわけにはいかなかった〔パルム公とはイタリア・パルマ侯家の長。これはフランス語名だが、イタリア語、スペイン語名も有する。一般にヨーロッパの王侯貴族の姻戚関係は中世の昔から各国入り乱れており、系譜学などが存在するほど複雑〕。

「彼をどう呼べばいいのかな?」とシトロンは心配した。「殿下という尊称をつけるべきだろうが、それではすぐわかってしまう」。

そこで、会話中尊称を使うと当然起こるような面倒なことを避けるため、折衷策をとることで一致した。ただたんに殿下という敬称をつけて呼び、二人称単数で話すことになるだろう。

ナッツヴァイラーの最後の囚人組の一団が折り重なったり、立ったりして、疲れ切った様子でひしめいていた部屋にはいるとすぐ、シトロンは、シノン城でジャンヌ・ダルクがシャルル王太子に向かったときのような断固たる様子で、まっすぐ大公の方に進んでいった。我らが新しい仲間は、二〇〇人ばかりの浮浪者のなかに紛れていたが、我々の申し出には感謝するが、やはりまったくみんなと同じように扱われ、自分も苦難をわかち合いたいとの返事だった。彼に履いていたぼろ靴下に替えて、消毒コマンドの靴下を一足進呈することを受け入れてもらうだけでもひと苦労だった。

オーストリアの君主制派が彼に気づくとすぐ、今度は彼らが主君の旧皇妃〔オーストリア最後の皇妃ツィータ〕の兄に同じような運命を免れさせようとした。だがどうにもならなかった。病に罹っていると感じて、看護棟に入ることにはかろうじて同意したが、ベルトルが殺害される前になんとか彼を治療した。彼はオーストリアやルクセンブルクの友人から受け取った物すべてを配っていた。最後のころになって、SSが有無を言わさずに彼を特権囚専用の土牢に連行した。

ポール・ブールジェはベルギーのアルベルト国王について語り、誰でも彼のことを考えるだけで、それだけ誠実な人間になれると書いている。ダッハウで仲間だったフランス人グザヴィエ・ド・ブルボン＝パルム公殿下を知った者はみな、彼についても同じことを言うだろう。

17　あるサマリア人

「ところが、あるサマリア人が……この人のところを通りかかり、彼を見て気の毒に思い……」
〔ルカによる福音書第一〇章―三九〕

また過ごさねばならない――そう努めねばならない――この二度目の冬にさしかかるころ、ダッハウ収容所を眺めると、気持ちが挫けそうになるのは変わらぬ陰鬱な様相の背景のためだった。なにも変わっていないように見えた。看護棟 Revier はまだ13号ブロックの向こうにその領分を拡げていないし、囚人貴族区域も相変わらず同じ場所にある。フランス人はまだそこには認められていなかった。火葬場の煙は、一〇年前からのように、ポーランド人司祭が詰め込まれている28号ブロックの並木道の奥で立ちのぼっている。唯一の変化は、昨春、カポと職工長 Vorarbeiter 用に設置された、あの売春 Puff 小屋31号ブロックで、消毒コマンドが、もう西部からではなく、東部からやって来る多数の囚人のぼろ服に硫黄をかけ続けている小屋の近くにあった(10)。

白日夢のような末期になって、護送列車がダッハウにブーヘンヴァルトやアウシュヴィッツ収容所の余剰物を吐き出すまでは、大量移送はワルシャワ・ゲットーの最後の生残りとか、ハンガリアのユダヤ人から成っていたが、この残り屑は我らが収容所には相応しくないことは了解済みのように思えたので、どうしてここに送られてきたのかわからなかった。このユダヤ人たちは、筆舌に尽くしがたいような状態にあった。看護棟の記録保管所Registraturでは、私も彼らの登録に関与していたが、ヨースはまったく無駄な作業を行なわねばならないことに苛立っていた。かろうじて数日間の命で、肋骨、骨盤、大腿骨の形を浮き彫りにした、皺だらけの灰色の皮膚の覆いが残っているだけのこの骸骨たちは、最後は自動人形のような反応でしか動けないのは明らかだった。彼らは、我々の前で、立ったまま、地面に糞尿を垂れ流しても気づかないまでになっていた。彼らのサビール語〔ごったまぜの言葉〕は、なにか音を発する力が残っていても、理解不能だった。しかし――またおそらくそれが新しいことだが――シャワー・ショーから出てきても、彼らは虫に食われた穴だらけのままだった。発疹チフスが収容所に出現したのは、彼らによってであろう。

　このユダヤ人移送と一緒に、ときどきより限定的な数の徴用労働者の護送が来た。後者のなかには、一一月にヴッパータル監獄からやって来たディラール神父がいた。彼とは、21号ブロックで再会したが、フランス国鉄の駅次長の制帽とフロックコートの古着姿だった。同じころ、マウトハウゼンとブーヘンヴァルトからは、おそらくヴァチカンの働きかけで、大半がより悲劇的な冬から救われたと思われるフランス人司祭が到着した。そのときはまた、チフスが猛威を振るっていたときに惜しみなく奮闘したドワイヤン師とド・ラマルティニエール司祭、さらにユルト〔仏南西端の小村〕のベネディクト修道会士二人とサン・シール陸軍学校付きのエノック老司祭も一緒だった。マウトハウゼンの囚人のなかでは、哀れな肉体状態でも明るい眼差しと少し寂しげな笑みを浮かべたリケ師に出会ったが、彼はレネック・サークル〔不詳〕の代表としてごく初期の精神的レジスタンスで重要な役割を果たしていた。マウトハウゼンからはシガラ司祭もいたが、彼はドルドーニュでの「コンバ」のもっとも親しい仲間のひとりだった。シャワー室で彼を見て、私は、三年前、ペリグーのコレージュ・サン＝ジョゼフの哲学教授室へ彼に「接触」しに行ったとき、どんなにつっけんどんに私を迎えたかを思い出させた。彼は私の腕に飛び込みながら、こう答えた。

「やっと会えたか！　一年半ぶりだ！」

シガラ司祭は前大戦の元将校で、他の何人かと同様、ヴェルダンの勝者〔ペタン元帥〕の保証にもかかわらず、敗北を認めなかったあのホライゾンブルーの戦士のひとりだった。さしあたり、私も少しお返しをしようと思った。

「本当に、一年半ぶりでお会いできましたね」

一年半！　なんと長かったことか！　いつまでも終わらないかのように思えた。収容所通りLagerstrasseのポプラは二度目に黄色く色づいていた。朝夕の点呼は同じ場所、同じ建物の前で、同じ儀式に従って行なわれたが、その屋根の上にはいつも、心挫ける同じスローガン「自由への道が存在する……Es gibt ein Weg zur Freiheit……」が、大きなゴシック文字で臆面もなく不快に浮かび上がっていた。

上陸戦以来、もはやフランスからはなんの情報も入ってこなかった。厚い沈黙の壁。ナチの新聞はときどき〔大西洋沿岸の〕ロワイヤン方面やサン＝マロ付近の戦闘を伝えていた。フランスはどうなっているのだろうか？　国土はまだ完全には解放されていないのだろうか？　いったいいつ、そう、いったいいつ我々自身が解放されるのだろうか？　本当にいつか解放されるのだろうか？

二度目の冬が始まるころは、このように挫折感がもっとも楽観的な者、そういうふりをしている者をも捉えていた。フランス人グループは多くが外部コマンドへ出発したために減少していたが、それでも去年の同じころよりも多かった。古参にとっては、それが励みのもとになっていたことだろう。だが重苦しい、息の詰まるような不安は同じである。小包が届かなくなってからは、誰もが前よりもはるかに飢えており、それでは言い足りないどころの話ではなかった。仲間の老人や不具者はやがて30号ブロックに移されるが、そこで彼らは、ほとんど全員が倒れるまで、言語を絶した悪夢の日夜を過ごすことになる。一般的な苦難に、さらに数多くの恐怖の光景が加わるのだ。かくして、一九四五年冬は前よりも状況がずっとはっきりした様相の下に立ち現われる。

私は、同胞のコミュニスト、ジェルマン・オボワルーを消毒コマンドに配属することに成功した。それは困難がないわけではなく、ヨース神父を巻き込んで乗り越えなければならなかった。温厚なヨース神父はかろうじて私の懇請を理解してくれたが、カポのヤーコプは簡単にはいかなかった。非共産党員（また断固たる反共）の囚人がそのような措置を要求することは——レジスタンスの名においても——まさに二人には思い浮かばない闘争の一面だった。しかしヨースは、一度だけはと、フランス人の行動に彼には思いつかない微妙なものがあることをしぶしぶ認めたが、彼は我々を愛してくれていたので、結局はいつも彼からは願いどおりのものが得られた。しかしながら彼は、この状況下では、自分が関係している機構、これもまた我々の要請をまったく理解していないことを隠さなかった。コミュニストは数カ月前から、彼らの収容所内組織を再建していた。それを考えると、オボワルーはなぜ彼らの組織を介して願いを出さなかったのだろうか？

ここで、いつも不思議に思っていた問題にぶつかる。ダッハウで、コミュニストは一九四三年以来、収容所を掌中に取り戻すことにまったく成功していなかった——少なくとも私の知るかぎりでは。彼らの少数者組織は党に属さない者には入り込めなかった。彼ら自身の国際委員会に対して誰が、また誰と誰がフランス人責任者なのか決してわからなかった。ナッツヴァイラーから来た友人たちから聞いて、優秀な仲間リネが党の指導者のひとりと見なされていたこと、またヌヴーもまた、セーヌ県会議員の肩書を考慮して、責任ある地位にあったことは知っていた。だが解放直前のころまで、彼らとは断続的で、それも表面的な付き合いでしかなかった。彼らは、ドレストラン将軍が来るまでフランス人責任者と見なされていた者の先行権をしぶしぶ認めていたのだろうか？　わからない。我らが指導者の処刑後、26号ブロックの司祭によって伝えられた彼の最後の意思に従って、私は、誰からもいかなる異議もなく、一種の総意によってこの肩書を取り戻したが、ただ彼らコミュニストが一時押し立て、私に対抗させようとした哀れな男がひとりいた。おそらく、数カ月前、この男が収容所で一種の反共民兵グループを立ち上げることを、私からするとまったくの血迷いごとと断固認めず、手助けしなかったからであろう。私が彼ら国民戦線のスローガンに魅惑されたとでも思ったのか？　時いたらば、私が彼らの思いどおりのことをするとでも考えたのか？　私にはわからない。いずれにせよ、ダッハウ収容所のフランス人は、たとえ誰を介在させても、他の者のように彼らの掟に忍従する必要は決してなかったのである。

　こうした前置きは、この状況下にあって、彼らに対する私の精神状態がどんなものであったかを理解してもらうために必要だった。一九四一年六月から、彼らはたしかに我々の活動に参加していた。いわば戦友、同志だった。まったく基本的な誠実さの点から、この同志愛を考慮すべきなのだ。上層部では、純粋な弁証法の保持者は我々の無邪気さを心ひそかに笑っているだろう。おそらくそうだろう。個人的には、そういう相手とは議論する必要はまったくなかった。私のコミュニスト仲間は活動家という下位にあった。話しておかねばならないのは、そうしたひとりの活動家についてである。私の語ることが彼をその宗教の異端と思わせることになれば（マルクス主義言語では、こういうことが正確にはどう言い表わされるのか、知らないが）、彼の思い出を裏切ることになろう。私の確信するところは、ペギーが語ったところの、あの他の多くの者のように、オボワルーは、「本当の神ではないなんらかの神のために」倒れ、「ホロコーストではないなんらかの祭壇で殺された」ということである。しかしそうは言っても、まったくなにものも、なにものも私が彼を兄弟＝同志として認める妨げにはならない。

エッスの囚人組とともに収容所に来て、オボワルーは囚人カードには、書記に ohne Religion 無宗教と記載させた。そのようにして、コミュニストたちは、最初の振舞いから囚人事務室 Schreibstube 仲間の注意を引いた。彼らだけがこの資格を誇示したわけではないが、この申告は、なににもまして、党を標榜する誰にとっても、いわば絶対に必要なことだった。それに、オボワルーにはこのルールに従わないいかなる理由もなかった。古くからのコミュニストだったのだ。彼は何度も、若いころからどんなふうにしてまず革命家、次いでコミュニストになったかを語ってくれた。育った家庭と初期教育から、彼はわが国の民衆キリスト教的伝統と呼ぶべきものに属していた。彼は前大戦をイゼール川、ヴェルダン、シュマン・デ・ダム〔いずれも激戦地〕など端から端まで、あらゆる戦地で戦った。反国家的な陰謀として訴追されたこの反戦活動家——おそらく合法的な理由がないわけではなかろうが——は、それでも二五年前、弾薬が尽きるまで機関銃を撃ち続けさせられた作戦の際に戦功章をもらうまで奮闘したのである。要するに、ホライゾンブルーの正統ポワリュ〔第一次大戦兵士。塹壕生活が長く、髭も剃れなかったことから毛むくじゃらの兵士の喩え〕だったのだ。結局のところ、彼をして確信的なコミュニストにしたのは社会的不公正拒否の態度なのである。あらゆるオボワルー型人間が、彼らほど高潔、純粋で厳しい正義感などおよそもたないような組織が動き出す日に味わうことになる幻滅を思うと、ちょっと滑稽かもしれない。しかしなにものも、オボワルーが、最終的な正義のメシア的出現を期待するなかで、他の多く者のように、一時的なものとして呈示された不公正の光景を受忍したり認めたりしたとは主張できないであろう。オボワルーは非の打ち所のないコミュニストであろうとしたのである。

チフスの症例が見つかったという噂が収容所に流れ始めると、老囚人たち首脳部は厳しい措置を取った。チフスは彼らの恐怖の的だったのだ。我らのカポ、ヤーコプ・コッホはまず収容所指導者Lagerführerから、不思議だが、彼が大いに自慢していた論拠で、火葬場の建物に設置されたガス室を、当初予定されていたほど残酷ではない使用のためコマンドが自由に使えるという許可を得た。そのガス室に、アウシュヴィッツの満杯の部屋では吸収できなくなった余分なユダヤ人を詰め込む代わりに、チクロンガスのストックを使って、そこで、我々の小屋の中庭の前に積み上げられた虱だらけのぼろ着や古着、ぼろ切れをより迅速に消毒するというのである。この最初の措置を取ってからも、ヤーコプは害虫が想像以上の速さで増えるのに気づいて、細心で微妙な仕事をコマンドの二人の囚人Häftlingにさせることを思いついた。すなわち、一日に二回、収容所のすべてのドアの把手にクレジル液を塗って、この殺人虱の意外な媒介物の危険を減じようというのである。この滑稽な責任ある使命がオボワルーと私に託された。かくして、二人とも赤い通行パスと同色の腕章を携え、片手にクレジル液のバケツ、片手に刷毛を持ってチフス王国の全領地をゆっくりと歩き回ることになった。

オボワルーは、『ボートの三人男』〔一八八九年刊の英国のコミック小説〕で、毎朝自分の新たな病気を見つける、あのジェローム・K・ジェローム〔一八五九―一九二七。英国の作家〕の作中人物に似ていた。彼は黴菌をひどく恐れ、そう思い込んでおり（私は彼の信念に同調しないが）、医学や投薬、煎じ薬、水薬、軟膏、丸薬などに、おそらくいつでも、あらゆるディアフォワリュス〔モリエール『病は気から』の医者〕やクノック先生〔ジュール・ロマン『クノックまたは医学の勝利』の医者〕を大金持ちにする、あの種の尊敬、盲目的崇拝を表明していた。率直に言って、彼がこの役目を受け入れたのは大いに勇気の要るところだが、ただ大きな利点もあって、毎日、収容所に分散している仲間、とくに看護棟 Revier の仲間に会えることに気づいたからでもある。そのほか、つまり感染の危険に対しては、彼はおもしろおかしく用心していたが、実際はやはり、多少は幸運の星、まあ誰もが願うように神頼みをしていたと思う。

あの短い背広と称されるパルトー〔短外套〕のひとつを着て、彼は絶えずあちこちを動きまわり、ある者に他の者の伝言を渡したり、どこかで死にかけている誰かに友の注意を促したりしていた。伝染病が頂点に達すると、彼は多くの下痢患者に、部屋管理当番 Stubendienst にわからないようにどこかのブロックの片隅で、かすめ取った床几の脚を適度に黒こげにして作った木炭を配り始めた。それをパルトーのポケットに詰め込んでいたので、彼はいっそうおかしな恰好に見えた。病人にその薬を飲むように勧めていたが、必要な場合とか、相手に飲み込む元気もないときには口を開けて、入れてやっていた。この原始的な薬のおかげで、多くの者がなんとか切り抜けられたのである。私の場合もそうだった。

みんなか、ほとんどみんなのように、私も結局はチフスに罹ってしまった。ある朝、26号ブロックの礼拝室を出ると、スランジュ・ボダンが雪の中で私を抱き起こし、肩に担いで整列点呼 Antreten へ、次いで看護棟に運んでくれた。おぼろげにだが、3号ブロックの、ルクセンブルク人のアレックスが看護係になっていた部屋に入ったことを覚えている。そこには、重症の二人の司祭がいた。ドゥアルネのカリウ司祭とサン＝ブリユのバレ司祭である。三人目は、ランスのミヨ司祭で、危篤状態と見られていた。ドクター・アンドレ・ボーンは、腫瘍で脚と腕がぱんぱんに脹らんでいたにもかかわらず、この部屋の志願医を買って出ていたが、そこからは通常の看護係 Pfleger で、クラコヴィッツの理容師見習いが、入口のドアに「〔死の〕危険注意、チフス Lebensgefahr, Typhus」という、いつもの愉快な骸骨印がついたお決まりの札が掛かっているのを見て職場放棄、すでに逃げ出していた。

その後のことで覚えているのは、どこまでも続く井戸の底へ目もくらむほど真っ逆さまに落ち、すぐにその仕切り壁をなんとかしてよじ登ろうとしたこと。次いでときどき明かりと、私をのぞきこむ友人の顔の心配そうな微笑みでとぎれとぎれになった、果てしなき夜である。ドクター・ローシュ、青春時代の友、親愛なる教会参事会員ダギュザン、ラヴー、ベルト、小柄なフュリ、そしてオボワルーが見守ってくれていたのだ。

危機的状況が過ぎると、私は意識を取り戻し始めたが、忌まわしい床ずれのためちょっと動いても耐え難く、じっとしていなくてはならなかったので、オボワルーがなにかしたいことがあるかと尋ねた。私は大したことは望まなかったのだろう。そこで、彼が思いついた。

「毎朝礼拝室に行けなくて退屈だろうな?」

「……」

「とりあえず、こうしよう。そこに行けるようになるまで、ぼくが代わりに行くことにするよ。そこで三〇分じっと立っていよう。代役を引き受けるが、どうだい……」

かくして、次の日から、26号ブロックの司祭たちが驚いて目にしたのは、消毒コマンドの有名なフランス人コミュニスト、オボワルーが聖櫃の前で、離したことのない芥子色がかったパルトーを着て、ポケットにはお助け木炭を詰め込み、クレジル液のバケツを足下に置いて、友情の歩哨に立つ姿だったのである。

「太いゴシック文字で、あのいたるところで見られる文章のいくつかが浮き出ていた」
立派な囚人としての規律徳目を遵守することが「自由への道」として示されているゴシック文字の掲示版を読む囚人たち（ユダヤ記録文書センター）

「24 号ブロックの狭い見通しの果てにある、収容所の並木通りの端に、火葬場の煙突が……」
ダッハウの火葬場に通じる並木道（ユダヤ記録文書センター）

18　人はパンのみにて生くるにあらず

この一九四四―四五年の冬は、ダッハウの古参たちに、カテゴリー上位の収容所、マウトハウゼン、アウシュヴィッツ、ラーフェンスブリュック、ノイエンガメ、その他同クラスの収容所の仲間の前で、そう極端に屈辱感を覚えなくてすむような尊厳を与えた。それまでは――もちろん、収容所に残れるだけ比較的幸運に恵まれた者についてだけが――体制は厳しく、それも非常に厳しかったが、まだ気力をほとんど元のまま保っておれる程度に体力が残っていた者には耐えられる限界内にあった。だがチフスが収容所全体に拡がると、別問題だった[11]。

個人的には、ＳＳが故意に伝染病の拡がりを放置しておいたという説には承服しがたかった。彼らがこれほど非道なことを考えつき、実行することができなかったというのではない。彼らが同じような非人間的な残虐行為、サディズムを犯したのは見てきた――ただたんに、チフスの事態はまったく普通に生じたと思えたからである。

ロシア軍の東部進攻のため、ダッハウには、当初はアウシュヴィッツ、つまり即時即決の絶滅の運命にあった多数の哀れなる者たちが運ばれてきた。かくして秋の終わりごろ、なぜ、どうしてまだ生きているのか不思議に思えるようなハンガリーとポーランドのユダヤ人の残余が、密集した列をなして我々のところへやって来た。ヨースが私に手助けを求めてきた記録保管所 Registratur においてにしろ、とくに、ごく稀に生き残った者しか来ない看護棟付属の小さなシャワー室においてにしろ、この護送組を近くから見てきた。そのような光景を前にすると、まるで狂人の世界に落ち込んだような気がした。ある日、この亡霊たちが糞尿でべとつき、害虫がうじゃうじゃしている地面にわけのわからぬうめき声を発して崩れ落ちるさまをあまりに多く見て、私の作業仲間は神経発作に襲われ、鎮めてやるのに大変な苦労をしたのである。

それまでは、誰も、収容所入口にある大きな建物でシャワーをかけられ、クレジル液を浴びるまでは、検疫隔離ブロック、ましてや看護棟には行かなかった。一九四四年一一月から、どうしてかわからないが、たぶん組織のあらゆる歯車が狂いだしたため、こうした衛生問題を統御していた厳格さがきわめて不潔な混乱状態になり代わってしまった。私からすると、そうしてワルシャワやブダペストの虱保菌者が我々にチフスの贈り物をして、最後の五カ月間、ダッハウ収容所を絶えざる恐怖の幻影世界に変えたのである。

チフスが出現すると、収容所の古参たちはパニックに襲われた。ＳＳの方は、この病気にかかる心配はほとんどなかったが、次第に監視に来なくなった。大半が先月に到着した囚人は、放置されて、看護棟に侵入してきた。結局、仕方なく15号ブロック、次いで17号、最後は19号と21号も加えねばならなかった。急速に、収容所の半分、東側全体が死者の王国と化し、生者の世界との隔たりは収容所通り Lagerstrasse の道幅だけだった。さらには、西側の30号ブロックも急速に汚染されたことを言い添えねばならない。老人や不具者が押し込められたのはそこで、大半がフランス人の彼らは、死ぬまで想像を絶するような日々を経験することになったのである。

赤い腕章のおかげで、オボワルーと私は30号ブロックで、さきの護送は免れたが、やはり同じように悲惨な運命を味わうしかなかったわが同胞に会うことができた。彼らのなかには次の者たちがいた。ポーの昔の同僚で、息子が組織網を指揮していたジョルジュ・シャロドー。カーンの不屈の代議士カミーユ・ブレゾとその無二の友でモンティニー・レス・メッス町長フェリクス・プピヨン。またピエール・スュイールが、理由がなくはないが、尊敬を込めて「ムッスィユー」ペトネと呼んでいた者と教師ジョルジュ・ラピエール、アルベール・シャンソン大佐。その他、名前は忘れたが、哀れな苦痛に満ちた顔で、手を差しのべて哀願していた多数の者。ブレゾには守り役がいた。あの「人助け」の好きな人種に属するルグリという、カーンのパン屋だった。彼のよい習性はダッハウでも変わらなかった。彼はノルマンディ人の護送組と一緒に来たが、そのなかにはとくに、リヴァロの公証人やファレーズ町長、ペイ・ドージュの主任司祭、ラニエ司祭などがいた。ルグリは代議士の運命の個人的責任者を自任していた。この資格で、まったく無頓着に、呪わしい鉄条網をくぐって、ブレゾに手に入った物、普通は間食 Brotzeit から取り置いていた物を持ってきた。

ある日、ルグリはブレゾ用に温かい下着を求めてきた。そこでなにか毛織物を見つけようとしたが、そう簡単にはいかなかった。それはまず、どんなに親切であっても、カポはどの古参とも同様、非常に用心深く危険度を測るからである。いくつかの試みは、消毒に出した古着が戻ってこないと文句を言っていた衣類置き場 Effektenkammer のカポとのあいだで、危うく失敗しそうになった。それでも、なんとかセーターが見つかった。そこで勝ち誇ったかのように、オボワルーと私は、この種の作戦のための完璧なカムフラージュ戦術を守ってそれをブレゾのところに持っていった。とても寒かった。30号ブロックの中庭で、ブレゾは、まるでまだ点呼の四列縦隊にいるかのように、たぶんそう思い込んでいたのだろうが、低く押し殺したような声で議論していた。彼はプレゼントの素晴らしさに面くらっていた。だがおそらく、そこにいた仲間のひとりの目の中に読み取れる苦悩と羨望のさまに気づいて、超然としてこう言った。

「それは彼にやってくれ。彼は七二歳だ。私はまだ六八歳だから」


看護棟 Revier の情景――ある日の午後、いつもの作業を中断した。13号ブロックに繕わねばならない結核患者の藁布団があったのだ。そのため、洗面所 Waschraum の片隅に座っていた。しょっちゅう病人が行き来していた。彼らは水一杯の水盤に平然と唾を吐いたが、そこではあとで他の者が飲んだり洗面したりするのである。オボワルーはこの不潔不衛生さに憤慨していた。

ドクター・ラヴエが聴診器を胸にかけてやって来た。13号ブロックが担当だったのだ。彼もまた――その政治的信条はオボワルーとは正反対だったが――気さくな皮肉屋で、ここではこの方が重大だが、率直な物言いをしていた。もっとも、それがのちにはマイナスとなり、ある日看護棟のカポが苛立って、もう二度と顔を見たくないと断固決心して彼をアウクスブルクのコマンドに送ってしまうが。今日彼の怒りは、気胸を治療する際に加わった看護係 Pfleger が患者のひとりの胸を取り違えたからであった。健康な方を手術したのだ！　誰も知るごとく、収容所組織の技術は、あり得る国際赤十字の監察に備えて、良好な医療衛生システムの外観を保っておかねばならなかったが、実際には赤十字が来た試しはなかった。

13号ブロックでは、二人のフランス人仲間が、病は重いが、献身と寛大さを発揮しており、オボワルーと私もその恩恵にあずかった。ひとりは社会主義活動家のブルゴーニュ人、ボーヌの印刷工ドゥヴヴェで、同じ社会主義者のマルロがよく会いに来ていた。もうひとりはボルドー近郊出身のコミュニスト、サイヨである。しばしば彼らは特別食 Sonderdiät――ごく稀な特権囚用の、あの驚くべき乳性混合物――の追加 Nachschlag をまわしてくれた。サイヨとドゥヴヴェは、彼ら同様重病で、同じく寛大な若いピエール・ボヴリの世話をしていた。

9号ブロックのドクター・ラゴのところでは、三つの寝台に、二つの汚れ藁布団に五人ずつ、ときにはそれ以上の割合で下痢 Scheisserei 患者の一群を集めていた。五分間でも、ラゴのところにいたことのない者は、その醜悪な光景、とくに悪臭のひどさがわからない。オボワルーと私がそこの敷居をくぐるには、大いに勇気を必要とした。ラゴはむっとする臭気も気にせず、見かけ上は部屋の汚染にも無頓着のようだった。彼は病人に対して荒っぽい優しさがあり、彼らの背を親しそうに叩きながら、「どうだい、相棒 mon petit」と呼びかけていた。この病人たちに便所に行くだけまだ体力が残っていたとき、彼らが我慢できずよく床に垂れ流し、嫌悪を催させることがあった。万聖節〔一一月二日〕の朝――その日は雪が降っていた――哀れなファイヤが最期のしゃっくりをして、あの世に行ったのはラゴのところだった。末期を予感したのか、彼は苦悶の渋面を浮かべた。すでに目はどんよりとし、私の手の中の手は汗ばみ、うめく声でこう言った。

「ユゼルシュから戻ると目にはいる、左手の栗の木の後ろにあるセラックの鐘楼をもう見られないなんて、それに稜線の樅の木も……」

ドクター・マルソーは我々のあいだでは伝説的人物だった。誰もが彼は、いわばダッハウに志願して来たことを知っていた。たしかに尊敬に値する行ないだ。ずっと前から――ごく初期のころ逮捕されたのでそうなのだが、マルソーはコンピエーニュ収容所の看護室を取り仕切っていた。ある日、彼は移動不可能と考えた病人の出発に反対した。

「では、代わりにおまえが行け」とSSが怒鳴った。

それが実際は、マルソーがSSにうまく仕掛けて、結局は自分の意思を通したと、喜んでしたことだった。彼が勝ったのだ。たしかに普通ではなかった。それにひどく勇気のいることだった。7号ブロックでは、彼は、のちにチフスで死ぬオランダ人のドクター・クレディットと一緒に丹毒や疥癬患者を診ていた。最後のひと月前、我々はあるとき、マルソーにとって最悪の事態を恐れた。だが彼のような硬骨漢はそうやすやすとは倒されなかった。

大きな苦難の日々に、我らがフランス人医師たちはどんなに我々を誇りで満たしてくれたことだろう。当時、看護棟 Revier を牛耳っていた大半の他国人は、いくつかの例外を除いて、次々と逃げていった。我らが医師がその場に相応しいしかるべき態度を示したのは、そのときである。それまで軽蔑されて、ブロックの看護係 Pfleger 以下の列に追いやられながら——もっとも、そのことが、薬もなく体温計もなく、どんな予防措置もないまま状況が悪化するなかで、彼らが治療していた者との共通の運命を被ることとは別な利点はもたらすことはなかったが——彼らは全力で伝染病に対処し、決然として疲れを知らず、無謀なまでに大胆にあらゆる面から真正面に取り組んでいた。彼らのうち、一三人が数日間で死神に連れ去られた。彼らの思い出に忠実でありながらも、残念なことに、死者と生残りが混ぜこぜになって、全員の名前が思い出せない。ピトン、シュミット、ラールベレット、デュクルノ、アロ＝ボワイエ、ベッタンジェ、プランシェ、ロスト、ミシェルなど……また、ほかの医師たちがどんなふうにして生き残れたのかも不思議だった。ボーン、グード、ブルイヨ、ペロー、ジル、ル・バセール、フルニエ……。

3号ブロックでは、今度はラヴエが重症で担ぎ込まれていたが、ボーンが大きな腫瘍と疲労困憊にもかかわらず、若い医学生フィリップ・トゥレーイユに助けられて、藁寝床から藁寝床へと身を引きずりながら、アルテュールが「調達」したごく少ない薬を投与していた。外科棟と称するブロックでは、ピエール・スュイールがフレグモーネ患者に対処し、ときにはあり合わせの原始的手段で切断せねばならなかった。憔悴していたにもかかわらず、何度も繰り返して、彼は回復途上のチフス患者に輸血を申し出ていた。ミシェル・ローシュはフランス人医師団の最年長で、前年春ブーヘンヴァルトから来ていたが、手術の実施調整に努めていた。彼は看護棟の小屋から収容所の小屋へと、落ち着き払って、しっかりした足取りで静かに、元気よく行き来していた。毎朝、その日のミサの聖体を持ってきてくれたのは彼だった。最期が来たと思い、私が家族宛の別れの言葉を託したのは彼に、である。「〔死の〕危険注意、チフス！ Lebensgefahr, Typhus!」。生涯、私は冬中を過ごした、この3号ブロックの3号室を忘れることはないだろう。忌まわしい冬。西部戦線の情報がまったく悪くなっている。アルデンヌでのドイツ軍の反攻は、何人かのドイツ人仲間を奮い立たせたが、囚人全体を絶望感に陥れ、すぐに致命的となった。収容所におけるバストーニュ〔アルデンヌの高原にあるベルギーの町。一九四四年のアルデンヌ攻勢の激戦地のひとつ〕は、戦場よりも多数の人命を奪ったのだ。信じがたい噂が流れた。ＳＳが最古参の囚人から成る戦闘員部隊の結成に成功したという！　実際、仲間が軽蔑的な眼差しで見守るなか、縞の制服を灰緑色の軍服と髑髏印の付いた軍帽に着替えた古参のカポや職工長Vorarbeiter、ブロック囚人頭 Blockältester たちが数時間歩き回る姿が見られたのである。

一九四四年のクリスマス。チフスはまだ正式には通告されていなかった。穏やかな笑みをたたえたドミニコ会の若いモレリ神父が重症になる前（危うく命を落とすところだったが）、ローシュのところで忘れがたい深夜ミサを挙げに来た。粗末なコップが聖杯の、薬箱の蓋がパテナ〔聖体を置く小皿〕の代わりになった。我々のひとりが、不安げな顔で周りを見張っていた。午後は、26号ブロックのフランス人司祭ですし詰めの部屋で何曲か歌おうとして長びいていた。オボワルーも来たが、彼もやはり子供時代の賛美歌を忘れていなかったのだ。片隅にある、二列の寝台の骨組みのあいだに、あまり場所を取らないように、死んだばかりのアンダーイユのシモン司祭の死体を立たせたまま押しやった。

伝染病がもはや誰にも疑いようがなくなると、まず3号ブロックに隔離しようとした。長くではない。二人ずつ、フランス人司祭が危険も顧みず、もちろん規則を無視して出て行き、病人が二度と出てこないブロックに閉じこもり、身を挺して医師を手伝い、司祭の使命を果たしていた。1号ブロックでは、マルセイユのコミュニスト、ルイ・オーギュストが、彼もまたモランのように、慈悲の修道女のごとき献身を捧げていた。小柄なメロがエスパルシュの枕元を離れたのは、人間らしい最後の行ないとしてやさしく彼の目を閉じてやってからだった。

しかし、やがて茫漠としたときがきた。もはや物ごとの明るい形象と悪夢の区別ができなかった。しばしば、現実は悪夢を越える。あの藁寝床の隣人が、SSがリストアップに来た金歯を荒療治で抜かれる夢を見て夜中にあげた恐怖の叫び、あれを聞いたのは夢だったのか？　あのやさしく親しい影――ベルト、ラヴー、小柄なフュリ――が私の方にかがんで、冷たい骸になってはいないかどうかと足先に触ったのは？　昨日、あの手押し車がナンシーの若い仲間を輸血に運んでゆき、空っぽで戻ってきたが、うまくいかなかったことは本当だったのか？　それでもいまは、その場の判断でやる、こういう手術の危険を受け入れざるを得ない。飢えの真只中で、火を消さないよう陶製ストーブに投げ込まれるあのパンの塊は？　本物のパンの塊だったのだ。なぜ、ここからすぐのところに犇めいている多数の飢え死に損ないどもに取っておいてやらないのか？　汚染されているのだ、と看護係Pfleger は答えた。錯乱して、善良なニーコと小柄なルーが収容所の囲いの電線鉄条網に飛び込もうとしたのは、夢で見たのか、本当だったのか？　雪の中で半裸の彼らを間一髪で取り押さえたのではなかったか？

　夜明け。窓ガラスの向こうに日の光をまた見たときの名状しがたい喜び。光だ！　太陽だ！　それから、自分の周りにいる、試練を乗り越えた友の顔を一人ひとり見るのだ。彼らも同じ揺るぎない意志で、〔絶望の〕井戸の仕切り壁にしがみつこうとしたに違いない。不屈のラヴエは相変わらずそこにいた。こちらには、ピエール・オルヴァンだ。彼は緑がかったおかしな顔になっていた。次に恐ろしく痩せこけたゴダールと、この暗闇への旅の前には、夜はもたないだろうと言われたアルヌーもいた。イエズス会の老司祭は七二歳、象牙色の顔でロザリオの祈りを唱えていた。彼は透けて見える指のあいだで大きな数珠を転がしていた。

　アルテュールが、物入れに隠していたマルセル・アルラン〔一八九九―一九八六〕の薄汚れた『フランス詩選集』〔一九四二〕を持ってきてくれた。このうえない宝物。いまは、この種の患いのあと、記憶力を失うことがあるかどうか確かめるときだ。感激。『神の年の御恵みの冠』〔ポール・クローデルの宗教詩篇、一九一五年〕の覚え直した詩節を互いに暗誦して、えも言われぬ味わいを再び見出した。

「終わった。神はなんと偉大で、生まれたことはなんと素晴らしいことか！」

　フランシス・ジャム〔一八六八―一九三八〕はまた我々をその〔ピレネー山中の〕奔流の淵へと導いた。

「九月は、風があるかどうか見るために、
　と角帽をかぶった学者たちが説明する……」

また親愛なるマルスリーヌ〔バルザックとも親交のあったというロマン派初期の女流詩人デボルド＝ヴァルモア・マルスリーヌか？『哀れな花々』『花束と祈り』などの詩集がある。不詳〕も我々を感動させる。

「行こう、行こう、〔花を〕むしり取られた冠をかぶって
あらゆる花が甦り咲いている父の庭へ……」

さあ、がんばれ！　なにも失われてはいないのだ。人生は美しい。

私の最初の外出は、よろめきながらも、藁寝床からアルテュールのいる片隅までの一〇歩をひとりで越えることだった。その日、彼はまだジグマリンゲンで出ている新聞の最新版を手に入れていた（アルテュールは第一級の「調達人」だった）。そのひとつがふと目に入った。「フランス」と題されていた。かなりの扱いだ。第一面の二段抜きの巻頭記事が私の注意を引いた。「十字架と鎌とハンマーの恥ずべき結託」。作者F司祭は古い知人のひとりだが、そこでは「元帥付き司祭」を自称していた。彼はパリの政府を構成したド・ゴール派とコミュニストを指弾していた。まったくの狂乱。まだ一九四五年三月の初めなのだから。読み続けると、興味深くも、私の過去の活動が怒りと復讐の言葉で言及されていることに気づいた。かくして、私はまたもや政治との接触を取り戻したのである。

自分が腹立つよりは悲しくなるような記事でそのように告発されていることに、なにかしら誇りを感じた。正しい道を選んだのは――やはり！――我々であるという確信において、あれほど大きな間違いをした者に対して、私は寛容の念で一杯になるのを感じた。この感覚はずっと続いた。このときから、復讐とか遺恨は無益で害をなすように見えた。かくも悲劇的に引き裂かれ、みずからに対し分裂させられたわが国では、再建すべき多くのこと、復興すべき多くの建造物があり、戦争の結果正し

いとされた者にはひとつの自明のことが課されているように思われた。知っていながら、危うく国を恥辱のどん底に落としそうになった「一握りの裏切り者」とナチ・ドイツの破滅に裁きが下されたいま、勝者は寛容な態度を示し、あまねく和解を宣言すべきだったのだ。サン・テグジュペリのように、私はつねに粛清「神話」が大嫌いだった。

ここで熱っぽい声がこう囁く。「そうすると、仲間の思い出、おまえのように危機を脱する運がなかった者たちの思い出を裏切ることになる」。

「いかにも。だが死者を裏切りたくもないし、その苦しみを利用することなども考えない。しかし、私が目にした死者の誰ひとり私に復讐を託さなかったのだ」

3号ブロックの4号室Stubeに、私はしばしば仲間で、オボワルーの友人だが、前世代の老人Sを訪ねていった。この老革命家はジョレス〔一八五九―一九一四。フランス社会党の指導者。第一次大戦勃発の前日に暗殺される〕を知っており、大戦前、ジロンド県の鍛工・造船所で見習いだったとき、英雄的時代のストライキ、「三つの八」〔労働・睡眠・休息の各八時間〕獲得闘争に参加していた。はるか昔のことだ！

彼は短髪頭の下に、全国遍歴の老職人の見事な顔、深い皺、赤銅色を残していた。その眼は澄んでおり、声はベーグルやラバスティッドの集会でよく聞かれたが、とても弱々しくなっていても、歌うような抑揚のある訛りをとどめていた。彼は川沿いのある小郡庁所在地で小さな修理工場を経営していた。戦争初期に、ヴィシー警察がやってきて、まずアーの要塞、次いでエッス中央刑務所に閉じ込め、そこにゲシュタポが受け取りに来た。ひとつのことだけが、彼の関心事だった。戦争の情報である。ある日、ひと切れのパンを渡されると、彼はこう言った。

「もっといいコミュニケの方がいいな」

回復期を利用して4号室で看護助手 Hilfspfleger 役をしていると、ある朝、S老が私を傍らに呼んだ。喘息で長くは話せず、そのうえ、明らかに最期を迎えようとしていた。彼はこう言った。

「きみはうまく逃れられるようだから、私の最後の願いを託したい……」

私は反論し、ありきたりの嘘を並べ立てた。少なくとも、見事な信仰告白、彼をそこまで追い込んだ者たちが罰せられることを確信させるような命令的な要請を期待していた。だが会話はすぐに別な展開をした。

「私の家に行って、妻と娘に死の寸前までおまえたちのことを思っていたと伝えてほしい（ここで息をつぐために小休止）。それから、二人を、庭の真ん中の散歩道の右手にある三番目のプラムの木の下に連れて行き、一メートルほど穴を掘ってもらいたい。そこに、娘が結婚する日に必要なものがあるから」

復讐の話を聞くと、いつもS老のプラムの木のことを考える。庭の真ん中の散歩道にある、右手の三番目のプラムの木。

19　二つの教え

「私はいつもなにごとも真剣に考えた。そのため思いがけないことになった。
我々は学校の先生の教えをまるごと信じ、司祭の教えもまるごと信じた……」
（シャルル・ペギー『金銭』）

私は見たことをありのまま語っている。証人としては仲間がいるが、彼らは全員が死んだわけではないし、現実とそぐわない形で描けば、私はペテン師呼ばわりされるだろう。だが、そんな恐れはない。我々が経験した冒険譚がときにはエピナール版画〔ステレオタイプ〕のように見えても、我々のせいではない。またここで、私が教師ジョルジュ・ラピエールとイエズス会士ヴィクトール・ディラールの似たような話をしても、対称的にみる楽しみではなく、証言をするためである。

ジョルジュ・ラピエールは九月六日の護送でナッツヴァイラーから来た。彼は23号ブロックに配属された。なにも見逃すことのないシトロンが彼のことを知らせてくるのに長くはかからなかった。当時23号ブロックの囚人書記 Schreiber で、私がシトロンからの情報を伝えていた二人の教師はすぐに上機嫌で、彼らの組合書記長ならたちどころに皆に知られるだろうと断言した。しかしまったく逆に、到着組の騒ぎのなかでラピエールは気づかれないままでいるほうを好んだ。それが彼の性格の第一の特徴なのだ。

彼が一夜過ごしたばかりの、ごったがえしている部屋Stubeに会いに行った。彼は背は低く、丸顔で、強いブルゴーニュ訛りでrを巻き舌で発音していた。飯盒の底に残った冷えたスープを持っていくと、飲んだあと、彼が最初にしたのはみずからすぐに容器を洗いに行くことだった。この人間厩舎、この雑踏混乱のなかで礼儀作法を守る細かい気遣いは、それだけであとは推して知るべしで、ひとつの異議申し立て、家畜身分の拒絶であった。

多くのこと、また本質的なことで、ジョルジュ・ラピエールと私は異なっていた。この「無信仰者」を私は党派的人物と思っていた。かつて彼が私の側の友人たちと交わした論争を漠然と覚えている。この自由思想の代表、『エコール・リベラトゥリス(解放学校)』〔一九二九年創刊の全国教員組合系週刊誌。アランも執筆者の一人〕の創刊者、この攻撃的な教師は、私とはまったく接点のない相手に思われた。本題に入ろうと、すぐに私は、一九三八年のミュンヘン事件における彼の何人かの同僚の欺瞞的な態度を示唆した。だが、厳しく感情的な批判をするどころか、彼はその理由を、正当化するのではなく、なんとか説明しようとしたが、それは彼が共にしない理由だった。もう少しで、まさに彼をいまここにいたらしめたものとは反対の態度を弁明するところだっただろう。彼が同業者を弁護しているのだと思った。だがこうした心遣いあるやり方は、私には不快なものではなかった。

その日以降、できるかぎりラピエールに会いに行くようにした。そのようにして、私はこの比類なき存在を見出したのである。彼が打ち明け話をし――本来とても控え目だったが――自由が戻った日への希望を明かしてくれるようになったことは、私のもっとも誇りとするもののひとつである。

彼の知的活動は無傷のままで、記憶力は驚くべきものだった。しかしながら、彼はストリュートフ〔またはシュトリュートホフ。アルザスはバ・ラン県、ナッツヴァイラーの僻村で、フランス唯一の強制収容所。ドイツ側ではナッツヴァイラー強制収容所〕で苛酷な思いをしていた。石切場で、その痩せた肩は重い花崗岩の切石に耐え、小さな脚はカポのゴム鞭のもとで走らねばならなかったのだ。彼は、看護室で書記助手 Hilfsschreiber になるまでに体験した恐ろしい日々を語ってくれた。彼によって、私はこの恐るべき徒刑地で仲間だったアランソンのビドー司祭が教えてくれたことを確認した。「コンバ」のフランス人グループの仲間だった、私の従兄弟のアンドレ・ドロンとサルラの本屋ボネルの悲惨な死。この嫌悪すべき23号ブロック、この雑居生活、この騒音のなかにいることは、整然とした思索向きどころではなかった。だが彼は、ポケットに検査を免れた小さな鉛筆の切れ端を大切に持っていて、ロシア戦線とかベルギーにおける連合軍の位置を描くのに使っていた。ある日、彼がブロックの机の端で、フランスの地図と九一の県を描きつつあるのを不意打ちしたことがあった。県庁はすべて然るべき位置にあり、郡庁もあった。

ただ彼の好みは歴史だった。もちろん、フランスの歴史である。はじめて会った夜から、彼の奇妙な身なりの特徴に好奇心をそそられた。つぎはぎの、一種の小さな布袋、前大戦の兵士が肩掛けにしていた布鞄によく似た頭陀袋を手放したことがなかった。このアクセサリーと、腰にまわした太い紐が彼のルンペンスタイルをいっそう強め、有名なリシュパンの浮浪者〔ジャン・リシュパンの韻文劇『浮浪者』（一八九七）。このノルマリアンの作家は好んでアウトサイダーを描いた。一九〇八年、アカデミー・フランセーズ会員〕に漠然と似たような様子を与えていた。それまでは、このユニークな服飾品の理由をあえて尋ねなかったが、遠慮したのはわが老いた同囚に覚えさせられる恭しき敬意が強かったためである。

しかしながら、ある日、好奇心が打ち勝った。

「ラピエールさん」と私は言った。「ここでは、ハンカチ代わりになる布切れか、場合によっては眼鏡ケースなど以外には身につけてはならない、厳禁 streng Verboten であることが、おわかりじゃないようですね。鼻眼鏡ならば、ケースは空のはずですね。連絡官 Rapportführer〔ベルリンのSS収容所指導部と収容所の連絡役〕の不意打ち検査で好きなようにされますよ」。

するとジョルジュ・ラピエールは静かにこう答えた。

「その中には、いま書き終えつつある、小学校児童用のフランス史の新しい教科書の原稿があるんだよ……」

この返事になにも付け加えたくはない。だがやはり、ダッハウでラピエールが温めていた驚くべき計画は報告しておかねばなるまい。点呼広場 Appellplatz で長らく考えて、彼は、フランス史の教科書が、わが国でカール・マルテルがポワティエの平原でアラブ人を撃破したころとか、ジャンヌ・ダルクがランスで国王を聖別させたころに、世界で起こっていた重大事件にはなにひとつ触れていないことを思い出した。多角的な視点の欠如は、子供の見方を曲げる恐れがある、と彼は考えた。それにまた、各授業時に、全国次元から生徒の関心をより身近な環境に向けるような実習的訓練を付さねばならないと思った。たとえば、〔ナポレオンの〕大陸軍《だい》がベレジナ川〔ベラルーシ〕を退却中のころとか、「栄光の三日間〔七月革命〕」の反乱が起こったころに、コート・ドールの小さな町村〔ブルゴーニュ地方〕では何があったのか、である。結局、これがとくに驚いたことだが、ラピエールは、福音書のなかに、国の歴史と比較対照して、キリスト教の歴史から引き出せる無尽蔵の教えの宝庫を発見していたのである。

30号ブロックで、一月の終わりごろ、ラピエールが、その哀れな疲れはてた骸骨姿が不屈の精神的活力にはまったく見合わなくなっていると感じ、周りの連中が次々と恐ろしい衰弱状態に陥るのを見てから、私に最後のメモを寄こして、コリント人への第一の手紙の一節を書き写してくれと依頼してきた。それは、その発見が彼を大変驚かしたが、「たといわたしが、人々の言葉や御使たちの言葉を語っても、もし愛がなければ……」〔第一三章〕の節である。その後、彼は用意周到な男だったので、例の原稿を入念に梱包して、紐をかけ、紙の上に鉛筆で小学校教師特有の見事な書体で、「ピエール・スュイールに渡すこと」と簡単に記した。

ピエール・スュイールは彼の大の友だちだったのだ。二人はナッツヴァイラーで会っていた。ラピエールはスュイールを弟のように愛していた。またスュイールはこの名誉に値した。私は、彼が望みどおり、ダッハウで、公立学校教員ジョルジュ・ラピエールがノートもカードもなく、記憶と熱意以外に準拠するものなしに仕上げたフランス史を、いつか出版できるようにと願っている。

一九四四年一一月末、検疫隔離ブロックで、到着したばかりのディラール神父にたまたま出会ったとき、私の最初の言葉は——彼がどんなに鷹揚であっても、あとで私は後悔したが——こう言い放つことだった。

「おやおや、神父さん、あなたのヴィシー演説は幸運をもたらさなかったようですね！」

私はそのようにして、神父が、〔新〕フランス国家の最初の日々に新支配層の面々に寛大にも施した説教のことを暗示したのだ。彼は例の有名な「労働、家族、祖国」の三位一体を展開すべく努めていたが。神父は冗談を悪くはとらなかった。彼の駅長スタイルがおもしろかった。彼は獄中から出てきたばかりで、顔つきがその証拠だった。こけた頬、黄ばんだ顔色、熱のあるような眼差し。疲れ切った様子だった。彼はすでに脚の痛みを訴え、仲間の肩に支えられてしか歩けなかった。

数日後、看護棟 Revier のシャワー室でリケールと作業中、彼が、コンクリートの地面に長々とのびて、気を失った裸の仲間を指さした。ディラール神父だった。

彼が正気に返ると、9号ブロックに運ばねばならなかったが、結局、簡単にというわけではないが、彼はそこに配属された。そこで最初の難問が生じた。2号室の看護係 Pfleger、スロベニアの若い歯科見習いが、この余分な司祭がくるのを嫌な目つきで見ていた。一階の藁寝床に彼用のスペースを見つけるのは不可能だった。苦痛でうめき声を発するなか、神父を寝台枠の四段目に押し上げねばならなかった。

このチトー派からはなにも得られないことは明白だったので、もう少し居心地のいいブロックに彼を移すことになる。ピエール・スュイールが相変わらず活潑に動いて、その看護係長 Oberpfleger から、1号ブロックで彼みずからこの苦境にある同胞を世話する許可を得た。彼が引取りに行くと、9号ブロックの看護係が、自分のものにできた神父用の配給分を奪われたことに激怒して、部屋じゅうに罵言を響かせていた。

「失せろ、忌々しい司祭め！　二日もすれば、お陀仏だ」

スュイールのところで、司祭は数日間の休息を得た。このときに、彼とはよく会っていた。我々はほぼ同年齢だった。彼は前大戦にも行ったが、さらにはワルシャワでヴェーガン将軍の指揮下でも戦っていた。彼はポーランドの白鷲章の所持者で、軍歴を自慢していた。我々は共通な好みのことをくさぐさ、たとえば、新しい布教方式や、彼がアメリカで出会ったイヴ・シモンなど多くのことを話してくれた。彼は「イエズス会」の友で、教団で多くの同僚を知っているらしい友と話ができ、またアメリカの若い学生や労働者に関する自分の著書が評価されていると知って喜んだ。そして、忠実に最後まで義務を果たすため、どのようにして、ＳＴＯの若い徴用者たちにドイツまでついて行かざるを得なかったか、またどんな不可避的状況で、ナチが若者に対する彼の活動を中断させ、彼をまず監獄に、次いでここに送ったかを語ってくれた。

　ピエール・スュイールの部屋では、ラスュとモランが尊敬の念をこめた心遣いで神父を見守っていた。奥の片隅で、入って左側のゴダールの横にいる彼の藁寝床からは、一種の霊力が発しているようだった。

　クリスマスの日、リケ神父が首尾良くかつての勉強仲間に聖体を持ってきた。それは簡単なことではなかった。司祭には看護棟 Revier への出入りは禁止されていたから。のちには、瀕死の信仰者に聖タルチシウス〔病人に聖体を運んでいたとされる三世紀ローマの殉教者〕役が任されたのは非信仰者だった。

　スュイールは神父を死神から守るべく奮闘していた。今度もまた（スュイールはまさに確信的累犯者だった）、ブルイヨ――第二ＤＢ〔装甲師団〕からきた若いユダヤ人医学生――から許可を得たあと、前と同じように輸血に応じようとした。一月上旬、神父の状態が悪化したので、脚の切断が決められた。

　手術後、彼がまだまったく麻酔から覚めていないとき、私は枕元で彼の手をとっていた。彼は小声でうわごとを言っていた。彼が漏らす、うわべは脈絡のなさそうな言葉を聞き取ろうとした。固有名詞を発していたが、それに心動かされたからである。まだ私の知らない仲間のことで、彼の最後の思いが向けられているのだと思った。

「ベルナール某に私からのオレンジを渡すことを忘れないように」

心中ひそかに、私は、この飢餓砂漠にあって、我々みなが渇望していた多くの物、果物、ケーキ、甘いものなどが届いたかのような幻影を描いていた。神父は奇妙な、名前の列挙を続けた。

「アランXには、ブロックに置いておいたパン・デピスをやりなさい。クロードZには、ヴッパータルから持ってきた砂糖をやりなさい……」

私が驚いたのは、ファーストネームに続く固有名詞、その正確さだった。このおかしな遺言メッセージにはなにか感動的なものがあった。神父がこういう宝物をなにひとつ持っていないことは、よくわかっていた。

「ガストンBには、彼のために取っておいたドラジェ〔菓子〕の箱を渡しなさい……必ずだよ」

少しまどろんで、正気に返ったあと、神父はうわごとを言っていたことに気づいた。そして、なにを言っていたのかと尋ねた。

「なんでもないことですよ」と私は答えた。「でも（私は自分の考えにこだわった）、何人かの名前を言ってましたね。おそらく渡すべきメッセージのあったブロックの仲間のことだと思ったけど……」。

ディラール神父はその名前を知りたがった。それを言うと、彼は一瞬考えた。頬に涙がつたわり、悲しそうな冷笑を浮かべると、その皺がいっそう際立った。そしてこう言った。

「まったくおかしなことだね。いま挙げたのは、私の最後の哲学クラスの生徒たちの名前だよ」

「死体処理係の仲間と、硬直した死体を頭上にあげ、できるかぎり高く積み上げるはめになる」
ある強制収容所の死体の山（ユダヤ記録文書センター）

「死体回収放下車モーア・エクスプレスが、朝から晩までゆっくりと巡回し、灰色や、緑か紫がかった肉体の積荷を植付け方コマンドの後ろにある死体置き場に運んでいた」
囚人が運ぶ死体回収放下車（エドモン・ミシュレの同囚フェルディナン・デュプュイのデッサン。『フランクフルトからダッハウまで』からの抜粋）

20　ミサの終わり

「〔アーリア〕人種の暗い力との聖体拝領、どうしようもない、結構なことだが、我々はこの種のミサがどんなふうに終わるかよく知っている……早かれ遅かれ、あの連中が血と泥の中に横たわっているのを見ることだろう」
（ジョルジュ・ベルナノス『我らフランス人』〔一九三九〕）

数日前から、私は看護棟 Revier の夜番だった。チフスのあと、アレックスがそこでかくまってくれた。悪い隠れ場ではなく、他の多くに比べて、この身分は羨ましがられた。もちろん、長く目を閉じていることなど考えられず、「水を！」とうめく病人の声にいつでも答え、排泄物に我慢ができないだけまだ気力のある者の位置を変えてやり、それから藁寝床の掃除をし、しまいには札を貼られた死骸を死体置き場に運ばねばならなかった。この運搬作業はひどく疲れるものだった。まずまだ自分が丈夫になっていないし、死者の数が毎日、一夜で部屋 Stube ごとに一〇、一一、一二人と増えたからである。毎回、看護棟の廊下を通って、すぐにスペースがなくなる置き場に死体を運ばねばならなかった。そして死体処理係の仲間と、硬直した死体を頭上にあげ、できるかぎり高く積み上げるはめになる。失敗したり、下手をしたりすると、運搬人の肩や頭上に動かぬ遺骸が落ちてきて、その排泄物をかぶることが頻繁にあった。夜は水がないので、洗うのに朝まで待たされた。だが、それらすべても、ブロックや外部コマンドで仲間が被っていることに比べれば、大したことではなかった。それに、もう免疫ができてチフスに罹らないと思うだけで、ひどく勇気が湧くのだった。

伝染病は、最初は限定的だったが、恐るべき規模になり始めていた。やがて収容所全体に拡がろうとしていた。古参、最初からいた者たちは恐怖にとらわれた。疫病は他の者以上に彼らをねらい打ちしているようだった。まだ健康な者は部屋Stubeに引きこもって、点呼にしか外に出なかった。看護棟Revierは満員で、藁寝床が部屋からはみ出て、廊下をふさいでいた。もう粗末な寝台を跨いでしか通れなかった。「死の危険注意、チフス！」の不吉な張り紙の強迫観念で、もっとも勇気ある者も近づかなかった。まるでなにもなかったかのように、そこに行き来し続けるには、シトロンのように無頓着であらねばならなかった。

三月下旬のある日、彼が私をつかまえて、特別ブンカーなどに動じないドレストラン将軍がいないので、フランス人にとって、代表を出さないまま国際解放委員会を開かせることの不都合さを強調した。いつものように、シトロンはすべてに通じていた。当時、彼自身どんなに苦しんでいても（頭にできたフルンケル〔腫れ物〕に紙の包帯を巻いて動きまわっていたが）、彼はなにごとも見落とさなかった。個人的には、私は看護棟Revierにいる方が、収容所ブロックにいるよりも役立つものと思っていた。後者では、私がまだなんらかの助けになるような仲間の、老シャロドー、スランジュ＝ボダン、エストラボ、プピヨン、ボノト、シャンソン、ドルフュスなどがもう誰も必要としなくなっていることを、日々聞いていたから。それに、この「解放委員会」の効用がまだよくわからなかった。そこには、我々の管轄外の解放の日を早めるという意思（この場合はまったく形だけだが）以上に、「馬車とハエ」〔ラ・フォンテーヌの寓話「乗合馬車とハエ」から要らざるお節介やき〕タイプのなにか政治的底意があるように思われた。しかしシトロンがあまりに懇願するので、私は看護棟を出て、自分のブロックに戻ることにした。

看護棟 Revier に入ったのは二カ月以上前だった。そこを出て目にした収容所の光景は一挙に混乱、混沌の観を呈し、いまやますますその度が増して、最後の二週間には常軌を逸した支離滅裂、恐るべき無政府状態に陥ることになる。看護棟の後ろの各ブロックの中庭は、有刺鉄線の囲いで閉鎖されていた。この狭い回廊の内側では、戸外で、青ざめたぼろ着の幽霊姿の群れが果てしなく犇めいていた。そこに、言いようのない状態のフィニステール県代議士クルアンを見出した。各ブロックでは、一日数百人単位で囚人たちがくたばり、いまやその死体が鋪道に溢れ出ていた。一月から、火葬場は満杯で、もう焼却ができなくなっていた。いくつかのブロックに行くには、死体の山を跨がねばならなかった。死体回収放下車「モーア・エクスプレス〔一九三八年、ウィーンからダッハウまで主にユダヤ人を移送した列車に因む〕」が、朝から晩までゆっくりと巡回し、灰色や、緑か紫がかった肉体の積荷を植付け方コマンドの後ろにある死体置き場に運んでいた。

左側の30号ブロックでは、伝染病が恐ろしいほど猛威を振るっていた。一月に別れたままの老いた仲間たちの顔を探したが、無駄だった。いまや若干の腑抜けたようなスラブ人だけが、ジャファのペスト患者のうずくまった集団さながらに生き残っていた〔ナポレオンの肖像・事跡を描いた画家A＝J・グロの『ジャファのペスト患者を見舞うナポレオン』参照〕。24号ブロックのフランス人のところで、やっと数人の友の顔を見出した。シイヨはその息子と一緒にいた。なんという奇蹟的なことか！　アルテュール・ポワトヴァンもノルマンディの仲間たちや従兄弟のジョゼフ・ド・ポールタンベサンなどに見守られていた（彼は盲目だったので、そう認められて、その報告書が役立ったのだろう）。ポール・アイッサも何人かのヴォージュの同胞やシャルムの公証人ラミエルとともになお健在だった。もっと上に行くと、植付け方コマンドに集められた「七二〇〇〇」番台組がまだ耐えていた。それまで収容所に寝泊まりしていた消毒班は望ましからざる者と見なされた。彼らは、作業小屋に近接したもっとも離れた29号閉鎖ブロックの部屋に追いやられた。だから、相変わらず疲れを知らぬオボワルーに再会したのはまさにそこで、自分の藁寝床のそばに私のスペースをつくってくれた。

そうこうしているうちに、フランス人に意外な出来事が起こった。誰もがもうなにも受け取らなくなっていたころ、赤十字の小包が届いたのだ。突然、彼らは貴族囚人になり、以後は敬意を払われることになる。そして、これまで民族ドイツ人 Volksdeutsch のイニシャルDをつけていればよりよい待遇を受けると考えて、彼らを気にもかけなかった同胞を見出したのだ。ザール人は、こうした考え方ですっかり併合に甘んじていた。もっとも激しいフランス嫌い、我々に対してもっとも軽蔑的な者、あらゆるカポ、我々を虫けらのように扱っていた職工長 Vorarbeiter が、急に満面笑みを浮かべ、好意的になった。この赤十字の小包は我々のなかの数千人の生命を救ったが、たんにダッハウの囚人にだけでなく、他の収容所、とくにマウトハウゼン、ブーヘンヴァルトの囚人たちにも送られていた。しかし、最後の週の敗走になって、収容所指導者 Lagerführer が（最後の瞬間の用心深さで）受入れに同意したので、彼らはここに無差別に運ばれてきた。率直に言って、彼らはいいときに来たのである。

いまや事態が急展開している。日に数回、空では、幸いもたらす飛行編隊がミュンヘンに向かうのが見られた。西部からは、ときどき大砲の轟きが聞こえてくるようになった。胸の高まりが早くなった。だが終わるまで、まだ戦慄すべき衝撃が残されていた。前触れとなる兆しでまた身構え、それに備えることになる。

まず漠然とだが、収容所がチロルの一隅に撤退する噂が流れた。情報は、シトロンがすべて政治部 Politische Abteilung でSSが交わしていた会話から得て、我々に確認に来たのだから、偽情報ではなかったはずだ。はじめて、シトロンが不安そうなのを見た。凶兆である。他方、26号ブロックの老司祭ゴールドシュミットもまたいい耳をしており、同じコマンドで働いていたので、情報を確認した。さらには、最初の転送組のロシア人二〜三〇〇〇人が不意に点呼広場に集められ、すぐにどことも知れぬ目的地に送られた。この哀れなる者たちの運命を知るのに長くは要しないだろう。

今度は二万五〇〇〇人の別の囚人 Häftling が点呼広場 Appellplatz に集められた〔ダッハウ収容所は広大で最大時すし詰めで三万五〇〇〇人いたとされる〕。不吉な噂が流れ始める。「奴らは収容所に火を放つ前に、我々に火炎放射器を浴びせるのだ」。次いで、取り消し命令。我々はブロックに戻された。翌日同じ堂々めぐりの回転木馬。SSたちに混乱動揺が強まっていると思わねばなるまい。近づく結末を前にして、彼らはどうしていいのかわからないのだ。

その間にも、収容所の氾濫は続く。次の護送はすべて外部コマンド、それもびっくり仰天だが、ブーヘンヴァルトからである。そのとき、点呼広場が呈した光景は生涯忘れられないだろう。旅してきた生残りはそこで、我々をぞっとさせる不潔・悲惨・疲労困憊の状態で地面に崩れ落ちていた。人間姿のぼろ切れのなかに、すぐにではないが、昨年我々と別れた仲間、ジェルヴェーズ、プラディエなどの顔があるのに気がついた。囚人書記 Schreiber が名前、登録番号を尋ねに来るが、彼らは凄まじい形相で、ひと言も発せず見つめていた。彼らの多くが言葉も言えず、身分がわかるような印をなにひとつ与えることもできずに、壊れた自動人形のように、そこで死んでいった。次の週、アメリカ人がきて、別の護送に出くわすが、これはもう収容所の敷居を跨ぐ必要はなかっただろう。列車全部が死体だらけだったのだから。

誰かが特権囚Prominenzを探しに来た。ヨーゼフ・ヨースとブルボン＝パルム公だ。彼らは特別ブンカーへ、ピゲ猊下と合流しに行ったという。明日彼らが、どこからか来て、またどこへ行くのかもわからないレオン・ブルムとシュシュニック宰相〔クルト・フォン・シュシュニック。二人とも強制収容所体験者〕と一緒に収容所通りを行進することになるらしい。オペレッタふう光景（結局のところ、べルナールが、それはこの世界の様相に相応しい唯一の文学的ジャンルだと言ったのは、たぶん間違ってはいなかっただろう）。すなわち、武装SSシャルルマーニュ部隊〔SSの軍服姿で参戦したフランス人志願兵。但し、SSにはウクライナ人やルーマニア人、リトアニア人などドイツ占領地区の国民も多くいた〕の連中がみずからをロシア戦線の脱走兵で、ドイツ軍法会議で係争中と称して、実に元気よく24号ブロックに向かっていったばかりだった。彼らもあとで見ることになろう。彼らは全員圧倒的に若く、その肩にある、SSの髑髏印と隣り合ったトリコロールの襟章を誇らしげにひけらかしていた。我々の威信にとって幸いしたのは、赤十字の小包が彼らの到着前に着いていたことだった。オボワルーの怒りはおさまらない。彼は、このフランス人SSたちがドイツ人特権囚のブロックに送られるようにしたいのだろう。だが残念ながら、管轄外だった。

もうひとつの、この最後の週のもっとも鮮烈なイメージが蘇ってくる。夕方、シトロンと私は、収容所の奥にある、兎のコマンドに沿った並木道、昨年は、フランス語レッスンの生徒のポーランド人司祭たちと何度も辿った並木道を歩いていた。

鉛色の空がついに舞台に加わりだした。西空からは、だんだんと戦車の騒音と大砲の轟音が近くに響いてきて、緋色のたなびきが地平線の向こうを遮っていた。ワーグナー劇の舞台装置。黙示録の絵だ。いまや、我々は積み重なった二列の死体でできた塹壕を行き来していた。望楼では、ＳＳが一〇年前から続いている見張りの最後の瞬間に立っていた。彼らはあやしい蟻塚に猛禽の眼をさまよわせ、どんな些細な動きにでもすぐに火を吹くべく機関銃の銃口を這わせていた。突然、奇妙な歌、軍歌と賛美歌の入り混じった変な歌が聞こえてきた。その調子が近づいてきて、歌詞も聞き取れた。シトロンがナチ青年隊の行進曲だと認めた。この暗く赤い黄昏どきに、効果は迫真的だった。最後のＳＳ新兵が訓練から帰ってきたのだ。彼はこう言った。

「しっかり目にとめておこう。この崩壊劇はやはりその種のものとしてはなにか壮大なものがあるよ」

四月二九日日曜日の朝。国際委員会がはじめて、左手の並木道、「ジュールハウス Jourhaus〔囚人区域に入る唯一の入口のある建物の名前〕」にもっとも近い並木道沿い、2号ブロックの第1号室 Stube にある図書室で、満員で開かれた。私はドレストラン将軍の代わりとして、会合には難なく認められた。24号ブロックの囚人書記 Schreiber レオンが、この会議構成に先立つ交渉について教えてくれた。こうまでして集まることに反対したのはロシア人将軍で、慎重さがその理由だったが、私も賛成だった。そこには、とりわけ英国代表のパトリック・オリアリー（おかしな英語を話していたが）、チフスの私をたゆまぬ寛大さで世話してくれた「パット」がいた。わがベルギー人看護係 Pfleger、長身のアルテュール。スペイン共和派代表のビンセント・パルラ。名前に反してハンガリー人のパラヴィチニ侯爵。イタリア人メロディア。結局はチトー派などのユーゴスラビア人に受け入れられたジュラニック。チェコ人医師ブラハ。驚くべきアルバニア人アリ・クッチ。一年以上も気づかれなかった離れ業に成功したソ連の将軍ミハイロフ。最後に、つねにフランス人に忠実な友情を示した、角ばった顔の老ドイツ人コミュニスト、感じのいい仲間のオスカー・ミュラー。

我々は休憩なしで座っていた。囚人仲間に平静を促す最初の宣言文が起草された。新しい指示があるまで、各人ブロックに留まっているよう通告された。広い点呼広場はからっぽである。頑固な最後のSSが望楼で持ち場を守っていた。我々の監視台からは、入口正面ゲートを見張っていた。

昨夜、収容所指揮官Oberführerが暗黙裡にオスカー・ミュラーに権力を委譲したようだ。SSは我々を自由放任にしておき、〔逃亡前〕後ろ手に鉄格子を引いて収容所を開け、アメリカ軍部隊を出迎えるつもりらしい。正午ごろ、囲いの水路の向こう側にある彼らの建物の屋根に、白旗が掲げられた。入口前に、内側だが、あり合わせの毛布をまとった二人の裸の幽霊男が、身ぶりをまじえ、最後のSSに一緒に連れて行ってくれと懇願していた。二人のドイツ人、元の収容所囚人頭 Lagerältester と警察犬係のカポで、ずっと前から長老組に目を付けられていた。彼らはやがて受けることになる仕返しの制裁を恐れて、恐怖に苛まれていたのだ。

逃亡しないように、長老たちが彼らの衣服を剝ぎ取っていた。待つのは長い。二人の幽霊男は広い、からっぽの舞台を背景に行ったり来たり、泣きわめいたりしていた。大砲の轟音が近づき、機関銃のはじける音も聞こえてきた。ついに、午後五時三〇分、正面入口が吹っ飛んだ。幕。

悲劇は終わった。オペレッタの続きの前に、今度は映画シーンだ。最初のアメリカ兵が両手に大型の二丁拳銃を構えて現われ、まるで「突撃兵 Stürmer」〔一九三三年創刊のナチ党週刊機関紙。一九四四年には四〇万部に達していた〕の諷刺画だ。厚い唇、太いわし鼻、縮れた髪の完璧なセム族だ。錠前を吹っ飛ばして、彼は我々の方に走ってくる。この種の道徳的償いには、誰も文句の言いようがない。要するに、ユダヤ人はこの象徴的優先権への権利を有するのだ。男が登場。ザムエル〔仏語サミュエル〕・カーン。演技と筋書きは上出来だ。

彼の後ろから、二人目のＧＩ〔米兵〕が現われる。彼も我々の方に突進してくる。今度は、近くから見ると、この兵士はブロンド娘であるとわかる。溌溂として魅力的な顔。控え目な化粧。なによりも彼女に関心があるのは、収容所にいる「重要人物」の名前で、それをすぐに自分の新聞社に打電するのだ。我々に名刺をくれる。「ニューヨーク・タイムズ」か「ワシントン・ポスト」かのマーガレット・ヒギンズ。正確には覚えていない。

また三〇秒後。第三の解放者だ。これは武装していない。今度は男が登場。従軍司祭だ。感動的な声で、彼は、これまで我々を守り、ドラゴンの牙から引き離したもうた神に感謝するよう促した。次いで、最初に駆け寄ってきた仲間に大広場に集まるよう言って、これから望楼上にのぼって唱える感謝の祈りに加わるよう促した。そして忌まわしい塔を指さし、この意外な説教壇に向かった。まもなく、望楼の見張り台に姿が現われる。ブロックから出てきて、わめきたてる群衆に向かって、大きな身ぶりで祝福の十字を切る。だが銃声が聞こえてくる。誰もが地面に身を伏せた。星条旗が、昨日まで鉤十字の旗がたなびいていた支柱に掲げられたのは、狂信的なＳＳとの最後の小競り合いのあとでしかなかった。望楼の高壇で、でこぼこの兜をかぶって平然とし、従軍司祭は「我らの主」の祈りを唱い終えた。我々に「自由」が戻ったのは、この西部劇シーンを通してである。

21　結局は、困難がはじまる

アメリカ保護下の、ダッハウ自治共和国の六週間の短い歴史が、もしこのミクロコスモスにおいて生じて、その若干数がなお存続していると思われる国際的次元にわたる困難な状況を忠実に要約しないものならば、それはおそらく記憶されるに値しないだろう。

解放日の翌朝、メレが率いる仲間グループがフランス人24号ブロックに来て、驚きを伝えた。三色旗が、いまや星条旗の周りにたなびく英国、ロシア……中国の国旗と一緒に並んでいないというのである。なるほど、もちろん「四大国」の話は聞いていたが、単純にも我々は四番目は「我々」であると思っていた。当然ロシア人には国旗掲揚の権利があり、イギリス人にもあるとしても、ダッハウで中国人には一人でも会うことはなかっただろう。それに対し、多数のフランス人闘士が惨めな暗い死を迎え、ペギーが正義の戦争の死者のために要求した壮麗な葬儀どころか、花飾りひとつなかったのだ。結局のところ、我々は、「自由フランス」はわが国が、連合国側からの一定の評価を得るのに値するものと思っていた。彼らは、多くの面で他の者よりも何倍も苛酷であった戦争で戦闘に加わっていたのではなかったか？　私は、収容所を受けもったアメリカの将軍にこの点を強調すべく努めた。だが彼はほとんど認めないようだった、と言わねばなるまい。その間にも、ポーランド人が大量に彼らの国旗を出してきた。彼らは前日まで働いていたコマンドでひそかに作っていたのだ。瞬く間に、収容所はポーランド国家の赤と白の幟、旗、小旗が揺れ動く森と化した。他の国のシンボルは、大小とも、たちまちこの大量の布切れの中に没してしまったのである。

二度目の国際委員会の会合では、別な困難が生じた。アメリカ人将軍閣下が、彼自身の通訳が一万人近くの人間相手にドイツ語でしか話さず、この言葉がやっと終わった奴隷生活の象徴となる我々にとっては、それが許し難いことであることを理解しなかったのだ。そこで彼に、指示を伝えるのにフランス語とともに英語の使用を認めさせた。このように、二四時間もしないうちに、我々はほぼ同時期にド・ラットルが〔ドイツ進駐軍司令官として〕ベルリンで、またビドー外相がサンフランシスコ〔国連創立会議〕で出会った困難、思いもしなかったような困難に出くわしたのだった。

そこで、常設となっていた国際委員会の事務所に請願書が殺到した。収容所のバルト海諸国の仲間、リトアニア人、ラトビア人、エストニア人が委員会への代表出席を求めてきた。しかし、ロシア人将軍が、このバルト海諸国人民はロシア市民であることは周知の事実だからという、不許可の原則的問題を提起した。そこで、アメリカ人将軍はこの断固たる論拠に従った。同時期、またサンフランシスコだが、勝利者はウクライナとベラルーシに明確な主権の擬制を認め、国連組織に平然と彼らを受け入れようとしていたのである。

解放四八時間後が、五月一日の祭典に当たった。急遽、点呼広場 Appellplatz で大々的な行列行進が計画された。大衆デモがこれほど感動的なことはなかったように思う。耐久力の極限に達したこの無数のヨーロッパ人の生残りが、国旗を先頭にアルファベット順で出身国別に集められ、緩やかに歩む行進は胸を打つ様相を呈し、このときに共産主義者が企てた宣伝努力もそれを弱めるにはいたらなかった。「粛清的」行為として、ドイツ人は例外とすることが決定された。彼らをアルファベット順におくのではなく、象徴的に行列の最後尾に追いやったのである。言っておかねばならないのは、彼らの列の先頭にある赤い横断幕に記された「我らがテールマンを記念して Gedanke an unsere Thälmann」〔エルンスト・テールマン。ドイツ共産主義政治家。ブーヘンヴァルトで処刑〕という字句がもたらす感情がどうあれ、この一握りの、筆舌に尽くしがたい一〇年を耐えた不屈の生残りの出現のため、順番位置を変えてやりたい気にもなったことである。

我らがフランス共産主義者諸君も、宣伝横断幕をつくろうと考えていた。その文章は、そのころから収容所支配を取り戻そうとしていた秘密組織によって入念に選ばれていたとさえ、言えると思う。この世界の終末論的光景のなかで、仲間のヌヴーが、「ファシズム打倒にいっそうの団結」とある掲示幕のひとつを広げるのを見て、私は唖然としたことを思い出す。

「でもファシズムは死んだのではないか？」と、目の前に出された宣伝文と、水路に浮かぶ最後のSSの死体を示しながら、私は指摘した。「これ以上何が必要なのか？」。

「じゃ、フランコは？」とヌヴーが尊大な口調で答えた。

恥ずかしながら、自由を取り戻した喜びのあまり、フランコのことをすっかり忘れていたと、白状せねばなるまい。

その日以降、赤のスペイン人たちはつねにみずからを祖国から追放されたと思っており、検疫期間終了後、彼らをフランスで受け入れるよう私に求めてきた。ロシア人が彼らの受入れを提案し、さらにはアメリカ人がこの招きを受諾するよう勧めても、またギュールとかアルジュレス収容所〔いずれも南西フランス〕の思い出があっても、彼らはフランスに戻ることを選んだ。ロシア人に併合された地方の多くのポーランド人司祭たち、彼らも、フランスが伝統的に亡命者の地であることを覚えていた。かくして、六週間後、我々は、厳密に平等な割当て数で、赤のスペイン人三〇〇人と白のポーランド人三〇〇人を連れ帰ったのである。

チフスは解放部隊の到着によって治まったのではない。そこでアメリカ人は、囚人の極度の早期帰還によるあらゆる感染の危険を防ぐため、彼らの言うドラスティックな措置を講じた。たしかに合理的だが、この決定がもたらす不評判は推測できる。このころ、ジョルジュ・ヴィリエがネッカーエルツのコマンドから憔悴して帰ってきたが、私の裁量下にあったので、人心を静めるというかなり困難な仕事を手伝ってくれることになった。だがそうこうするうちに、彼自身がチフスに罹り、危うく命を落とすところだった。数百人の仲間は彼ほど運がよくなく、やっと故郷や愛する顔に会えるという希望が確かなものになったときに、最期の試練を迎えたのである。

収容所の報告記録に国際委員会の四月三〇日付メモがある。そっけなく、状況をこう要約している。「閉鎖ブロックでは、無名の死者がだんだんと増えている。囚人代表たちが可能な範囲内で、死体の身元確認を行なう。この作業は当然国籍など考慮せずになされる。瀕死者と昏睡期にあると認められた者の名前を胸にインク筆で記す」。

当時、収容所が呈する光景は、そこを尋ねた者すべての記憶に刻まれて残ることになる。ブロックの並木道沿いに積み重なっている死体の山を撤去するため、アメリカ人はダッハウの町村の住民に呼びかけた。農民たちが怯えた様子で、牛馬と荷車とともにやってきた。一週間以上も、彼らは死の積荷を近隣の巨大な死体置き場に運んだ。その後、この「清掃」の労役が終わると、長方形の箱、見慣れた、てごろな棺桶が——悪夢の終わりの印のように——また現われ、我々はやっと最後の死者をきちんと埋葬しに行くことができたのだった。

ところで些細なことだが、示唆的なひとつの具体例によって、我らフランス人が、解放者が我々に味わわせようとしたあの過度に屈辱的な対応に対して、どんなに自己防衛をせねばならなかったかを示しておこう。

収容所の最初の訪問者たちに、ルクレール将軍、次いでギヨームとドゥヴァン両将軍がいたが、あとの二人は当時ベルリンに引きとめられていたド・ラットルによって派遣されてきた。すべてが不足していた。寛大にして自然な行為で、第二装甲師団長とフランス第一軍司令官は我々に食料トラックを送ってくれた。ビスケット、缶詰、さらにはなににも増して元気づけになるが、ナチ幹部たちの地下酒蔵から取り戻してきたフランスワインさえあった。もちろんこの宝物を我々だけのものにするのではなく、他の国の仲間たちにも分け与えた。彼らは、国際委員会がその日の情報と米軍司令部の指示を各国別に伝えるため出していた日報で感謝の意を表明していた。

だがこの司令部は、ルクレールとド・ラットルが、米軍トラックの四八時間前に収容所に食糧を補給して得た成功の知らせをきわめて悪くとった。フランス人代表が違反者として将軍のところに召喚されたのだ。この代表は、わが将軍たちが送ってくれた食糧の総配分を行なう決定をしたとき、いかなる策略的宣伝の意図もなかったという明白な保証を与えねばならなかった。それから、翌日の情報日報の冒頭に挿入せよという命令によって釈明文が伝えられたが、そこには、実際に食糧を渡したのはフランス兵だが、それは米軍食糧管理部の食糧、それも米軍トラックによって運ばれたものであることが明記されていたのである。

それでもさすがに、ゲーリングやヒトラーのところで回収されたシャトー・マルゴーとかヴォーヌ・

ロマネのボトルがアメリカの輸入品であるとまでは言わなかった。だが予審判事が任命された。オスカー・ジュラニック（のちにチトーの下で自滅することになるユーゴスラヴィア人）で、結局は不運なフランス人代表がその前に弁明に行かねばならなかった。

さらに、武装SSシャルルマーニュ部隊の話は、我々の帰還時にあった、こうした困難をもっともよく例証するものの一つとなる。

解放の日の翌朝、ジェルマン・オボワルーが、コミュニスト仲間から送られてきて、収容所にいる「フランス人ナチ」をどうするつもりかと私に尋ねた。そのようにして彼は、あの道を誤って武装SSに入ったあと、脱走して、解放前にベルギー人、オランダ人、ノルウェー人のSSとともにダッハウにやってきたあの哀れな連中のことを暗示していた。

「Tはすでに彼のところの連中を銃殺させた」と彼は言った。おそらく朝、私個人は賛成しなかったが、前夜すでに制裁が行なわれていた火葬場の囲いの方に向かって、手を首の後ろに組んで行進するのを実際に見た、あのあきらめ顔の一団のことだろう。

私は、オボワルーには、フランス人を――たとえ彼らが武装SSであっても――アメリカ人の世俗の手に渡すことは、尊厳あることでも品位あることでもないように思うと答えた。彼らは、とくにこの片づけ仕事を志願したモンテネグロ人に我らが同胞を撃ち殺させるだろう。彼らはすでにミハイロヴィッチのパルチザンの同胞を標的にしたうえに、別の標的を加えさえすればよかったのだ。私はまた、それは、まるごと我々に係わってくるヨーロッパを前にして、我々の内部分裂という悲しい光景を呈することになろう、とも付け加えた。しかしオボワルーには、国境を越えたらすぐにこの祖国に対する裏切り者をフランス憲兵隊に引き渡すという明確な私の意思を伝えた。そして彼らがみな、前夜閉じ込められた特別ブンカーで安全であることを確認しようとした。

オボワルーは、この粛清のなまぬるさのため、私が彼の党の同志には非常に悪くとられるだろうということを隠さなかった。たしかに、私は、少なくとも彼らの何人かには、この不良たちを——なんの判決もなしには——処刑させなかったときから、私が真のレジスタンではなくなったように見られていると感じたことは、言っておかねばならない。

ところで、次のことを忘れるところだった。検診・検疫期間は続いていたが、その間、フランスの名士たちが我々の帰還の遅れを確かめるために何度も来て、中断された。収容所退去のときがくると、私は仲間たちにSSの兵舎の部屋をきちっとした状態にしておくよう頼んだ。そこは、ルクレール将軍の働きかけで、我々が最後に移されたところだが、今度は交替で、祖国への帰還を待つロシア人にあけ渡すことになっていたのである。

清掃作業が不完全で、これでは後継者に悪くとられる恐れがあると思われたので、完全に整理整頓するために、私はまだ獄中にあった武装SSを連れてくるよう命じた。また言っておかねばならないが、私はすでにチフス患者を治療するため彼らに協力を求めており、総体的に、彼らは大いに献身的にこの務めを果たしてくれたのだった——そのため彼らには、帰還したら不可避的に、彼らが弁明することになる裁判官に情状酌量を要請すると、私は約束していたのである。

作業を終えると、武装SSたちが会いに来た。会って見ると、まだかぶっていた髑髏印の軍帽をぎこちなく手の中で回していた。彼らはどこから話を始めていいかわからないようだった。ひとりが思い切って言った。

「まずあなたに感謝したいと思います。まだこうしておれるのは、あなたのおかげであることはよくわかっています」

　私はスポークスマン役を遮って、問題の重大さを考慮しても、おそらく執行猶予にしかならないだろうと強調した。だが彼は、感謝の表明とはまったく別なことのためにきたとして、続けた。

「そこで申し上げたいのは、収容所にはシャルルマーニュ部隊も、他の者もいることです。彼らが自由なのに、我々が獄中にあるというのは公正ではありません」

「おまえたちは裏切り者の卑劣漢だ」と私は答えた。「おまえたちのような者をフランスに連れ帰ることが、私に楽しいとでも思っているのか？　そんなふうだからおまえたちは、運よく見つからずにすんだ者さえ見逃してやることもできなかったのではないのか？」。

「たぶんそうできたかもしれません」と首謀者と思える者が言った。「でも我々を見て、彼らはこちらが捕まえられたので、ばかにした。それに彼らはちょっとやりすぎです。彼らの部屋には、〝ファシズム打倒にいっそう団結〟というようなご大層なプラカードまである。それでも、我々をばか者扱いなどしなかったら……なにも言わなかったでしょう……でも挑発されたら、かっとなります。もうすでに彼らには釈明してあるのです。彼らには腕に痣があるはずだから見分けられるでしょう」。

　諍いが起こるだろうと予想はしていた。そこで私は善良なNを呼んで、腕の傷痕で、あの軽率で破廉恥なまでの武装ＳＳの残党どもを見分けて、その敵方と一緒にブンカーに連行し、次いでＰＣ〔フランス共産党〕の粛清者どもに、たとえ不完全に見えようとも、〔収容所内の〕フランス委員会では警察がまだ機能していることを伝えるよう頼んだ。

　二時間後、Nが任務を実行して几帳面に報告に来た。私は寝ていた。彼は私の足を引っぱって起こし、大笑いしながら、一ダースばかりの色とりどりの小さなボール紙を次々とテーブルに落とした。

あの抜け目のない武装ＳＳ各人がすでに国民戦線ダッハウ収容所支部のメンバーになっていたのだ。

解放六週間後、収容所にはもう健康なフランス人は多くはいなかった。ある者は健康診断で外出許可証を与えられると要領よく帰郷し、ある者はコンスタンツ湖に辿り着いたが、そこではルクレール将軍が、相変わらず大領主然として、彼らがそれまでいた豚小屋とは似ても似つかぬ豪華な館でレセプションを催していた。哀れなチフス患者は百人ばかりしか残っていなかった。ヴァチカンの使節団がアメリカ赤十字とともに彼らを世話していた。そのとき、わが「司祭」たち、イエズス会のヴァルトン神父、ルリエーヴル司祭、26号ブロックの若きフランス人司祭たちの周囲では、素晴らしい献身的行為がなされていた。とくにフレッス司祭とエニオン神父。赤ひげドクター・ボーンは立っていられなくなっているのに、メモを寄こしてきた。私はそれを、彼の周りにいた我らが司祭と医者の大部分を鼓舞していた自己犠牲の精神の証しとして大切に保存しているが、そこにはこうある。「一九四五年五月三日。発疹チフスに罹った病人は明日からＳＳキャンプに移され、アメリカ人医師に治療されるというが、おそらく囚人から選んだ医者も何人かは必要になるだろう。私はぜひその一人として収容所の病人を治療し続けたい。たとえそのため、最後のフランス人病人の出発まで私の帰還が遅れることはあっても」。

この内々にしてくれというメッセージに（ボーンの謙虚さは有名だった）、私はわがフランス人医師たちを大変誇りに思い、いつかこの素晴らしい行ないの証拠を公表したいと返事した。いまここでそうしたのである。

パリでは、アンリ・フレネーが、数十万人の捕虜とＳＴＯの徴用者、数万人の強制収容所囚人の迅速な帰還を首尾よく指揮していたが、〔容喙する〕共産主義者に対抗するための手助けをしてくれと求めてきた。後者は、彼らが利用しようともくろんでいた、帰国した一二〇万のフランス人が上げるはずの非難の声という主要な口実を放棄させられ、いわば彼らの策謀の手立てを断つことなど、もちろん容易には認めなかった。彼らはフレネーに対して恥知らずな悪意ある不正キャンペーンを行なっていた。アジプロの仲間たちは（我々を訪ねてきた憲法制定議会代表団に属する共産党議員が着いてから、すぐさま活動するのを見たが）、ありもしない不満を利用することができないのでやる気をなくし、引っ込んだので我々の自由になった。そこで結局、最後まで我々、委員会の仲間と私を、献身・忠誠・友情で支えてくれた忠実なグループと一緒に帰国することを考えることができた。スタンジェ司祭、ジョルジュ・フリレ、ド・マルセイユ、アンドレ・パージュ、ベリエなどの面々である。

小柄なルー、ムタン、ピエロ・ピュジョル、若いペレたちには、仲間の身の回り品や貴重品を持ち帰る世話を委ねたが、これらの物品はSSが携帯品預かり所に忘れていって、解放後の総略奪、とりわけヴラソフ軍の傭兵どもが得意技とした略奪から奇跡的に救い出されたものだった。

そこで、決めておいた役目をほぼ完了したので、我々、教会参事会員ダギュザン、シトロン、好漢ニーコと私は、ルクレール将軍が手配してくれたメルセデスで帰国の途についた。最後に収容所を一瞥すると、火の消えた火葬場の囲い地には多くの友の遺灰を残したままで、さらにライテンベルクの丘を見やると、そこでは無数の仲間の遺体が土となり果てており、我々のようにこの無上の至福の瞬間を味わうことはなかった。

出発に際し、我々は帰還を祝して、ラインを渡るときは必ずあの懐かしい「ラ・マルセイエーズ」を歌うことを誓いあった。これを考えついたのはニーコである。しかし翌朝、実際に河の前に着くと、我々にはこの約束を実行するだけの勇気がなかった。ド・ラットル将軍の意向により、第一軍の工兵隊の手で革命歴二年の大立者たちの有名な立て札「ここに自由の国はじまる」が再現されており、我々の息が詰まってしまった〔これは一七九一年の連盟祭（バスティーユ記念祭）にライン橋に立った、アルザスのフランス併合を象徴するもの。大立者とは革命期アルザスが輩出した多数の将官のことか——不詳〕。自由！　あれほど長く渇望し何度も何度も、終わりなき整列点呼 Antreten のあいだ、あの震え声で語っていたのに、喉が詰まって、ストラスブールの入口で我々を迎えてくれた白地の看板に青と赤で書かれたその名を、ただ見るだけだった。ところで、誰でも知っていることだが、喉が詰まると歌うには不具合だ。ましてや「ラ・マルセイエーズ」は。

ストラスブールの北郊ヴァッケン・センターにある引揚げ者事務所に出向いた。遅れた帰還者たちが通行証や戸籍証書代わりになるさまざまな書類を得るため行列していた。手続きは時間がかかった。共産党の宣伝文句に敏感らしい、ある捕虜が苛立っていた。彼がこう揶揄しているのが聞こえた。
「また無秩序、混乱の国に戻ってきたのだな」

そのとき、どこかのコマンドへの移送から逃亡して、ひとりでここまで生き延びてきたと思われる孤立した囚人が縞服のだぶつく骸骨姿の身を起こした。そしてひどくうんざりしたような声で、こう洩らした。
「見てきたばかりの秩序と比べて近くから見ると（皮肉たっぷりに、「秩序」を強調したが）、死ぬまで《フランスの無秩序万歳！》と叫びたくなるな」

22　エピローグ

「死人《しびと》の名はわが鎧かぶと、ひそかなる絆でわれと結ばるる」
（フランソワ・ヴェルネ）

フランスの無秩序万歳！

この言葉でわが収容所物語を終わりたい。

ヴァッケンのホールで出会ったあの見知らぬ仲間の反抗的叫びから、かくも深い節度の教訓が引き出せるとは！　だが皮肉は時の流れとともに次第に色褪せ、パラドックスは必ずしも評価されない。それゆえ、語り終えつつある経験の本質的な点をもっと普通の言葉で言い表わしてみよう。

まず繰り返し言わねばならないが、この経験は、私に関しては例外的な側面を有する。思いもしない状況の符合で、二年近くものあいだ、当事者としてまた証人として、強制収容所送りのドラマに立ち会うことになった。しかしこの悲劇は、はるかに恐ろしい状況で他の者が経験したことでもあるが、彼らにはこうした些細なことがらのいくつかをすべて見たり聞いたり、ましてやときおり私がしたように書き留めたりする機会があったわけではない。こうした些細なことがらについては、「イポリット・」

テーヌ〔十九世紀の実証主義哲学者〕が出来事の説明には、それらを関連づけて〔簡明に〕語ることが長々と記述するよりも有効であると言っていたが。

ジャック・ルヌヴァンのようにマウトハウゼンに送られるとか、彼や他の者のように、毎日収容所に達するのに二〇〇段もよじ登らねばならなかったとしたら、私には夜、二、三のメモ書きをするような趣味はもてなかったであろう……要するに、彼と一緒の徒刑地に行ったならば、彼とともにそのまま残ることになっただろう。ブレゾやエストラボ、スランジュ＝ボダンと同年齢であったならば、耐久力も弱まり、おそらく彼らより先に火葬場に行くことになったかもしれない。入所するとすぐ私を引き受けてくれたヴィリー・バーダーやロレーヌの司祭グループ、親切なヨーゼフ・ヨースたちがいなければ、一九四三年九月、突飛な非公式の通訳ポストが、ひと言もドイツ語を知らない私に舞い込むことはなかったであろう。この言葉を知っていれば、たぶん物事が別な角度からより現実的に見えただろう。だから多くのことを見逃しており、別なふうに見ていたならば、私が描こうとしていたものに異なった色彩を与えられたかもしれない。ボーン、マルソー、ローシュたちがチフスのときのように支えてくれなかったとしたら、いまごろ私の名は、一九四五年一月の死者の長いリストに、あのマランドルとミエのあいだにM〔ミシュレの頭文字〕という字でしかるべく記載されていることだろう。

結局のところ、あのころ26号ブロックで私を包み込んでくれた集団の祈りにどうして触れずにいられようか？　文字通りそれに支えられ、励まされていると思わなかったとしたら、実際そうしたように、あの諦めないという意志をどこまでも守り通せただろうか？

『恙《つつが》なくはなく〔原題名：健全でも無事でもなく〕……』。収容所解放の一〇年後、ラーフェンスブリュックの生残り〔ジャクリーヌ・サヴェリア〕の小説が、実際にはつねに、〔作中で〕下された判断が彼ら自身に適用される側面があること、そのことを忘れていた生存者たちに思い出させることになる。ただ一〇年前から、呼びかけに応えることをやめた者たちは別としてだが。それは、彼らは年齢より早く、肉体的に消耗して、一九四五年春に火葬場の庭とか周辺の共同墓地に置き去りにしてきた仲間たちに〔あの世で〕合流することになったからである。

我々のした経験は消しがたいものである。残りの人生に深く影響したのだ。その傷痕が、すべて目立つわけではないが残った。『恙なくはなく……』。これは、気が滅入るが、真実の表現だ、と繰り返し言っておきたい。我々は我々みずからと他の者たちの深淵をのぞいた。なにほどかの無邪気でさえも、我々には永久にタブーなのである。

しかしながら、別な面から、この定義づけは私には不快である。外見上の無頓着さがときおり、我々がどこから戻ってきたのかも知らず、この残りもの Nachschlag の生を生き長らえるという驚くべき感覚を我々のようには味わえない者を驚かすとしても、それでも我々を厚顔無恥、破廉恥漢と思ってはならないだろう。感情麻痺の人間ではないのだ。我々にとって、春の再来は爾後なにか名状しがたいものになった。毎年、解放記念日になると、我々は自然と互いに健勝を願うやりとりをした。それが、生者の世界へ二度生まれること、我らが「再・生」を祝すやり方だったのである。

誰にもみずからの収容所経験からなんらかの好きな結論を引き出す権利がある。そしてこの結論は、この経験を強いられた状況とそれを経てきた者の性質そのものによって異なる。私にとって、収容所生活から引き出したいのは、人間への希望の教訓である。他の者が人間や事物の絶望的な面にだけプロジェクターを向けるのは自由だ。

連合軍による収容所解放時、ダッハウでインタビューをうけるエドモン・ミシュレ

1945 年、ダッハウ収容所出所後のド・ゴール政権の未来の大臣エドモン・ミシュレ（「ル・モンド」2015 年 4 月 7 日掲載）

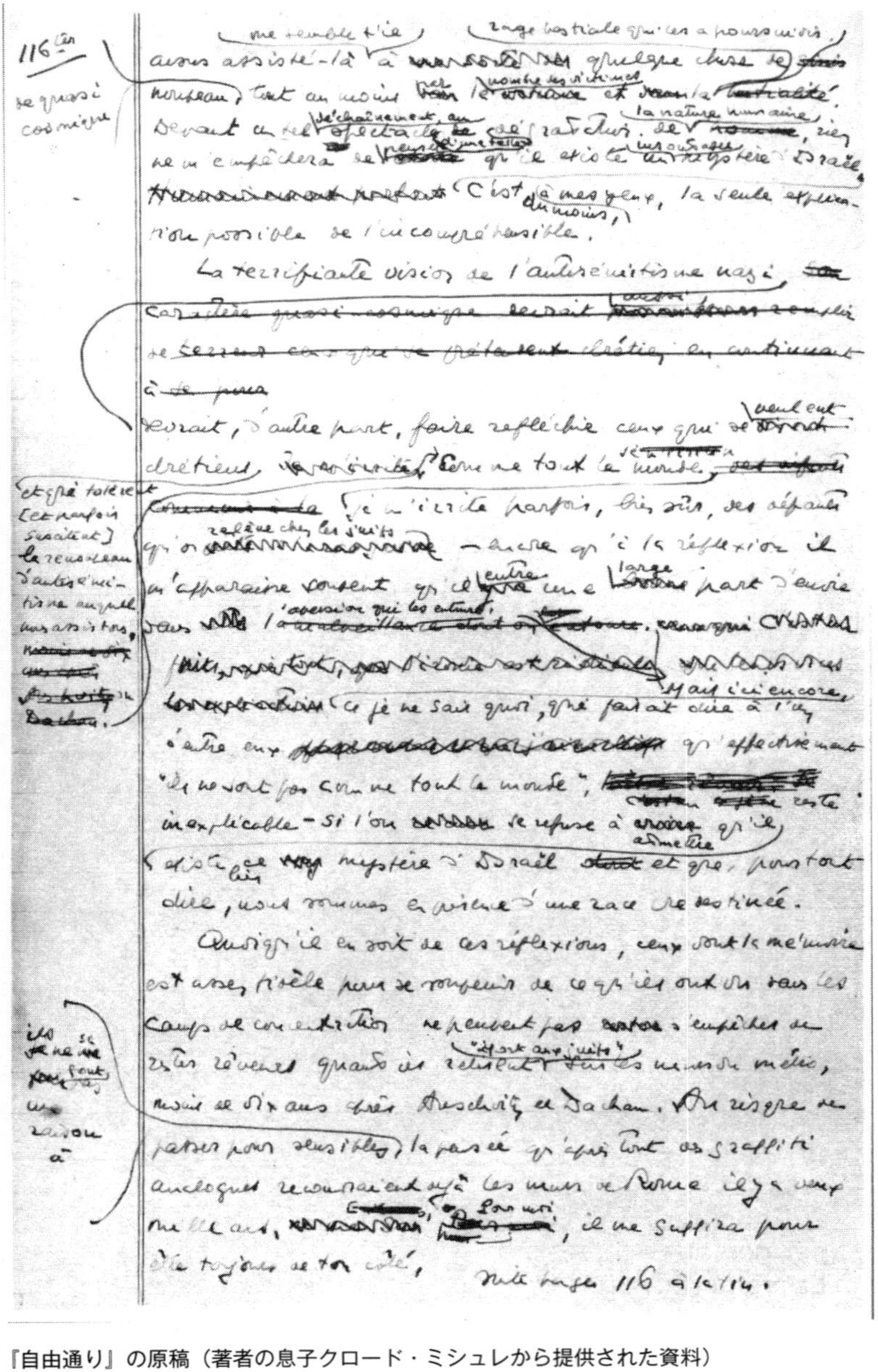

『自由通り』の原稿（著者の息子クロード・ミシュレから提供された資料）

そういう面が存在するのは本当である。明白に、だ。しかし私はなによりも、人間の心の信じられないような可能性に信頼感を取り戻させるものを探し求める真摯なる意志が、我々の経験したような航海を乗り越える唯一のよき手段であると信じたい。将来の候補者への忠告だ。

候補者はいるのだ。一九四五年の陶酔感のなかで、閉鎖され、終わったと思われている強制収容所の時代はつねに存続している。悲しむべきことがあるとすれば、元強制収容所囚人がみずからに起こったことを忘れて、その最悪の敵も同じ運命を被ればいいと思うほどになることがあり得ることだ。こう書きながら考えているのは、わが共産主義者仲間で、彼らは「政治的制裁の名目で科された強制労働」を正当化するが、これはそこに包含されているものが見え見えの偽善的婉曲語法である。

それにまた、ざっくばらんにでも、誰かが元囚人に共産主義者の話をすると、前者はいやでも、後者にも親切で、ときには素晴らしい収容所仲間がいたことを考えざるをえないことがある。小利口者どもはここで彼らをおめでた人間呼ばわりするだろう。小利口者どもは安心してよい。元囚人たちはある種の態度の類似性をなにも知らないわけではないのだ。彼らは、ときとして、またしばしばも、ある共産主義者が本物のナチと同じように行動することを知っている。そのため、元囚人がみずから見た共産主義者の〔普通の人間的〕言動を否認するとでも言うのか？　彼らには、またしばしば共産主義者がただの人間としてだけ現われることもある。だが、それは大切なことなのだ。結局、安心させられるのは、この発見である。

別な者は、民衆的寛大さにブルジョワ的エゴイズムを対置しようとする。滑稽かつ時代遅れの、不適切なアンチテーゼだ。そんなことを聞くとすぐに、死者のなかにいたスランジュ＝ボダン、ボノト、エストラボ、ギヨーム・デュセル伯爵などの生気の失せた顔が、まざまざと蘇ってくる。彼らはあそこでは寛大さの、いやそれどころかキリスト教的慈悲の素晴らしい証人だったのだから。

わが哀れなる仲間たちよ、なんとかその顔を蘇らせようとした諸君よ、いま私には危惧の念が生じている。諸君が死ぬまでに堪え忍んだことすべてを伝えられなかったのではないか、という不安だ。この無能力は許してもらいたい。ただ善意だけは認めてくれたまえ。また諸君のことを語るこの物語になにか結論を得ようとすることの難しさも理解してほしいのだが……。

しかし結局のところ、なぜ結論づけようというのか？　生、諸君が諦めざるを得なくなるまでには、あれほど愛していた生は続いている。我々は生とともに歩み続けている。また我々は、フランス、諸君みずからが一身を捧げ尽くしたあのフランスも歩み続けるよう願っている。我々に残っている力を使うのはその存続のためである。

我々はしばしば諸君のことを考える。そう、我々、生残り組は。諸君のことは忘れられない。諸君が知っているこの私には、諸君に最後の告白をする権利がある。かつてあのダッハウの礼拝室でのように（一時オボワルーが変わってくれたが）、死者追悼の祈りのときに私の思いを諸君の方に向かうがままにすることがあるたびに、それには果てしがないのだ。やっと「〔煉獄後の冷やしの〕潤い、光と平和の地〔天国〕」を見出した懐かしき兄弟よ、諸君の名を連祷するとどれほど長く続くことか……。

訳注

(1) こうしたドイツ語、とくに収容所組織固有の用語の訳語は難しく、関連書の多くでも一定せず、とりわけドイツ語特有の合成語訳はまちまちである。しかも厄介なことに、囚人となったフランス人の記述も一定せず、たとえば、ブーヘンヴァルトの囚人ロベール・アンテルムの『人類』では、前記の Stubendienst は単なる雑役当番ではなく「小屋(ブロック)の管理担当の囚人責任者で、小屋囚人頭 Blockältester の権力下にあり、後者は収容所囚人頭 Lagerältester の権力下にある」とされている。この収容所囚人頭はSSに対し収容所の機能の責を負う班長 Kapo の統括者であるが、ただ囚人が務める収容所警官 Lagerpolizei=Lagerschutz のような語は『自由通り』には登場しない。要するに収容所によって異なるのか、もともとが複雑なのである。そのうえ大きな独和辞典でも、ナチズム関係用語例は少ないが、収容所関連になると、まるでタブーであるかのごとくまったく無視されていることが多い。いちいち例を挙げないが、本書では基本的には通例に則しながらも、著者エドモン・ミシュレの描く収容所世界の雰囲気にできるだけ相応しいように心がけたつもりである。

(2) 点呼は、フレーヌ監獄ではともかく、強制収容所では重要なセレモニーの一つだが、名前を呼ぶ点呼ではなく、登録番号による「数字点呼」、いわば員数確認であった。何千、何万人の囚人名を呼ぶのは不可能であり、移送や死者による変動も毎日あったのである。それになによりも囚人は「人間」ではなく、Stück=piece(個数、物)だったのである。

(3) ノイエ・ブレーメン Neue Bremen は地名ではなく、収容所名。推測だが、ブレーメンとは本来北ドイツの自由都市。直訳すれば、新ブレーメンとは新自由都市。Neue が女性形なのは、自由=Freiheit がドイツ語では女性形であるから性が一致して、こういう名が付いたのだろうか。この収容所が新設ということもあるが、本書の題名同様、ミシュレが模したナチ特有の残忍冷酷な諧謔趣味的命名なのだろうか。

(4) N・Nとは、夜と霧、いわば夜陰に乗じてゲシュタポが人狩り、とくにオランダ人、ベルギー人、フランス人に対して行なったことに由来するが、ナチはこれを「海の泡作戦」とか「春風作戦」とも呼んでいたという。「自由通り」も同じ伝であろうか。

(5)同名のモロトフとは、独ソ不可侵条約を締結した露外相のことか。ソルジェニーツィン『収容所群島』(木村浩訳)によれば、このモロトフは「愚鈍でうぬぼれ屋……爪先から頭のてっぺんまで私たち(囚人)の血にどっぷりつかっている男」とある。

(6)ヴラーソフ軍とは、将軍ヴラーソフが第二次大戦中捕虜となり、ドイツ国防軍の後ろ盾でロシア人捕虜と形成した「ロシア解放軍」。これについては、前掲『収容所群島』に詳しくあるが、事情は相当こみいって複雑であり、実際には「真のロシア解放軍なるものは存在しなかった」という。また、「《ヴラーソフ兵》という語は《汚物》という意味とほとんど同じである」というから、ソ連では完全な裏切り者扱いだったのだろう。

(7)これは、いわば西欧の伝統らしく、第一次大戦中クリスマスに一時休戦し、英独の兵士が塹壕から出てサッカーの試合をし、即席即興の宴を共にしたあと、翌朝からまた銃を撃ち合ったという。また第二次大戦中も強制収容所でSSと特別部隊の死体処理役囚人がやはりサッカーボールを蹴りあったというから、まさに戦争さえもはるか遠く中世では狩猟同様、貴族のスポーツのようなものであったという「ホモ・ルーデンス」の面目躍如といったところか。

(8)以後も本書中では、飢えたロシア人の話が出てくるが、当時スターリン下のソ連は一九〇七年の捕虜の処遇に関するハーグ協定を認めておらず、捕虜の待遇にいかなる義務も負わないし、自国の捕虜の保護も求めていないという。また驚くべきことに、国際赤十字社も認めていないので、ロシア人捕虜には小包も届かないのである。あとで触れる「スターリン刑法」のためであろうが、ソ連がこのハーグ協定を承認するのは、スターリン死後、一九五五年である。なお一八九九年、このハーグ国際平和会議を提唱したのはロシア皇帝ニコライ二世であるというから、なんとも皮肉な話である。またソルジェニーツィンの前掲書によれば、すでに一九一五年、「ロシアは、捕虜生活(の方)がいいという噂が流れてロシア兵が喜んで投降するのを防ぐために、ドイツにいるロシア軍捕虜に援助物質」を送らなかったという。このノーベル賞作家はこういう考え方には、ロシア固有の「ある種の遺伝」が見られるというが、現況のロシア国家のありようとか振舞いを見ると、さもありなんで、同種の「遺伝」、つまりウクライナやバルト三国などの民族主義との軋轢も依然として「民族的遺伝」のように続いているのだろう。

(9) ちなみに、一般にナチは、ロシア革命二年後（一九一九年）に始まったという旧ソ連の強制収容所制度を模倣したと言われているが、ソルジェニーツィンの前掲書に克明に描写された収容所群島と比べると、実態は相当異なるようである。ただ、この模倣劇には次のような忌まわしい皮肉なエピローグがある。「スターリンの命令で、ナチの収容所から生還した数十万人の捕虜がロシアの［収容所群島の］収容所に再収監された」（クロード・ルフォール『余分な人間』（拙訳、未來社）。つまり、「大祖国戦争（第二次大戦のこと。旧ソ連での呼称）」を戦った者が帰還と同時に、今度は別な独裁者の毒牙にかかって徒刑地に送られたのである。そのなかに、ここダッハウのロシア人もいたのだろう。どうしてそんなことが起こったのかは、このルフォールの書に詳しい。もっとも、前掲ソルジェニーツィン『収容所群島』はもっと具体的かつ詳細で、「スターリン刑法によれば、捕虜となった兵士は帰国後全員銃殺刑に処せられなければならない」とあり、帰還した捕虜が「鰊の大群のように……灰色の群れをなしてソ連の監獄」に流れていったとある。

(10) この売春小屋について補足すると、これはSS全国指導者・全ドイツ警察長官ヒムラーの「全国命令」で一九四三年に各強制収容所に設置され、「特別棟」と呼ばれた。目的は政治犯を堕落させたり、スパイしたりすることであったというが、強制収容所システム全般について言えると同様、動機も目的も愚劣で卑劣、なんとも浅薄皮相、酷薄なものである。コーゴンの『SS国家』にその実態の一部が記されているが、女監視人SSも囚人も、犠牲にされた女囚も人間堕落・腐敗すると、どこまで堕ちるのかという思いに駆られる。ただそのなかでも、人間としての尊厳・品位を保ち、ひととしての矜持を示す者もいたことは救いだが。

(11) E・コーゴン前掲書によると、強制収容所には当初三つの等級があった。等級I：労働収容所（最も寛大な形態）。

等級II：生活・労働条件を厳しくした強制収容所。等級III：重労働収容所（ここから生きて出ることは稀な、いわば絶滅収容所）。ダッハウは等級Iだが、それでも本書に描かれたような苛酷な世界であった。戦争の進展とともに増大した収容所システムが変容し過激・残酷化したのだろう。

訳者あとがき

本書はEdmond Michelet: *Rue de la Liberté—Dachau1943-1945*, Editions Famot, 1975の全訳である。原題をそのまま訳すと、『自由通り——ダッハウ一九四三—一九四五』である（以下、ここでは邦訳名を『自由通り』と略記する）。なお初版は一九五五年、Editions du Seuilである。

著者エドモン・ミシュレ（一八九九—一九七〇）は詩人でも作家でもなく、ド・ゴール政権下で国防相や法相、文化相などを歴任したフランスの著名な政治家である。ただし、政治家になったのは戦後、活躍するのはド・ゴールの下で国防大臣を務めてからであり、第二次大戦中は、レジスタンスの活動中ゲシュタポに捕らわれ、ダッハウに送られる。

本書はそのダッハウ強制収容所実録「物語」で、題名にある「自由通り」とは広大な収容所の中央通りのことであり、その命名者はミシュレ本人であるという。おそらくミシュレは、本書図版（二三〇頁参照）のゴシック文字のドイツ語掲示版にある、「立派な囚人としての規律徳目を遵守することが《自由への道》」であるという字句から皮肉な諧謔的連想をしたのであろう。アウシュヴィッツの門にかかる「労働は自由なり」と同じ発想であろうか。

さてまずはその経歴を辿ってみよう。ただその息子クロードの『わが父、エドモン・ミシュレ』など何冊かミシュレ論はあるものの、残念ながら入手できず、その伝記的詳細には不明な部分も多々ある。ここでは、主として本書でも登場するピエール・シトロンこと、ジョゼフ・ロヴァンの浩瀚な自伝『ドイツ人であったことを覚えているフランス人の回想』(一九九九年、以下『回想録』)を参考にする。二人はダッハウの同囚であるのみならず、戦後も、一九七〇年、ミシュレの死まで、このユダヤ系ドイツ人ロヴァンは彼に同道している。この『回想録』はミシュレとの公的・私的交友関係が多出する、一面「エドモン・ミシュレ論」の観がある。

エドモン・ミシュレは、一八九九年、パリで生まれる。わが国で言えば、明治三二年、日露戦争勃発五年前の頃である。戦後、ミシュレを重用するド・ゴールより九歳年少、ダッハウ以来、ミシュレを「ボス」と仰ぎ、敬愛する前記ジョゼフ・ロヴァンより一九歳年長、三人とも、いわば明治、大正世代である。

一九一一年、一二歳で、いわゆる義務教育終了後、第一次大戦末期の一九一八年、歩兵部隊に志願する。その間どのような教育を受けたのかを含めて、動静は不明。参戦はしていないようであるが、それでも、歩兵部隊で伍長にまでなったらしい。ミシュレは、ド・ゴールのようなエリート教育は受けていないようだが、本書を読めばわかるように、その知的レベルは高く、その精神世界は清明にして高尚である。たとえば、本書では、いたるところに聖書の詩節や、多くの詩人、作家、とくにペギー、ヴェルレーヌやヴァレリー、クローデル、アラゴンなどの断片・詩句が引用されている。こうした詩句が、残忍酷薄な非人間の収容所世界の描写にあって、まるで荒く険峻な山奥を流れる谷川のせせらぎのように清冽な響きとなって、行間に流れる。独学独習なのであろうが、エドモン・ミシュレは、わが国の明治人によくあるような漢籍豊かな独立不羈のひとにも似て、政治家でありながらその人文学的教養は広く、文学的造詣は深い。

またその振舞いについて言えば、潔く清廉である。たとえば、後述する「フランス・アルジェリア協会」会長としてアルジェを公式訪問した際、みずからを含めてロヴァン等の随員に貴重高価な贈物を受けるのを辞退するよう求めた。ロヴァンが土産にしたのは年代物の絨毯ではなく……ナツメヤシひと房だったという。政治家としての身の処し方も潔白だったのである。「義人 Juste」とされる所以であろう。ちなみに、このときミシュレは、独立アルジェリア共和国アルジェ市の名誉市民の称号を贈られた最初のフランス人となっている。

第一次大戦後は、中部フランスのリムーザン地方の町ブリーヴに居住し、食品卸売業か代理業に携わっていたようだが、この頃からカトリック青年同盟に加わり、一九三〇年には、コレーズ県のカトリック青年同盟の長になり、シャルル・ペギーに傾倒して社会カトリシズムを信奉し、その活動を深める。

一九四〇年、フランス降伏直後からレジスタンス活動に入り、やがて本書にも出てくる「デュバル」という偽名で、その運動組織「コンバ」のリムーザン地区の長になる。

一九四三年二月、ブリーヴでゲシュタポに逮捕され、パリ南東ヴァル・ド・マルヌ県の小町フレーヌの監獄を経て、九月にはダッハウ強制収容所送りとなる。そして一九四五年六月に帰還するまでは、本書にあるとおりである。

以下は、先にも触れたように、ダッハウでの収容所暮らし以来、ミシュレの政治生活の節々に登場するジョゼフ・ロヴァンの前掲書に依拠するが、その記述には興味深いものが多々ある。

たとえば、一九四五年、ミシュレはコレーズ県選出の代議士になるが、ほどなくド・ゴール将軍に呼び出され、国防大臣就任を打診される。これには、肝の据わった豪胆な男ミシュレも唖然とした。社会カトリシズムを掲げた活動経験はあるものの代議士一年生で、政治家としての経歴は無に等しい。彼もさすがに突飛な申し出と思ったのか、自分は第一次大戦末期になってやっと伍長になったに過ぎないと抗弁し、辞退した。すると、将軍は、「では、マジノ伍長はどうなるのかね?」と反駁した。このひと言で決まり、ミシュレ国防大臣誕生となる。これは説明を要するであろう。マジノとは例のマジノ線のアンドレ・マジノ(一八七七—一九三二)のことだが、この人物は、軍隊で出だしは伍長でも、のちに下院議員となり、陸軍次官に昇進。第一次大戦後は植民地相、陸相にもなっている。法学の学位も有するというが、ともあれ、ド・ゴールはこれを引き合いに出したのである。

だが、どうしてミシュレなのか? これには、終戦直後の政治的状況が背景にある。当時は共産党など左派勢力が強く、三党連立政権についたド・ゴールは組閣に当たり、彼らの要求に応えざるを得なかった。だが、軍部はなんとしても掌握しておかねばならなかった。なにしろナチには勝利したものの、フランスを取り巻く情勢は不安定かつ不穏で、アルジェリアでは、ド・ゴールがパリのシャンゼリゼを凱旋行進して一年も経たない一九四五年春、反フランスの暴動が起こり、ハノイでは民衆が蜂起し、ホー・チ・ミンのヴェトナム共和国が誕生していた。あちこちで植民地の叛乱が起こっていたのである。そこで、こうした状況下で、共産党勢力を抑えるべく、ド・ゴールは、ミシュレがダッハウ収容所で、共産党グループと良好な関係を保ちつつも、重要案件に関してはなにひとつ譲らなかったその「調整・指導能力」に目を付けたのである。

なおこのとき、ロヴァンはミシュレに請われて、大臣官房付特命担当として国防大臣と行動を共にすることになるが、当時、二人はフランスじゅうに散在するほぼ百万人ものドイツ人戦争捕虜問題に腐心していた。ミシュレは、ロヴァンに「フランスの地にミニ・ダッハウを増やしてならぬ」と言って、この問題処理を命じた。詳しくは触れないが、このドイツ人戦争捕虜とは、主として米軍が捕えてきた者たちで、特命とは彼らの扱いなのである。まことに厄介な仕事だが……。

その後、ミシュレは一九四六年には再選されるが、一九五一年には落選。一九五二年から一九五九年までは上院議員、一九五八年には上院副議長に就任。ド・ゴール復帰の一九五八年、在郷軍人担当大臣、次いで一九五九―一九六一年法務大臣。ロヴァンによれば、ミシュレは「〔仏独の〕監獄を内部から知る最初の法務大臣であった」。その後、アルジェリア戦争をめぐって、首相ミシェル・ドブレの弾圧強硬策容認に反対して辞任を強いられるが、ミシュレのこうした穏健な和平的精神は、インドシナ戦争の際にも見られる。ホー・チ・ミンが訪仏したとき、ミシュレは彼に会おうとした数少ない人物の一人であった。また辞任の際、ド・ゴールはミシュレに首相になる気はあるかと訊かれ、その器にあらずと辞退している。植民地問題の強圧的処理を忌避したのだろうか。彼はリベラル派なのである。

大臣辞任後は、一九六七年まで憲法評議会員を務めるが、その間の一九六二年には、ド・ゴールの要請でフランス・アルジェリア協会を設立する。やがて政府に復帰して、一九六七年、公職・行政改革担当国務大臣、一九六九年から死去するまでは、アンドレ・マルローの後任の文化大臣となる。ちなみに、マルローはミシュレを「フランス〔レジスタンス〕の礼拝堂司祭」と評したというが、前記の

Juste（義人）には篤信の人という意味もある。

さて、こうしてざっとミシュレの略歴をみると、その歩みはほぼド・ゴールのそれに一致している。将軍大統領は伍長か軍曹上がりの、この傑出した人物をよほど高く評価していたのであろう。ミシュレもド・ゴールを敬愛してやまず、とくにアルジェリア戦争の困難な時期には法務大臣職にあって、ド・ゴールだけが戦争を終結させると、心底信頼していたという。二人は終生厚き友情を育み、その関係は途切れることがなかった。二人とも享年一九七〇年、ド・ゴール八〇歳、ミシュレ七一歳。まさに死ぬまで一緒だったのである。

ところで繰り返しになるが、こうしたごく短いエドモン・ミシュレ略伝は、主に前記ロヴァンの記述を要約したものである。この人物もわが国ではほとんど知られていないが、紹介に値する人物だと思うので、ここで簡単に触れておこう。

ジョゼフ・ロヴァンこと、本名ヨーゼフ・アードルフ・ローゼンタールは、一九一八年ミュンヘンに生まれる。父姓からも推察されるごとくユダヤ人である。一九三四年、ナチの台頭を恐れて、両親と共にパリに移住。いまでいう「難民 displaced persons or refugee」である。長じて、パリ政治学院やソルボンヌに学ぶ。一九四一年、「敵性外人」の投網をくぐって、友人ピエール・シトロン名を借用し、レジスタンスに身を投ずる。一九四四年二月、レジスタンス仲間フランソワ・ヴェルネたちと共にゲシュタポに逮捕され、やはりフレーヌを経てダッハウ強制収容所送りになる。ついでながら、ここで触れておきたいのは、ロヴァンが逮捕されたときに覚えたという感慨である。前掲『回想録』第五章ダッハウにこうある〔ロヴァンには四〇〇頁もの『ダッハウ物語』という別著があるが、この『回想録』の章はその一部か抜粋であろう〕。

「〔パリ八区ソッセ街の警察庁で調書を取られて〕数時間後、フレーヌの監房に入れられると、そこには二人の先客がいた。指示された板寝床に横になると、ひどく興奮していたのに奇妙な安堵感を覚えて、すぐ眠りに落ち込んだ。何カ月も、いや何年も最悪のことを予想していたのに、いざ最悪のことが起こると、もはやそれを恐れる必要はなかったのだ」

これは、ミシュレが本書冒頭で漏らす逮捕後の安堵感、「やれやれ」という安堵のつぶやき、思わず味わった解放感とまったく同じであろう。ひとは、極度の不安閉塞状況から、たとえ暴力的に拘引・拘束されてでも、抜け出せると、こうした逆説的な安堵・解放感を味わうものなのか。これは経験してみないとわからないことだろうが、あまり味わいたくないものではある。

ただこれは、特殊な状況下における人間の一般的心理でもあるようで、たとえば、ソルジェニーツィン『収容所群島』（木村浩訳）の冒頭第一章「逮捕」には類似の例が三つも出てくる。しかも、ミシュレやロヴァンの場合よりももっと複雑微妙で、ある女教師は周りの同じような人々が続々と逮捕されているのに自分だけが免れており、いつ係官がやって来るのかと疲労困憊し、苦悩の極に達する。ある共産党員は、似たような状況で精神的に参ってしまい、逮捕されるとかえって心が落ち着いたという。またある主祭は、信徒に八年間も匿ってもらいながら、やはり隠遁生活に疲れ果ててしまい、逮捕されると、「心底から神に讃歌をうたったほどである」。さらには、社会民主党や社会革命党の二人の若い女性党員が、みずからは未熟であるとし、思想的鍛錬のためなのか、「自由の身に我慢できなくなって」、進んで「誇らしげに、そしてうれしげに」入獄したとまである。

さて一九四四年七月、ロヴァンは「〔フレーヌ監獄の〕図書室がとても豊富で充実していたこともあって、身も心も満たされ、きわめて平穏なときを過ごした」あと、ひと月前には連合軍がノルマンディに上陸していたのに、家畜列車に詰め込まれてダッハウに送られる。そして収容所のフランス人ブロックに入ると、エドモン・ミシュレと知り合い、「狂える知識人」の首謀者の一人と見なされる。以後は本書にあるとおりである。

一九四五年六月、ミシュレたちとともにダッハウから帰還する。だが、奇妙なことに、このときの事情が二人の描写では異なる。ミシュレでは、ルクレール将軍が用立ててくれたメルセデスでライン河を越え、そのとき「ラ・マルセイエーズ」を歌うつもりが、感動のあまり果たせず、ストラスブールに入っている。ところが、ロヴァンでは、ルクレール将軍が提供したのはトラックで、コースも南ドイツからロレーヌと渡ってナンシーにいたり、そこからパリ行き列車に乗ったとなっている。しかも、列車は超満員で、車掌が軍服姿の某フランス人将軍とそのお付きをコンパートメントから追い出して、縞の囚人制服のミシュレやぼろ着姿のロヴァンたちを坐らせたとまである。

これでは、二人の記憶のうち、いったいどちらが正しいのか、わからない。ミシュレの記述は本書初版の一九五五年で、一〇年後のもの。ロヴァンの『回想録』出版は半世紀後の一九九九年。一緒に帰ったはずなのに、どこかおかしい。メルセデスにも戦時中はトラックもあったのだろうが……いずれにせよ、その数カ月後、ミシュレは国防大臣に任命され、ロヴァンはその官房付特命担当となる。

それはともかく、ロヴァンは帰還後から、二〇〇四年に妻の故郷である中仏カンタル県の湖で溺死するまで、驚くほど多様な生の道を歩み、その多種多彩な肩書は両手の指では足りないであろう。たとえば、フランスとドイツという二つの文化とメンタリティを有する歴史家・哲学者。ソルボンヌや

ＥＮＡ〔国立行政学院〕、パリ政治学院でドイツの政治・歴史を講義する大学教授〔パリ大学名誉教授でもある〕。ラインを越えてバイエルンのラジオ放送局や「マンハイマー・モルゲン」などでフランス事情や独仏関係を論じるかと思うと、「エスプリ」や「テモワニャージュ・クレティアン」誌の編集を指揮したジャーナリスト、評論家。「ル・モンド」紙のローマ特派員。ユネスコの委嘱で、イタリアで生涯教育に関する会議・講演する教育活動家。「民衆と文化」など数々の民衆文化啓蒙運動の社会活動家。終戦直後、フランス占領地区の南ドイツで、フランスの公務員として青年教育活動にも係わった二重国籍者。西独のコール首相の親密な顧問。エドモン・ミシュレの大臣官房特命担当や政治顧問。そしてなによりも仏独関係の専門家として、同じユダヤ系ドイツ人の帰化フランス人アルフレート・グロセールとともに両国の相互理解と協調関係推進のための仲介役。

以上、思いつくまま挙げただけでこれだけあり、その他、細かく数え上げれば切りがないほどである。そしてこうした多彩な活動から生まれた、多岐にわたる豊かな人間関係。これまた驚くべきほどの交友関係である。ちなみに、二〇〇四年、ロヴァンは溺死したと述べたが、彼はどうしたわけか泳ぎ好きで、行く先々の川や湖、海で泳いでいたようだ。次のようなエピソードがある。一九五〇年代初め、彼がユネスコの関係でイタリアはシチリア島に滞在したおり、あまりの暑さに、ホテルで水浴できる海辺を尋ねると、「この時期〔五月〕に泳ぐのは、ドイツ人と犬だけですよ」と言われたが、フランスに帰化したユダヤ系ドイツ人のロヴァンは、それでも快適に泳いで楽しんだという。幸いにもこのときには、溺死しなかったが、当時は三〇代、カンタル県の避暑地の湖で泳いだのは八六歳。事故死だったというが、暑さで犬でも泳ぐ七月とはいえ、無謀だったかもしれない。

さて本題に戻るが、ダッハウ強制収容所はミュンヘン近郊二〇キロにあって、ベルリン北郊のオラーニエンブルク収容所（のちに解体）とともに、一九三三年建設の最古の収容所で、本書訳注でも触れたごとく、収容所カテゴリーの等級Iである。だがアウシュヴィッツやマウトハウゼンのような絶滅収容所ではなく、ガス室はあっても稼働していない。それでも死体焼却炉、火葬場はあり、本書にあるように非人間の暴虐暴戻の世界、生き地獄であることに変わりはない。ただここでは、強制収容所そのものについて語るのは控えよう。なぜなら、ナチズムやユダヤ人虐殺に関してはすでに多くの著作や研究書があるが、それは収容所関連も同様で、オイゲン・コーゴン『SS国家』、ラウル・ヒルバーグ『ヨーロッパユダヤ人の絶滅』をはじめ、プリーモ・レーヴィ、ブルーノ・ベッテルハイム、ジャン・アメリーなどの邦訳書も多数あり、さらにドキュメンタリー映画『ショアー』などを加えれば、情報は山ほどあるから。

なお、収容所はアウシュヴィッツをはじめ、各地にその施設が「記憶」のため保存されているところが多いが、人口四万五〇〇〇人の町ダッハウにも残っており、二十一世紀の現代、難民が殺到するドイツではこうした旧収容所跡地がその受入れセンターに使われているという。ただ、「死と拷問を象徴する場」をそうした目的に使うことには異論がないわけではない。しかし、たとえばブーヘンヴァルトの付属施設では、戦後間もなくからこれらの建物が倉庫やアトリエ、幼稚園にさえ使われており、すでに二〇年前からは難民収容施設として役立っているというし、ダッハウでも似たような状況にあるから、歴史というものは形を変えて現代に繋がっているようだ。二〇年前からというのは、旧東独や中東欧、バルカン半島からの避難民のことであろうか。ただ、死の収容所跡地が幼稚園に……というのは驚きだが、いまやアウシュヴィッツでさえ観光スポット化して、チューインガムを噛みながらイヤホーンを耳にした観光客であふれかえり、まるでルーヴル美術館さながらであるというから、それも宣なるかなである。

それはさておき、ここでは最後に、本書における次の一節に着目してみよう。そして、その末尾の一文にある「悲しい真実を悲しく伝えただけである」という語句を手掛かりにして、言及されているロベール・アンテルムの『人類』との関連を考えてみたい。まずその一節にはこうある。

「多くの著作がフランス人にその〔強制収容所の〕真の歴史と所在地の地理を描き教えた。ダヴィッド・ルーセ、ロベール・アンテルム〔一九一七―一九九〇〕、ルイ・マルタン゠ショフィエ〔一八九四―一九八〇〕が提示した光景で、真実を表わしていないと言いうるようなものはない。この三人の証言者しか挙げないが、彼らは、文体は異なっても、同じ告発をしているのである。私自身が彼らの語る場面に類似したものの経験者または証人であったにしろ、仲間が個人的に見たり経験したりした同じような出来事を聞いたからにしろ（それも、なにものも彼らに事実をゆがめさせることのないときにだが）、私には、いま必要だと思われるので言うが、この作者たちは、各人がその能力にしたがって、〝悲しい真実を悲しく〟伝えただけである、と言う権利と義務があると思う」

さてこれを読んで、ロベール・アンテルムの『人類』（未來社、一九九二年）の訳者でもある小生は、それは少し違うのではないか、と些か違和感を覚えた。そこで二三年前に訳出したこの本を改めて読み返してみた。やはり違うのである。たしかに、ミシュレが本書で言うとおり、「誰にもみずからの収容所経験からなんらかの好きな結論を引き出す権利がある。そしてこの結論は、この経験を強いられた状況とそれを経てきた者の性質そのものによって異なる」。実際そのとおりである。二人が経てきた収容所体験は、そもそも根本的に異なり、そこには大きな相違がある。だが、どうしてミシュレは、ルーセやアンテルムの書をただ「悲しい真実を悲しく伝えただけである」と言えるのだろう? また、いま必要なので、それを「言う権利と義務がある」とは、どういうことなのだろうか?

かつて、この『人類』を、社会哲学者クロード・ルフォールは、その秀逸なソルジェニーツィン論『余分な人間』(拙訳、未來社、一九九一年)において、「ナチの収容所に関して書かれた、最もすぐれた本の一つであり、戦後のフランス文学の一大傑作である」と称え、モーリス・ブランショは「この本はたんに収容所の社会に関する証言ではなく、我々をある本質的な考察に向かわしめるもの」(L'Entretien infini〔終わりなき対話〕、一九六九年)と評したが、政治家エドモン・ミシュレには、こうした観点がなかったのだろうか。

ちなみに、前掲ソルジェニーツィン『収容所群島(グラーグ)』によれば、ソ連の収容所(ラーゲリ)は、正確には「矯正労働収容所」であり、いわゆるナチの「強制収容所」とは異なる。前者ではハンガーストライキや叛乱・暴動さえも起こるのだから。どちらの住人も囚人は囚人だが、前者はzek(一般囚人、徒刑囚、流刑囚)、後者はprisonnier déporté=deported prisoner(強制収容所送りの囚人)と、これもその名称のニュアンスのみならず、性格も実態も大いに異なるようだ。しかも、旧ソ連の収容所制度は複雑で、ソルジェニーツィンによると、十月革命後まもなく修道院跡地に建てられた集中concentration収容所、いわば修道院監獄・獄舎が始まりで、その後もさまざまな形態を経て、一九二一年の囚人科学者「特別収容所」や一九四八年の反ソ分子・政治犯「特殊収容所」などが形成・

区別されており、ナチの等級別の収容所どころではない。ロシア語では、矯正労働収容所は「イー・テー・エル」、強制労働所は「ドープル」と明確に区別されているというし、日本人もいたという国際収容所や徒刑収容所、懲罰収容所、廃疾者収容所など多種多彩にあり、「祖国への裏切り者の妻たちのための特殊収容所」さえあったというから、驚きである。

ただガス室こそなかったが〔当初ロシアにはガス室のための毒ガスがなかった〕、「北極圏のアウシュヴィッツの焼却炉はすでに燃えさかっており」、『収容所群島』第三部は「絶滅労働収容所」と題されているのだから、この訳書では「殄滅」という語も使われているが、すでに「絶滅」収容所は存在していたと見るべきであろう。だがやはりコミュニズムとナチズムを混同してはならないように、アウシュヴィッツとシベリアのコルイマは区別せねばなるまい。それは、『収容所群島』に描かれたソ連の途方もなく凄まじいスターリン体制の抑圧と暴力世界を読めば明らかだが、おそらくその象徴的な違いは、ナチの収容所はドイツ敗北とともに消滅したが、ロシアの収容所群島の「癌腫」は以後も増殖していたことであろう。このソ連体制告発の書にはこうある。「《収容所群島》は存在したし、《収容所群島》は今も存在しているし、《収容所群島》はこれからも存在するだろう!」。ソルジェニーツィンが出獄するのは監禁生活八年後の一九五三年、しかも追放身分のままで、この大著が一〇年かけて完成されたのは一九六八年である。なお、グラーグとは「収容所管理本部」のことで、便宜的に、あちこちに散在する島＝収容所にも用いられているという。

それはともかく、まず二人の収容所体験の概略を見てみよう。アンテルムは、ブーヘンヴァルトからそのコマンド〈外部収容所〉のガンデルスハイムで、飢え、寒さ、強制労働、SSの暴力に耐えて生き延び、死の行進の果てに死の家畜列車に詰め込まれて瀕死の状態でダッハウに到着した。死の行進とたやすく言ったが、まさに退却するSSに率いられた、生きるか死ぬかの行進である。

しかも、ハノーファーとカッセルのあいだにあるガンデルスハイムからハルツ山脈を徒歩で越えてハレにいたり、ザーレ川を渡ってライプツィヒ近くのビッターフェルトまで一〇日間歩き、そこから一三日間、小窓ひとつの貨車に詰め込まれ、プラハを経由してダッハウにいたるまでの二三日間、ほとんどパンなしの強行軍である。それも、落伍したら、いつ即座にSSに射殺されるかわからない。とんでもない大回りのダッハウ行である。つまり、西寄りのドイツ中部から東のライプツィヒ近くまで横断し、ドレスデンを経てプラハに入り、そこからミュンヘン近郊のダッハウまで西進と、大変な遠回りである。アンテルムは死の寸前の極限状態でダッハウに着いたのである。

この亡者さながらの群れを迎え見たミシュレは、「そのとき点呼広場が呈した光景は生涯忘れられないだろう」と記している。「旅してきた生残りは……我々をぞっとさせる不潔・悲惨・疲労困憊の状態で地面に崩れ落ちていた」。この「凄まじい形相」の「人間姿のぼろきれの中に」、おそらくアンテルムがいたはずである。

これに対して、ミシュレはチフスに罹って、「どこまでも続く井戸の底へ目もくらむほど真っ逆さまに落ち、すぐにその仕切り壁をなんとかしてよじ登ろうと」して、死の淵をさまよったとはいえ、最初からダッハウにいて、ある時期まで食料品の小包を受け取っており、比較的ましな収容所暮らしをしていたのである。アンテルムは、妻のマルグリット・デュラスからはなにひとつ受け取っていない。「ドイツに来て以来、一つの小包も、一片の砂糖も、本当の食物もまったくなかった」。ソルジェニーツィンによれば、「収容所での小包の意味は食事だけではなかった。それは精神的な支えだ」。アンテルムにはこの支えもなかったのである。また幸運にも、ミシュレは死の行進もしていないし、収容所内で秘かに行なわれていたミサに出るなどして「ノートルダム・ド・ダッハウ」像を心のよすがとする余裕があった。それに十分ではなくともスープもパンもあったのだから、やはり「ほかよりましな」状況にあったのである。もちろん、彼はいわゆる「特権囚」ではなかったが、数千人規模に膨れあがったフランス人のスポークスマンであり、ドイツ語を知らないのに「通訳」という半特権的立場にあったので、囚人として置かれた状況には、アンテルムとは雲泥の差があったのだ。

それは、二人の記述にも表われる。たしかに、『自由通り』にもスープやパンにまつわる話は出てくる。だが、『人類』には、それがきわめて赤裸々に頻繁に語られている。たとえば、「ぼくはゆっくりかんだ。パンは少し硬かった。ぼくはかんだ。全身でそれだけをしていた。ケルンが占領されようとされまいと、ぼくはかんでいた……飢えから離れられず……かんでおり、必要なのはそれで、またそれだけだった……かけらは湿ってきて、舌の上でパテができ上がった……やがて口にはもうなにもなかった」「採石場から帰って、スープを呑んだ……もっとも薄いスープの一つだった……汁を呑むと、ジャガイモが数片底に残っている……一瞬おいて、飯盒の底の小さなイモの塊りを見つめ、やおら食いはじめる……もう飯盒の底しかなく、この鉄をこすると、音がした」。こうした場面があちこちに出てくる。さらには、アンテルムが、ＳＳの酒保のゴミ箱のキャベツの葉やニンジンの皮をあさったり、仲間をまねてサイロのイモを盗み取りに行ったりする話もよく出てくる。

では『自由通り』はどうか。飢えを前にして、「あのみぞおちの痙攣……黒パン一切れを前にしたあの目眩み」を覚え、「食卓から落ちるパン屑、犬にやろうとしていたものを、まだ我々がもらえたら」というラザロの苦しみが強迫観念になることに変わりはない。ただ、「飢えて死にそうだった……手に宝物、パンとかマーガリンを握っていると、一種の狂気にとらわれる」ということはあっても、こうした飢えの直接的な描写は数えるほどしかない。アンテルムほど頻繁ではないどころか、大違いなのである。ミシュレは、ド・ゴールが言うように「己れ自身を律する」ことを心がけ、意図的に筆を抑えたかもしれないが、飢えの描写が圧倒的に多いアンテルムとでは、その状況・程度に大きな違いがあったようだ。

その証拠に、一七八センチ、八〇キロあったアンテルムは、パリで待ち焦がれていたデュラスのもとに生還したとき、三七、八キロと激減し、デュラスが怯えて逃げ出したほどの、恐ろしい形相の骨皮筋右衛門になっていた。他方、メルセデスで帰還した未来の国防大臣は、本書にも掲載したダッハウ解放当時の写真（二七五頁参照）を見ると、元気溌溂、精悍な顔つきをしている。少なくとも痩せ衰えてはいない。

たしかに、こうした違いがあっても、繰り返しになるが、二人がガンデルスハイムとダッハウという飢えと寒さの生き地獄、ＳＳの支配する暴虐世界に生きたことに変わりはない。ただ解放時の場合でも、アンテルムはダッハウの死臭がたちこめ、断末魔の呻き声のする死体置き場で、レジスタンス仲間だったミッテラン（元フランス大統領）に間一髪で奇跡的に救出され、九死に一生を得た。ミシュレによれば、解放時のダッハウでは死者がだんだんと増え続け、「瀕死者と昏睡期にあると認められた者の名前を胸にインクで記した」というが、アンテルムにはそれさえもなく、死者の中に捨て置かれていた。ミッテランと他の一人が前歯の歯並びでやっとアンテルムを判別したのである。他方、ミシュレは収容所の囚人国際委員会のフランス人リーダーとして、囚人帰還の陣頭指揮をしている。どうしてこのような違いが起こるのだろうか。ガンデルスハイムとダッハウの違いだけではあるまい。

ロヴァンによれば、ダッハウは、ある時期以降さまざまな理由から、「最良の」か、最悪ではない収容所のひとつになっていたというが、強制収容所で最悪はあっても、最良ということはあるまい。他に比べてよい、多少ましなということであろう。

ところで、なるほど二人の置かれた状況が違うのだから、当然、収容所生活も異なり、結果としてそのような違いが生じたと言ってしまえば、それまでである。それが二人の運命だったでは、さきに提起した問題の答えにはならない。だが、こうした違いの最大の理由は、おそらく彼らを襲った恐るべき飢餓感、絶望的な食糧事情にあるだろう。ミシュレもアンテルムも飢えに悩まされ、「食うことEssen」が最大の問題だったことは同じである。もちろん、そのうえ「顎がしびれ……言葉が半分しかでない」ほどの寒さや体じゅう這いずり回る虱、ネフローゼ、チフスなどの病魔が襲いかかってくる。しかしなんと言っても、強制収容所のような生の極限状況下では、このEssenこそが人間の肉体的存在のみならず、精神をも支配規定する重大事になる。つまり、その全存在を左右することになるのである。

一般に、強制収容された者は、本書にもあるとおり、まず衣類所持品を剥ぎ取られ、素っ裸で「消毒」と称するシャワーを浴びせられ、坊主刈りにされて「囚人」としての洗礼を受ける。奴隷的世界への通過儀礼である。次いでSSやカポの殴打、鞭打ち、棒打ちなどの暴力のなかで、飢え、寒さ、強制労働、虱にチフスといった逆境を生きることになる。そして時を経るにつれ、人間の尊厳を徹底的に剥奪され、「人格」を根こそぎに破壊され、奴隷か獣のような家畜的存在に落とされる。そしてこうした非人間化＝獣化の過程では、飢え、「食うことEssen」が大きな役割を果たすのである。これが、ミシュレとアンテルムの場合、その度合いが決定的に違っていたのである。ソルジェニーツィンは、収容所群島の中の極楽島「シャラーシカ〔囚人科学者専用の特殊研究所の俗称〕」のおかげで生き残ったというが、ミシュレは極楽島ほどではないにしても、やはり比較的幸運に恵まれたのであろう。

　さてこうして見てくると、いったいミシュレが、アンテルムやルーセなどは「悲しい真実を悲しく伝えただけ」であり、自分にはそれを言う権利と義務があると主張するのはどういうことなのか。その真意はどこにあるのか。本来ならば、さらに双方の作品を分析比較して検討すべきであろうが、ここではその余裕はない。ただ実を言えば、ミシュレは彼なりにその答えを出している。そのキー・ポイントは、本書の随所に見られるミシュレの「寛容の精神」「赦しの心」である。彼の心底には、これをもたらすキリスト教的慈悲・慈愛の精神が深く根ざしているのである。本書からいくつか例を挙げてみよう。

「我々、ほかならぬ我々が戦ったのは、我々が正当だったからであり、いつか……間違った人びとを鞭打つためではないのだ」

「我々にとって一時的にでも、戦いは終わったのだから、前日の感情、敵対関係、遺恨を持ち続けることほど悲しむべきことはないように思われる。我々が目にした日々の光景、被った非人間的な扱いは、この制度と戦った人びとの正当性を証するのに十分足りた。したがって、いまとなって、他人を執拗に非難して何になるだろう？　ただひたすら過ちを認めている者たちを責めて何になろう？」

「正しい道を選んだのは――やはり！――我々であるという確信において、あれほど大きな間違いをした者に対して、私は寛容の念で一杯になるのを感じた。この感覚はずっと続いた。このときから、復讐とか遺恨は無益で害をなすように見えた……知っていながら、危うく国を恥辱のどん底に落としそうになった《一握りの裏切り者》とナチ・ドイツの破滅に裁きが下されたいま、勝者は寛容な態度を示し、あまねく和解を宣言すべきだったのだ。サン・テグジュペリのように、私はつねに粛清《神話》が大嫌いだった」

政治家ミシュレの場合、この寛容・和の精神は個人とか集団としてのひとに対してのみならず、ドイツという国家にも向けられる。

「我々は、ドイツ人に対する父祖伝来の憎しみによって、鼓舞されているのではない」

「私の意図はわが友好の地理からドイツを除去することではない。それは容易なことではない、これは断言しておこう。ドイツ人と明らかに必要な対話を始めるにはなんらかの世襲の嫌悪感を克服せねばならないとか、この民族全体の恐るべき無関心さのために被ったことや、苦難のすえ発見したことを思い出して、私が怒り狂って激しい憎悪の念にかられているからというのではない。憎悪は重すぎるし、とくに疲れた肩にとっては重すぎるのである」

きわめて稀なことだろうが、ミシュレは極悪非道の収容所世界で死の淵に陥れられながらも、「寛容と赦し」を思い、「フランスとドイツがいつか和解する日」を夢み、希望していたのである。これは、強制収容所体験者の誰にでもできることではなく、寛容なミシュレだからこそできることなのだろう。しかも彼は、強制収容所という極限状況から「人間への希望の教訓」を引き出すのである。本書末尾のページにはこうある。

「誰にもみずからの収容所経験からなんらかの好きな結論を引き出す権利がある。そしてこの結論は、この経験を強いられた状況とそれを経てきた者の性質そのものによって異なる。私にとって、収容所生活から引き出したいのは、人間への希望の教訓である。他の者が人間や事物の絶望的な面にだけプロジェクターを向けるのは自由だ。

そういう面が存在するのは本当である。明白に、だ。しかし私はなによりも、人間の心の信じられないような可能性に信頼感を取り戻させるものを探し求める真摯なる意志が、我々の経験したような航海を乗り越える唯一のよき手段であると信じたい」

さきに提起した問いに対するミシュレの答えとは、まさにこの「人間への希望」であり、「人間の心の信じられないような可能性」への信頼感なのである。これを描き語ることこそが、「悲しい真実を悲しく伝える」だけではなく、それを越えてミシュレが与えたいとしたメッセージなのであろう。そしてこれこそがキリスト者として社会カトリシズムを信奉し、レジスタンとして活動し、強制収容所でおよそ想像しうる最悪の苦難を経てきた人間ミシュレのすぐれた特性であり、傑出した政治家ミシュレの「高きを目指す意志」であろう。

さて最後にもう一つ言い添えれば、こうした異なった収容所経験にもかかわらず、ミシュレとアンテルムにはなにかしら共通点があることである。二人ともが、アウシュヴィッツのガス室の恐怖こそないが、極悪非道なSS＝カポが支配する収容所で、緩慢なる死の不安におののきながら、非人間化＝獣化の過程を経て、SSの絶滅の意志と人間性の否定に打ち克ち、生き残ってきた。そしてミシュレは「悲しい真実を悲しく伝える」だけでなく、「人間への希望」と「人間の心の可能性」への信頼感を伝えるという明確なる意志をもって、ダッハウの「自由通り」という名称に託して未来への展望を語りつつダッハウ収容所物語を描いた。他方、アンテルムはより困難な状況下にありながらも奇跡的に生き残り、それを素朴な口調で淡々と語り、恐怖と汚濁の世界を昇華し、人間の尊厳を問う『人類』という存在論的な語《レシ》りの世界を書き残した。なお、ここでは触れないが、アンテルムは「悲しい真実を悲しく伝えただけ」では決してない。

さらに驚くべきは、二人ともが、飢え、寒さ、暴力の収容所暮らしを語りながらも、この恐怖の世界に対する怒りも、憎しみも、軽蔑さえもなく、また誇張もなく、この残虐と恐怖の世界を抑制した、静謐ともいえる文体で語っていることである。そしてそれを支えるのが、ミシュレの場合は「寛容と赦しの心」であり、アンテルムのほうは「人間というもの」は非難したが、「誰も、いかなる民族も、いかなる国民も非難しなかった」〔マルグリット・デュラス〕というその心と眼差しのやさしさである。彼ら二人ともが、これを強制収容所という残虐悲惨な状況下にあってなお、人間という存在、さらに普遍化すれば「ひと」という人類への信頼感、希望に託してなお持ち続けたのである。おそらくそれが期せずして得られた二人の共通点であろう。この二人の生残りには、結句として、『収容所群島』訳者あとがきにある、国外追放されて間もないソルジェニーツィンを称えたという詩の一節を借用し、捧げておこう。この三人はそれぞれが詩句にある「希望のみどりの一葉《ひとは》」なのである。

口のなかには
苦い悔恨の涙がこみあげ――
仰ぎみる空には
高みを志向する
希望のみどりの一葉

さて末尾ながら、本書出版に関しては、未來社の西谷能英氏、天野みか氏のおふたかたにはひとかたならぬお世話をいただいた。ここに謝してお礼を申し上げたい。

二〇一五年　晩秋

訳　者

《訳者略歴》

宇京頼三（うきょう らいぞう）

1945年生まれ。三重大学名誉教授。フランス文学・仏独文化論。

著書――『フランス－アメリカ――この〈危険な関係〉』(三元社)、『ストラスブール――ヨーロッパ文明の十字路』(未知谷)、『異形の精神――アンドレ・スュアレス評伝』(岩波書店)、『仏独関係千年紀』(法政大学出版局)、訳書――フィリップス『アルザスの言語戦争』、リグロ『戦時下のアルザス・ロレーヌ』(以上、白水社)、オッフェ『アルザス文化論』(みすず書房)、同『パリ人論』(未知谷)、ロレーヌ『フランスのなかのドイツ人』、アンテルム『人類』、ルフォール『余分な人間』、バンダ『知識人の裏切り』(以上、未來社)、センプルン『ブーヘンヴァルトの日曜日』(紀伊國屋書店)、トラヴェルソ『アウシュヴィッツと知識人』(岩波書店)、ファーブル＝ヴァサス『豚の文化史』、ブラック『IBMとホロコースト』(以上、柏書房)、ルフォール『エクリール』、オルフ＝ナータン編『第三帝国下の科学』、トラヴェルソ『ユダヤ人とドイツ』、カストリアディス『迷宮の岐路』『細分化された世界』、トドロフ『極限に面して』、クローデル『大恐慌のアメリカ』(以上、法政大学出版局)ほか多数。

ダッハウ強制収容所自由通り

2016年1月25日　初版第1刷発行

定　価――本体2800円＋税
著　者――エドモン・ミシュレ
訳　者――宇京賴三
発行者――西谷能英
発行所――株式会社 未來社

〒112-0002 東京都文京区小石川3-7-2
振替 00170-3-87385
電話：03-3814-5521
http://www.miraisha.co.jp/
e-mail：info@miraisha.co.jp

印刷・製本――萩原印刷
組版――フレックスアート

ISBN978-4-624-11206-6　C0022

フランスのなかのドイツ人
ジャック・ロレーヌ著／宇京頼三訳

〔アルザス・ロレーヌにおけるナチスのフランス壊滅作戦〕ドイツ・フランスの国境地帯アルザス・ロレーヌ地方をねらってナチス・ドイツが侵攻した大戦占領下のドキュメント。

三八〇〇円

知識人の裏切り
ジュリアン・バンダ著／宇京頼三訳

第一次大戦後の初版刊行以来、いくつも版を重ねた古典であり、〈知識人〉と呼ばれる階層の果たした役割の犯罪性を歴史的・思想的に明らかにする、不朽の今日性をもつ名著。

三二〇〇円

余分な人間
クロード・ルフォール著／宇京頼三訳

〔「収容所群島」をめぐる考察〕ソルジェニーツィンの小説を手がかりに、ソヴィエト社会主義の矛盾の集約である強制収容所の問題を、ロシア・マルクス主義批判を通じて論じる。

二八〇〇円

人　類
ロベール・アンテルム著／宇京頼三訳

〔ブーヘンヴァルトからダッハウ強制収容所へ〕作家M・デュラスの伴侶であり同志であった著者が、ナチ収容所での言語を絶する災厄を透徹した眼差しでつづった、戦時下ドキュメント小説の極北。

三八〇〇円

人間という仕事
ホルヘ・センプルン著／小林康夫・大池惣太郎訳

〔フッサール、ブロック、オーウェルの抵抗のモラル〕二〇世紀の哲学、歴史学、文学での代表的知性が三〇年代から戦争期にかけてさまざまな抵抗をいかに展開し、戦い抜いたかを考察。

一八〇〇円

［消費税別］

アウシュヴィッツと表象の限界

ソール・フリードランダー編／上村忠男・小沢弘明・岩崎稔訳

アウシュヴィッツに象徴されるユダヤ人虐殺の本質とは何か。歴史学における〈表象〉の問題をギンズブルグ、ホワイトらの議論を中心に展開された白熱のシンポジウムの成果。

三二〇〇円

ドイツ戦争責任論争

ヴォルフガング・ヴィッパーマン著／増谷英樹ほか訳

〔ドイツ「再」統一とナチズムの「過去」〕「普通のドイツ人」の戦争犯罪を問うたゴールドハーゲン論争を機に、ナチズムを免責するさまざまな議論を明快に整理、分析、批判する。

一八〇〇円

議論された過去

ヴォルフガング・ヴィッパーマン著／林功三・柴田敬二訳

〔ナチズムに関する事実と論争〕ナチズムをめぐって戦後ドイツで繰り返されてきた論争を全面的に再検討する。テーマごとに「論争」を整理し、歴史「事実」と照合・検討する。

三八〇〇円

〔新装版〕第三帝国の神話

J・F・ノイロール著／山崎章甫・村田宇兵衛訳

〔ナチズムの精神史〕ドイツ思想の系譜を克明にたどることによって、ナチズムという奇怪な頽廃の思想の発生を位置づけた本書は、ドイツ思想史研究に不可欠の名著とされている。

四二〇〇円

ナチズム下の女たち

カール・シュッデコプフ編／香川檀・秦由紀子・石井栄子訳

〔第三帝国の日常生活〕第二次世界大戦中、ナチス・ドイツに支配された女性たちは教宣にたいしてどのような態度で日常生活を送っていたのか。さまざまな立場の10人の女性の証言。

二四〇〇円

〔消費税別〕

白バラの祈り

フレート・ブライナースドルファー著
瀬川裕司・渡辺徳美訳

〔ゾフィー・ショル、最期の日々 オリジナル・シナリオ〕ヒトラー政権に抵抗した学生グループ〝白バラ〟のゾフィー・ショル。世界が涙した映画『白バラの祈り』の完全版シナリオ。

二二〇〇円

「白バラ」尋問調書

フレート・ブライナースドルファー編／石田勇治・田中美由紀訳

〔『白バラの祈り』資料集〕ヒトラー政権に抵抗したドイツ人学生グループ「白バラ」運動。東西ドイツ統一により発掘された、ナチ一次資料から、いま、はじめてその肉声が明らかにされる。

三三〇〇円

白バラは散らず

インゲ・ショル著／内垣啓一訳

〔ドイツの良心 ショル兄妹〕ナチズムの嵐の吹き荒れる40年代のドイツで戦争と権力への必死の抵抗を試み、そして処刑されていった学生・教授グループの英雄的闘いの記録。

一二〇〇円

白バラ抵抗運動の記録

C・ペトリ著／関楠生訳

〔処刑される学生たち〕ショルの『白バラは散らず』で、多くの感動と共感を呼んだ抗ナチ学生抵抗運動「白バラ」の背景と運動を克明につづり、ナチ演説、裁判記録、文献を網羅する。

二八〇〇円

アメイジング・ラヴ

コリー・テンブーム著／川澄英男訳

〔ナチ強制収容所を後に〕強制収容所での自らの体験を伝えながら世界をめぐり歩き、「世界を旅する証人、キリストをうたう詩人」と呼ばれた著者が、絶望にうちかつ愛と平和を語る。

一三〇〇円

〔消費税別〕

彼らは自由だと思っていた

ミルトン・マイヤー著／田中浩・金井和子訳

〔元ナチ党員十人の思想と行動〕普通の人間が異常状況によって平然と異常行動を是認し、自らも行動に加っていく姿を、ドイツの一小村の村人たちのナチ経験から描いたレポート。

二五〇〇円

ゲットーから来た兵士達

シャローム・ホラフスキー著／河野元美訳

〔包囲された森林と都市〕ナチス・ドイツによるポーランド侵略下、ユダヤ人ゲットーを脱出した著者たちは森林にひそんで反撃のパルチザン隊を組む。本書はその勝利までの実録。

一八〇〇円

下等人間・上等人間

トーマス・ローター著／神崎巌訳

〔ナチ政権下の強制労働者たち〕第二次大戦中ドイツで働かせられた捕虜、強制労働者たちは、人間としての尊厳を奪われ下等人間とされた。シニカルな人間搾取の実態を突きつける書。

二二〇〇円

［消費税別］